詐騎士《さぎし》 外伝
薬草魔女のレシピ 3

かいとーこ

Kaitoko

Regina

RB

レジーナ文庫

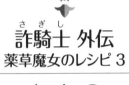

登場人物紹介
Main Characters
▼　エルファ(16歳)
婚約破棄を機に、都で
料理人になった“薬草魔女”。
最近は街の人々の健康相談に
乗ることもしばしば。
▲ナジカ(16歳)
ランネル王国の警察機関、
緑鎖《りょくさ》に所属する少年。
人や物を操る傀儡術《かいらいじゅつ》の使い手。
エルファに求愛している。

マゼリル ▲
闇族《あんぞく》のマフィアの娘で、
"洗脳"の力を持つ傀儡術師。
▲カイル
マゼリルの執事兼
護衛で、戦闘狂の
傀儡術師。
◀ カルパ
エルファの雇い主。
食べ物を美味しく
する魔力持ち。
▲ ルゼ
有名な女聖騎士。
都の女性達の
憧れの存在。
▲ アロイス
エルファの元婚約者。
彼の浮気が原因で破談となり、
縁は切れたはずだったが——？
リズリー ▲
妖族《ようぞく》の女性で、
エルファの親しい友人。

目次

詐騎士《さぎし》外伝　薬草魔女のレシピ3　7
書き下ろし番外編　贈り物　377

詐騎士外伝　薬草魔女のレシピ3

第一話　薬草魔女のお茶会

季節の変わり目――特に夏から秋にかけてと、冬から春にかけては楽しみが多い。今は初秋。春のようなうきうき感はないが、食べ物が美味《おい》しく感じられる時期だ。身体も冬に備え栄養を蓄《たくわ》えようとするので、とてもお腹が空《す》く。

エルファは、この頃に出回る食材の中ではイチジクが好きだ。干しイチジクもいいが、新鮮なイチジクが特にいい。もちろんイチジクを使ったお菓子も大好きだから、現在勤める『レストラン・ラフーア』のデザートとしてもよく出している。店で使うイチジクは質が良い。蕩《とろ》けるような甘味と舌触り、ぷちぷちした種の食感。艶《あで》やかな色合い。そのすべてが素晴らしいといったらない！

もう少し秋が深まると出回る栗《くり》も楽しみだし、梨《なし》もいい。梨はそのままでも美味しいが、コンポートにして食べるのがエルファの好みだ。庭の林檎《りんご》もそろそろ収穫できるだろう。木がまだ小さいせいか実もあまり大きくないから、焼き林檎にして皆で少しずつ食べようと同僚達と話している。

「ああ、この季節はお菓子作りが楽しくて仕方がありません」

「分かる。すっげぇ分かる。この時期は商品の入れ替えで在庫も一掃《いっそう》するし、つい新商品の素材も贅沢《ぜいたく》になっちまう季節だ」

厨房《ちゅうぼう》で明日の仕込みをしていたエルファが思わず呟《つぶや》くと、イチジクのタルトにシロップで照りを付けていたカルパが深く頷いた。

彼は、この『レストラン・ラフーア』や『ティールーム・フレーメ』を経営している、王室御用達《おうしつごようたし》の茶問屋《ちゃどんや》『フレーメ』の代表である。すらっと背の高い美男子で、菓子作りを趣味とし、お茶をこよなく愛している。そして、食べ物の味をよくする魔力持ちとして有名だ。

彼の能力は食材の近くにいるだけでも発揮される。なので彼は普段から食材の倉庫で寝ていたりする。そんな彼が自ら料理すれば、もちろん素晴らしいものが出来上がるのだが、にもかかわらず彼は店であまり料理をさせてもらえない。彼が作ったというと、それだけで人が群がると予想されるし、他の従業員が作ったものが劣《おと》っているかのように言われる可能性がある。かといってすべての料理を作ったら、間違いなく彼は過労死するだろう。だから従業員一同でお願いして、店に出す料理に手を加えるのは基本的に遠慮してもらっているらしい。

だがそんなカルパも、ラフーアのデザート作りだけは時折許されている。さすがに全面禁止は可哀想だし、たまにならどうせ客もカルパ作と分からないからだという。

そのカルパが今作っているのは試作品のタルトだ。試作品は従業員が味見することになっているので、皆が完成を心待ちにしていた。今やカルパの手元は厨房《ちゅうぼう》内の注目の的である。

「カルパさんの作るお菓子は見た目も宝石のように綺麗で、本当に贅沢《ぜいたく》って感じがしますね」

「エルファの焼くマフィンも最高に美味《うま》いよ。なんか、不思議な味がする」

カルパはエルファが焼いたドライフルーツ入りのマフィンを指して言った。実りの季節が来たから店に残っていたそれらを消費してしまおうということで、エルファが焼いたのだ。

「ドライフルーツを薬草酒に漬《つ》け込んだんですよ。こちらはその薬草酒を生地《きじ》にも少し練り込んだもので、ちょっと味が違います。大人の味ですね」

どちらが好きかは、人それぞれだろう。

「いいねぇ、その一工夫。お客様の様子を見て、評判がよければ定番化したいな」

「季節ごとに入れるフルーツを変えましょうか。都会の人は季節限定とか新商品が好きだから」

皆の賄《まかな》い料理を作っていた料理長のゼノンが、フライパンを火から下ろしながら話に入ってきた。のんびりとした雰囲気の青年だが、そのくせ誰よりも素早く、正確に調理のできる優れた料理人だ。

「薬草酒を練り込んでないのは、明日子供達に持っていくやつ？」

「はい。そのついでに新商品の提案もしてきます」

エルファは明日、ゼノンが幼い頃にいたという孤児院に招かれているのだ。訳あって子供達だけではなく大人も集まることになったので、なんとなく二種類作ってみた。

「ゼノンさんやナジカさんの育った場所がどんなところなのか、今から楽しみですよ」

「育ったっていうか何というか。二人ともあそこにいた期間は短いんだけどさ」

ゼノンは一、二年のうちにそこを出て、料理の修業のために何軒かの店に住み込みで働いていたらしい。彼と兄弟のように育ったナジカも、早いうちに学校の寮へ移ってしまったそうだ。

「あそこを見たら、たぶんビックリするだろうなぁ」

ゼノンがしみじみと言う。

「ナジカさんも言ってました。昔はすごい場所だったと」

件《くだん》の孤児院は、元々訳あり物件だったらしい。どう訳ありなのかは、その物件を手配したエノーラの話を思い出せば自《おの》ずと答えは見えてくる。つまり、俗に言う事故物件だ。

彼女は自分の出資するラフーアを立ち上げる際も、訳あり物件だったこの建物を安く紹介してくれたのだ。あの時彼女は、『ちゃんと処理してあるから何も出ない』と言っていた。事実、ここの二階に住むエルファも何かを見たことはないので、孤児院の方も『処理』はしてあるのだろう。

「今でもある意味すごいけど、昔に比べたらまあ普通だしな。ただ、俺やナジカみたいな傀儡術師《かいらいじゅつし》の子供らの面倒も見てて、元聖騎士の神官様がいて、ルゼ様ん家《ち》から援助を受けてるってだけだし」

「改めて聞くと、大層立派な孤児院ですね」

聖騎士とは聖女様に仕える偉い騎士のことだし、女聖騎士ルゼはこの国の第四王子ギルネストの妻で、その実家も大層羽振りのいい貴族だと聞いている。

「立派だよ、ある意味」

なのに『ある意味』という含みのある言葉。それが気になって仕方がなかった。

「ナジカさんも教えてくれないいんですけど、まだ何かあるんですか？」

「見れば分かるよ。気の小さかった子供達がたくましくなった最大の要因だし。アルザも昔は人見知りが激しかったのに、今では舞台役者だし」

現在大人気の芝居で主役を張っている女優も、その孤児院にいたらしい。人見知りの子供をそこまで成長させてしまうのだから、すごいところだというのは理解できた。

「よし、できた」

カルパは出来上がったタルトを見て頷いた。

「見た目は完璧。次は味だな」

カルパがよく研《と》いだ包丁を手にして舌なめずりをする。

「いよいよ味見ですかっ!?　味見ですよねっ！」

いきなり背後から給仕のニケが声をかけてきた。レストラン勤めしているだけあって、綺麗な容姿にも構わず食いしん坊ぶりを露《あら》わにしている。いや、この店に食べるのが嫌いな従業員はいない。

「あ、私も！　給仕として、味の分からないものをお客様に出すなんて失礼はできませんよね！」

目を爛々《らんらん》と輝かせて挙手したのは、同じく給仕をしているラスルシャだ。彼女もまた、氷のような雰囲気を持つ絶世の美女だが、中身は普通の女の子である。とはいえ、彼女は人間ではない。実は魔族と呼ばれる魔物の一種である。この大陸の魔族は大抵褐色《かっしょく》の肌をしているが、彼女は肌が白い。魔族の中でも白魔族と呼ばれている種族らしい。北にある鎖国《さこく》状態の島国にいたのだが、その窮屈《きゅうくつ》さに嫌気がさして家出してきたのだそうだ。

彼女の足下には一緒に国を出てきたという、どう見ても大きなペンギン――川猫獣族《かわねこじゅうぞく》のジオズグライトがいた。彼はラスルシャの住んでいた島にしか生息していない、変わった魔物である。いや、変わっているという以前に、そもそも鳥の魔物というのは存在しないと言われているのだ。そのせいか本人は、自分のことを猫だと主張している。

「ラスルシャ、あんまがっつくなよ。はしたない」

「分かっているわよ、ジオズグライト。でもこれ美味《おい》しそうだもの！」

種族が何であれ、ジオズグライトが呆れて肩をすくめる姿はそれはもう愛らしい。茶《ちゃ》問屋《どんや》フレーメの看板猫になってしまったのもよく分かる。最近、ティールーム・フレーメの方に可愛らしい本物の猫獣族が働くようになったので、看板猫の地位も揺らぎ始めているが、もし看板鳥を名乗るなら不動の地位を保てることだろう。

そんなジオズグライトとラスルシャのやり取りを見て、カルパが窘《たしな》める。

「分かった分かった。これは食後な。空腹の時に食べたら何でも美味《うま》く感じるから意味がないだろ。満腹時に食べてもらって、皆の合格が出たら店に出す」

「でも素材が良い上に、カルパさんが作ったお菓子なら、美味しくないはずがないですよ」

「そうそう。カルパさんが作って美味しくないなら、誰がどうやっても美味しくならないわ」

ニケとラスルシャの持ち上げぶりに、カルパは呆れたようにため息をつく。

「じゃあサボってないで、さっさと店じまいしてこい。でないとおまえらの夕食に、一か八かで試してみたい一工夫をするぞ」

「……それはちょっと遠慮しまーす」

ニケとラスルシャは顔を引きつらせながらも、ピンと背筋を伸ばして店内に戻る。そんな二人の姿に、エルファも思わず噴き出した。

「それで、一か八かってどんな工夫をするんですか？」

「隠し味はどこまでの量なら隠せるかの検証とか、意外に美味しい食材の組み合わせ探しとか」

「それは、確かに嫌ですね」

「意外な組み合わせってのは、大抵微妙なのが出来上がるからな！」

一口だけの味見ならまだしも、自分の夕食として出されるのはキツい。

厨房《ちゅうぼう》にいた従業員達は笑い合いながら、皆、手だけはちゃんと動かし続けていた。

翌日、ナジカがエルファを迎えに来た。エルファを孤児院に誘ってくれたのは、このナジカだ。彼は妖精のような女の子を連れていた。エルファの友人で、妖族《ようぞく》という魔物のリズリーである。

「あら、リズリーも来るの？」

支度をして店の入り口まで出てきたエルファが尋ねる。

「うん。今日は休みだって言ったら、気晴らしにってナジカが誘ってくれたの」

「慣れない仕事で疲れてはいない？」

「うん。忙しいけど、お店で働くの楽しいし、休憩もあるから疲れないよ。お客さんも優しいし」

彼女はこのラフーアから少し離れたところにある、ティールーム・フレーメの支店で働いている。

地下に生きる魔物達が地上で人間と一緒に働くというのは、まだまだ一般的とは言いがたい。それでもリズリーは可愛らしい見た目のおかげで、客に可愛がってもらっているらしい。

「ナジカさん、リズリーを気遣ってくれてありがとうございます」

「そりゃあ、俺にとってもリズリーは友達だしな」

ナジカは人懐《ひとなつ》っこい笑みを浮かべてリズリーの頭をくしゃくしゃと撫《な》でた。

彼はエルファと同じ年頃の青年で、緑鎖《りょくさ》という警察組織に属している。今日は非番なので制服ではなく私服姿だ。が、それを差し引いても、そんな堅い職につく真面目な青年には見えない。胸元のボタンは外され、だらしなく開かれた襟元からはじゃらじゃらとしたネックレスが見えている。他にもピアスやら指輪やらをいくつもつけており、どうしてもチャラい不良のように見えてしまうのだ。

そのナジカは、そんなことは気にする様子もなく明るく尋ねてくる。

「ゼノンは？　一緒に行くんだよな？」

「ゼノンさんはアルザさんをお迎えに行きました」

「ああ、アルザも来るのか」

「最近、忙しくて孤児院の方に顔を出してないし、色々とちょうどいい、だそうです」

人気女優ともなればそうそう時間も取れないのだろう。そんなアルザは、実はゼノンの恋人である。

「確かにデート代わりにもちょうどいいな。さっさと結婚すればいいのに」

「アルザさんは人気の役者さんですし、なかなか難しいんじゃないですか。あまり大っぴらにお付き合いされてないみたいですし」

「確かになぁ。だからゼノンも必死なんだよなぁ。なんたって女の人達に人気の女優だろ？　相手の男に対する彼女達の目が厳しいのなんのって。釣り合いだのなんだの。エルファのおかげで店が有名になってよかったよ。ラフーアの料理長なんて、今や女性の憧れだから」

「有名な方の恋人になるのも大変ですね」

「幸せな悩みだよ」

「確かに、お相手と相思相愛だからこそですよね」

幸せであるがゆえの贅沢《ぜいたく》な悩みと言える。が、エルファの答えにナジカは複雑そうな顔をする。

エルファは以前、彼からの告白を断った。もっとも、初対面でいきなり結婚してくれと言ってきたのだから当然である。しかもその理由が、エルファの作ったビスケットが美味《おい》しかったからという胃袋重視のものなのだからなおさらだ。今となってはナジカらしいと笑って許せるが、当時婚約者に浮気され、結婚が破談になったばかりのエルファには、とても受け入れられなかった。

とはいえ、ここ最近は彼の人柄を知ったこともあり、自然と恋愛対象として意識するようにもなっている。ナジカは元婚約者のアロイスと違って、浮気はしないだろう。その上優しくて、エルファの料理を美味しい美味しいと、誰よりも嬉しそうに食べてくれる。その姿を見ているとエルファも胸がくすぐったくなる。だから付き合ってみるのも悪くないと思っているのだけど、そこまで踏ん切る勇気は、まだない。

「じゃあ行こうか」

と、ナジカは門の外にいる愛馬のハニーを指した。エルファと、小さな子供ほどの背丈しかないリズリーとなら、三人乗りができるぐらいの立派な馬だ。

ナジカはエルファを馬に乗せながら改めて挨拶《あいさつ》をする。

「今日はよろしく。ずっと楽しみにしていたんだ」

「はい。こちらこそよろしくお願いします」

機会を作ってもらっているのはエルファの方だ。

今日、エルファは孤児院で、薬草魔女としてのお茶会を開くのだから。

薬草魔女は名前の印象から薬師《くすし》だと思われることがある。しかしそれは少し違う。薬草などの効能を生かして、人々に健康な食事を提案するのが本来の薬草魔女の仕事である。

かつてエルファの故郷グラーゼで、実りの聖女が身体を壊して弱った際、その孫であるエルーファが病状に合わせた食事を作って回復させた——それが薬草魔女の始まりだからだ。エルファはその実りの聖女やエルーファの子孫に当たる。

時代は流れ、薬草魔女の中には薬師《くすし》のような仕事をしている者もいるが、今のエルファは料理人として働いている。結婚が破談になってヤケ食いしていた時に、フレーメの仕入れ人であるクライトと料理長のゼノンにスカウトされたのだ。

最初はヤケクソ気味に故郷から遠く離れたこの国《ランネル》にやってきたのだが、今は心の底からよかったと思っている。あのまま故郷にいたら、立ち直るのにずいぶんと時間がかかったろう。こんなに早く立ち直れたのは、気のいい同僚達の心遣いと、ナジカの強引な口説きによる荒療治《あらりょうじ》のおかげだ。

その上彼らには、こういった催《もよお》しを行う手助けもしてもらっている。薬草魔女としてはまだひよっこのエルファにとって、こんな風に経験が積めるのはとてもありがたいことだ。

晴れた秋空の下、ナジカ、リズリー、エルファの順で馬の背に乗り、色々おしゃべりしながら孤児院への道を進む。

「でね、ドニーってばね、いっつも女の子とお話してるの。いい奴だけど、ダメな男だよ！」

「まあ、彼はいかにもそんな感じだし、お客様も喜ぶからいいんじゃないかしら？」

同僚の日々の態度に憤慨《ふんがい》するリズリーを見て、エルファはくすりと笑った。

「うん、そうだね。それに、怖いお客様が女の子達を怒った時は、しっかりと庇《かば》ってたよ。口だけじゃないから、ダメなだけの男じゃないよ」

「そうね。ドニーさんはアロイスと違って、女性に対して本当に分けへだてなく親切にしているもの」

リズリーと同じ店で働くドニーは、女性とおしゃべりしたり褒め称えたりするのが好きな猫獣族《じゅうぞく》の男だ。相手は猫だから、それを色恋ゆえのものと勘違いする人間の女性はいないだろうが、それでも彼は、特定の誰かを贔屓《ひいき》したなどと言われないよう、幼女から老婦人まで、すべての女性を尊重している。八方美人だったアロイスと違い、あくまでも彼は紳士なだけなのだ。

「ナジカもいい奴だよ」

それは知っているから、とエルファはリズリーの頭を撫《な》でた。癖《くせ》のある灰褐色《はいかっしょく》の髪は、触れるとふわふわで思わず指で梳《す》きたくなる。妖族《ようぞく》という種族は地下の妖精などと呼ばれているが、実際尖《とが》った耳はいかにも妖精っぽくて愛らしい。背丈も小さくまるで子供のようだが、妖族《ようぞく》はこれ以上成長しない。これで大人なのだ。

「さて、もう着くよ」

ナジカに声をかけられて、エルファ達は周囲を見回した。

「どちらですか？」

それらしい建物は見当たらない。右手の方に古めかしい何かの研究所のような建物があるだけだ。ナジカが答える。

「今、君が視線を向けて真っ先に候補から外した施設だよ」

エルファは再度、右手の建物を見た。孤児院という言葉の印象からはかけ離れた、頑丈そうで立派な建造物だった。中で多少何かあっても、周囲にはほとんど分からないのではないだろうか。人の善意で成り立つ施設が、このように牢獄《ろうごく》めいたところであっていいものか。

「……それで、あの表現ですか」

ゼノンが口にしていた『ある意味』は、このことを指していたのだ。

「エノーラさんが薦《すす》めてくださった訳あり物件だったたと聞いていますが」

「元は何かの研究所だったらしいよ。俺達の子供の頃はひどかったけど、エリネ様が浄化してくださったんだ」

「まあ、聖下《せいか》にはそのようなお力まで？　素晴らしいですね」

エルファの祖先と同じ力を持つ、実りの聖女エリネ。一度だけ、薬草魔女であるエルファに会うため、ラフーアに来店したことがある。実りの女神レルカの聖像にも似た、穏やかな雰囲気と落ち着きのある美しさを持つ、若い女性だった。

「エリネ様は魔力を貸してくださっただけで、実際にやってくれたのは神官様達だけどね。エリネ様のお力の影響を調べる実験と、若手の神官様達に経験を積ませるって意味もあったから、タダでやってもらえたんだ」

「そうでしたか」

神官といえど、基本的にその労働は有償だ。特に私有地の浄化など、普通は無償ではやってくれない。ここにいたナジカやゼノンが、エリネに保護されて連れてこられた子供だったからというのもあるのだろう。

「俺達も協力してやり方を覚えたから、たまにエノーラさんに頼まれてあちこちの浄化を手伝ったこともあったな」

「……ナジカさん達って、そんなこともできるんですか？」

意外すぎる特技に驚いた。『達』ということは、同じ傀儡術師《かいらいじゅつし》のゼノンも含まれているのだろう。

「纏《まと》め役のウルバさん――この施設の中にある神殿の神官様を中心にしてやってたんだ。謝礼をもらってね」

「そうですか。それにしてもナジカさん、ここを孤児院じゃなくて施設なんて呼んでるんですか？」

「まあね。正確にはオブゼーク慈善院《じぜんいん》っていうんだけど。俺達が入った頃は『収容所』呼ばわりだったよ。でもそれじゃ外聞が悪いからって、ルゼ様のご実家に寄付をしてもらったのを理由に名前をいただいたんだ。まあ、発起人のギル様が自分の名前を付けるのを嫌がったってのもあるけどさ」

聖騎士ルゼとその夫であるこの国の第四王子ギルネスト。実に頼もしい後ろ楯《だて》だ。

「さて、ここが入り口だよ」

ナジカは馬から降りると、しっかりした造りの鉄門を開け放つ。ギィッという音が辺りに響いた。

エルファも馬から降りて、改めて周囲を見回す。まるで中にいる者を逃がすまいとしているかのような物々しい塀が建物を囲んでいる。が、入ってみればその内側には様々な花や野菜が植えてあり、箒《ほうき》や園芸用品などの生活感のある道具が程良い間隔で置いてあった。この施設を管理している人の計らいだろう、ここを居心地のいい場所にしようという温かい気持ちが伝わってくる。

「じゃあこっち」

と、ナジカは馬を置いて歩き出す。すると馬は植えられていたイチゴノキに駆け寄り、まだ熟し切っていないヤマモモにも似た丸い実を食べた。

「こら、ハニー。勝手に食べちゃダメだって」

ナジカに叱られると、馬《ハニー》は悪びれもせずイチゴノキの下に座り込む。

「馬は果物とか好きですからね。でもたくさん実が生《な》る木ですし、一つ二つなら大丈夫なのでは？」

それぐらいなら目くじら立てる人もいないだろう。一年かけて熟すその実は生のままでも食べられるが、決して美味《おい》しいものではないので、まとめてジャムにしてしまうのだ。

「まるで俺が美味《うま》いもの食べさせてないみたいじゃないか。ちゃんと食べさせてもらってるのに！」

『もらってる』という言い方になるのは、彼が、牧草に近寄ると咳《せき》や鼻水が出る枯草熱《こそうねつ》という症状持ちだからだ。そのため、餌《えさ》やりだけは他の人に代わってもらっているらしい。

「ハニー、あとで何か食べさせてやるから、大人しく待ってるんだぞ！」

そう言うと、ナジカはちらちらと馬を振り返りつつ歩き出した。

彼の向かう先には、堅牢《けんろう》な施設とは別の、小さな建物があった。こぢんまりとして温かみのある木造の建物だ。リズリーがナジカに尋ねる。

「あの建物なぁに?」

「癒《いや》しの女神と実りの女神を祀《まつ》っている神殿さ。元々は倉庫みたいなのがあったんだけど、あんまりひどかったから何年か前に壊して新しく建てたんだ。立地の悪さと建て方の悪さが重なったせいで、変なのを呼び寄せてたんだってさ」

「へぇ、地上は変わってるねぇ」

ナジカとリズリーはけらけら笑いながら話しているが、エルファは聞いているだけで寒気がしてきた。『ひどかった』とはつまり、そういうことなのだろう。この場所の温かみは、誰かの配慮とかそういった次元の話ではなく、その手の寒気を感じさせないための涙ぐましい努力の結果ではないかと思えてくる。

「おーい、ウルバさん、いる? あ、いた。ゼノンももう来てたか」

ナジカは神殿の中に入っていく。

礼拝をする空間があるだけの小さな神殿だ。古い神殿にありがちな装飾的な柱や高価な美術品は見当たらない。しかし最近建て直されただけあって中はとても綺麗で、掃除も行き届いている。

そこにお茶会のためのテーブルと椅子がいくつか並べられていた。その周囲には、先に来ていたゼノンや、ワインレッドの上着も艶《あで》やかな男装姿のアルザ、そしてここで生活していると思《おぼ》しき子供達や神官らしき男性が集まっている。奥は布で仕切られており、その向こうには誰かが作業しているような気配があった。あちらでお茶の準備をしているのだろう。アルザはエルファ達を見ると、憤慨《ふんがい》した表情で腰に手を当てて訴えてくる。

「聞いてよナジカ。ウルバさんったら、時間があるからって祭服着たまま身体鍛《きた》えてたんだよ！」

アルザの周囲にいる小さな女の子達も、同じように腰に手を当てながら頷いていて、とても可愛らしい。美人で格好いい先輩を慕《した》っているのだろう。

「また？　ウルバさん、祭服汚したらマグリアに叱られるよ」

ウルバと呼ばれた神官の男性は、ナジカ達にへらりと笑って見せた。人の良さそうな柔和《にゅうわ》な雰囲気だが、ゆったりとした祭服の上からでも鍛え上げた身体つきをしているのが分かる。

「いや、その、彼女には内緒……あ、げ、マグリア……」

ウルバはエルファ達の背後を見て、顔を引きつらせた。いつの間にか一人の女性がエルファ達の背後に立って、怒りに顔を引きつらせていた。背中には、元気いっぱいに手足を振り回す健康そうな赤ん坊を背負っている。

「げ、じゃないでしょ。その服、高い上に白いのよ。そう、白いの！　理解してるっ!?」

「うっ……つい」

「これだから貴族のボンボンはって言われんのよ！　今日はお客さんの前だからこれ以上言わないけど、後できっちり話し合いましょうねぇ」

女性の怒りはもっともだ。男は平気で服を汚し、それを洗濯する女はガミガミと怒る。国は違えど、こんな光景はどこでも繰り広げられるようだ。

その場にいた子供達はけらけら笑い、ナジカ達やゼノンらも肩をすくめている。

「エルファ、その人はマグリア。俺達の姉貴で、ウルバさんの奥さん」

この場合の姉貴とは、同じ施設にいた年長の女性という意味だろう。

「初めまして、エルファと申します。本日は場所のご提供ありがとうございます。こちら、皆さんで召し上がってください」

エルファは持参した籠《かご》の一つをマグリアに差し出した。

「あ、これはご丁寧にどうもありがとうございます。狭い場所ですが、お好きに使ってください」

マグリアの周囲に子供達がお菓子をもらおうと一斉に集まってくる。が、彼女はまるで眼中にないかのように平然としていた。子供達の対処に慣れている様子が窺《うかが》える。

「こんにちはエルファ。久しぶりだね。席はこんな感じでいいかな？」

アルザはそんな騒がしい雰囲気を変えようとしてか、美しい笑みを浮かべて問う。どうやらお茶会の準備を手伝ってくれていたらしい。神殿内に並ぶ長方形のテーブルには、事前にゼノンに運んでもらったエルファのテーブルクロスがかけてあった。

それにしても、相変わらず中性的な魅力のある美女だ。男装の麗人《れいじん》役を演じたことが人気の出たきっかけだったため、普段からそういった雰囲気が出るよう心掛けているらしい。

「ありがとうございます。アルザさんもお稽古とかでお忙しいはずなのに」

「たまには稽古から離れないと、稽古自体が嫌になってしまうからね。それにこういった下準備も楽しいよ。可愛い後輩達とも話ができたし」

傀儡術《かいらいじゅつ》の才能がある彼女は、幼い頃にその才能を恐れた親に捨てられ、この孤児院の世話になっていたらしい。その際聖騎士のルゼに多大な恩を受けたそうで、ルゼに憧れて聖騎士になろうとしたこともあったと聞いている。が、武術の才がなかったため断念し、代わりに格好いい女になるために役者を目指したのだとか。

「ここ、通れるように隙間を空けておいたから、動き回るのには困らないと思うけど」

そう言ってアルザはテーブルとテーブルの隙間を示す。

「とても助かります。本当なら私が何度か通って、そういった配置も考えるべきでしたのに」

「仕方がないよ。小娘達の面倒事に巻き込まれて、大変だったんだから」

「大変だったのはゼノンさんやナジカさんです。私は薬を飲んで、聞かれたことに答えていただけですから」

エルファは先月、ある闇族《あんぞく》の少女に連れ回されて、大変な目にあった。その少女は、魔物の国のマフィアを束ねている男の娘で、ナジカやゼノンを含む数人の傀儡術師《かいらいじゅつし》達は子供時代、そのマフィアのボスに買い集められて犯罪者予備軍にされていたらしい。そこを聖女エリネに保護されて、この慈善院《じぜんいん》に入ったのだそうだ。娘の方も、その頃から何かと悪さを重ねているので、ナジカ達は怒りを込めて、彼女達一派を『小娘達』と呼んでいる。

「でもまさか、ちょっと連れ回されただけで、ここまで大事《おおごと》になるとは思っていませんでした」

「だから連れ回されたんじゃなくて、誘拐されたんだって。洗脳もされかけたんだから、

すよ」

「あの下剤作用のある解呪薬《かいじゅやく》を飲む羽目になったことについては、さすがに恨んでま
ナジカが呆れたように口を挟んできた。

少しは怯《おび》えたり嫌悪したりしようよ」

『小娘達』を率いる小娘――マゼリルは、傀儡術の中でも特に恐ろしい〝洗脳〟の力を持っている。ちょっと好きになる、嫌いになる程度に人の心を操《あやつ》る傀儡術師ならたまにいるそうだが、完全に洗脳し、人を思い通りに動かすような傀儡術師は、マゼリルぐらいらしい。

エルファは洗脳こそされなかったが、軽くマゼリルの力の影響を受けてしまった。影響と言っても少しばかり気持ちが素直になる、という程度のものだったが、それでも下剤作用のある解呪薬を飲んで、しばらく養生しなければならなくなった。

快復した後もまた狙われるかもしれないからと一人での外出を周りに禁じられ、そのせいで今回のお茶会についての打ち合わせもできなかった。だからゼノンがこちらに来て代わりに打ち合わせをし、お菓子以外に必要な道具類も先に運んでくれたのだ。彼の協力には感謝の極みだ。

「さぁて、お客様をお迎えする時間だから、あんた達は食堂に行って、いただいたお菓

子を食べてな」

マグリアがそう言って子供達を促《うなが》す。

「えー、あたしも薬草魔女のお話、聞きたい」

「このませガキ。あとでウルバさんに聞けばいいでしょ」

一部の子供達はお茶会に興味津々《きょうみしんしん》らしく、頬《ほお》を膨らませてマグリアを睨《にら》み上げている。

エルファはその様子を微笑ましく眺めながら言った。

「少人数ならいいと思いますよ。今回のお茶会には、こちらの子供達に慣れてもらうという意味もありますし、大人しく話を聞ける子なら」

「そうかい？」

「もちろん、皆様に伺《うかが》ってみないことには分かりませんが」

「それなら、まあ……あんた達、平等に選ぶからね！　ただし聞き分けのない子は抜きだよ！」

マグリアは騒がしい子供達を追い立てるようにして神殿の外に出ていった。

◆◇◆◇◆

今日のお茶会の会場としてナジカ達からこの施設を薦《すす》められた理由は、たった一つだ。

ここに根強く残る悪い噂《うわさ》を少しでも払拭《ふっしょく》するためである。

この施設にいる傀儡術師《かいらいじゅつし》の子供達が、人を操《あやつ》る邪悪な力を持っているという偏見に満ちた噂。まったくの事実無根《じじつむこん》であるのだが、物語などでそういった傀儡術師の悪役がよく出てくるので、世間の認識はなかなか変わらないらしい。

同じ傀儡術師であるルゼが聖騎士として活躍しているため、この国ではそういった偏見も薄れてきているものの、それでも実際に自分の近くの、しかもこんな元訳有り物件に住んでいるとなれば、心から受け入れるのは難しいだろう。

エルファは、そんな場所でのお茶会に来てくれた人々を見回した。若い人からお年寄りまでと年齢は様々だが、いずれも女性ばかりだ。男性は、女性の多い集まりにはあまり参加しないという慣習がこの国にはあるらしい。

「お手伝いとして小さな子がいてもよろしいでしょうか、皆様」

ゼノンと一緒にお茶の準備をしてくれる子供達を横目で見ながら尋ねる。ウルバと赤ん坊連れのマグリアは不安げに、ナジカはお菓子を食べられる瞬間を心待ちにした様子で仕切り布の前で見守っている。

エルファは偏見が強い人がいないことを祈りつつ、一人一人の顔色を窺《うかが》う。すると一人のおばあさんが前に出て、穏やかな笑みを浮かべた。

「孤児院に来て、子供が嫌だなんて無茶苦茶《むちゃくちゃ》なことを言う人なんておりませんよ」

「ええ、そうですね」

別の若い女性も頷いた。彼女は少し膨らんだお腹を撫《な》でている。

「あら、お子さんがいらっしゃるんですね」

「はい。生まれるのはまだまだ先ですが、それに備えて薬草魔女のお話を聞きたかったんです。レストランの方はいつも満席だから、行く機会がなくて」

「そうでしたか。私もようやく今の環境に慣れてきたので、こういった機会を増やしていきたいと思っています。さあ、皆さん、座ってください」

エルファが勧めると、招待客は席に着いた。各テーブルにはクロスを敷いて素敵なティーセットを置き、花瓶や小物などを飾っている。花以外はエルファが用意して事前にゼノンに届けてもらったものだ。花はこの施設の庭に咲いたものをマグリアが提供してくれた。

「あら、綺麗な花。見たことないわ。なんていう花かしら」

花が好きなのか、一人の中年の女性が目を輝かせた。するとマグリアが説明してくれる。

「ごめんなさい。テルゼさん……知人にいただいたもので、名前はちょっと。よろしければ種が取れたらお分けしましょうか。名前も、今度彼に会った時に聞いておきます」

「まあ、嬉しいわ。私、お花が大好きなの。ありがとう」

マグリアの提案に、何人かが顔をほころばせた。どうやら園芸を趣味とする人達らしい。

テルゼとは魔族の青年だ。魔族を含め魔物達は地下の国に住んでいるから、もしかしたら地下の花なのかもしれない。そんなことを考えながらエルファはお茶の準備をする。

だが、ふと声をかけてきた女性の言葉を聞いて、頬《ほお》を引きつらせた。

「そういえばエルファさん、あなた、魔族に間違えられて誘拐されたそうじゃない。大変だったわねぇ。あなたも攫《さら》われた魔物達も無事にルゼ様に助けていただけてよかったわね」

エルファが誘拐され、それがきっかけでルゼ達が違法である魔物売買の組織をつぶすに至った、という話は相当に広まっているようで、最近は会う人会う人にこの話題を持ちかけられる。しかも『マゼリル達に興味を持たれて誘拐された』ではなく、『魔力が強いせいで魔族のラスルシャと間違えられて誘拐された』という話になっているらしい。

ルゼ達によると、この件はマゼリル達のことを含め世間にあまり情報公開していないので、そんな風に誤解されていた方が都合がいいのだそうだ。だから否定しないようにとも言われたが、あんな美女と間違えられたと思われるのは、少し複雑な心境だ。

「緑鎖《りょくさ》の皆様と、ギルネスト殿下のおかげです」

「ルゼ様に助けに来ていただけるなんて、それだけは少し羨《うらや》ましいわぁ」

皆、興味津々《きょうみしんしん》といった顔だった。あの時は大変だったが、それで客の興味が惹《ひ》けるなら、エルファの苦労も報われるというものだ。

「その女の子が、ルゼ様が救った妖族《ようぞく》ね。今はフレーメで働いてるんですって？　なんて可愛らしいのかしら」

救われた妖族は別の子だが、ややこしくなるので曖昧《あいまい》に頷いておく。

「リズリーちゃんもお手伝いに来ているなんて思わなかったわ。人間の街には慣れた？」

「はい。フレーメの皆も、お客様もとても親切にしてくださるので、だいぶ慣れました」

どうやら今日は、ティールームの方に通っている人も来てくれたようだ。リズリーがお客様と話す間、エルファはマグリアとウルバに手伝ってもらいながら各席にお茶を出す。リズリーには、ああやってお話をするのも大切な経験だ。人間に慣れることができるし、接客の練習にもなる。

「今お配りしたのは、冬からラフーアとフレーメで出す新商品です。ジンジャーなど身体が温まる効果を持つハーブと、カモミールなど美容と健康にいいハーブをブレンドしています。健康と美容に、冷えは大敵です。冷え性で悩む方にもぴったりですよ。妊娠していても安心して飲めますので、ご笑味《しょうみ》ください」

その他、生地《きじ》に薬酒を練り込んでいるマフィンと、店で普段出しているビスケット。足りなければ他のお菓子も用意してある。一つ一つ説明をしながら、エルファは各席を見て回った。

薬草魔女のお茶会は、常連のお客ばかりなら会話を楽しむだけで終わることもあるが、今回のように初めての人が多ければ、健康についての質問が多くなるのが常だ。だが、今日は先日の誘拐事件のせいで、いつもとは少し違う様相を見せていた。

「あなたを助けに来たルゼ様は、さぞ素敵だったんでしょうねぇ」

「ドレス姿でしたよ。でも、慣れたご様子で、スカートに足を絡めたりせず、走り回っていらっしゃいました」

「まあ、潜入捜査というやつかしら」

「女装なさっていても、きっと素敵ね」

女装という表現が少し引っかかったものの、エルファは女性達の熱狂ぶりに驚く。ルゼという女聖騎士が人気なのは知っていたが、ここまでファンの年齢層が広いとは思ってもみなかった。てっきり若い女の子が年の近い女性の活躍に憧れているのだと思いきや、マダム達からも絶大な人気を誇っているらしい。その様子を見て、アルザは苦笑しながら立ち上がる。

「マダム、ルゼ様の話題もいいけれど、何かお身体の悩みはないのですか？　私は最近、月の物が来る前の肌荒れと湿疹《しっしん》がひどくて、悩んでいるんですよ」

アルザは、部屋の隅にいる男性達に聞こえない程度に声を潜《ひそ》めて言った。

「アルザ様のようにお美しい方でも、肌が荒れるのですか」

「ええ。ひどいと顔が真っ赤になって白粉《おしろい》を厚塗りしなければならない。困ったものです」

女性の憧れの的である舞台女優の悩みに共感を覚えたのか、皆は大きく頷いた。

「そういえば私は最近、膝が痛くてねぇ。医者に行くほどの痛みじゃないけど、困っててねぇ」

一番年長の老婦人が、頬《ほお》に手を当てて言う。

「そうそう、私も腰が……」

うんうんと、年配の女性達が頷いた。エルファはアルザの助け船に感謝しながら、

「それでしたら」

と言って、持ってきた薬草と薬瓶の入った籠《かご》を開ける。そしてその中から目当てのものを取り出すと、一部をゼノンに渡し、煮出して火傷《やけど》しない程度に冷まして持ってきてくれるようお願いした。

「〝あの日〟絡みの肌荒れは、体質なので劇的に改善ということはありません。ただしっかりと周期を記録して、肌が荒れ始める前に脂《あぶら》っこいものや刺激物を避《さ》ければ、多少は改善されます。一番いいのは、肌を清潔にしてちゃんと保湿することです。これは肌荒れ防止の基本ですね。ですが、ただの乾燥と違って、クリームなどを塗りすぎると悪化するので注意が必要です」

エルファはブレンドした乾燥ハーブを熱湯に入れる。

「脂っこいもの、お肉はやはり身体によくないのかしら？」

何か思い当たることがあるのか、一人の女性が問いかける。

「そうですね、お肉そのものというより、脂の多い部位を避けた方がいいですね」

「やっぱりそうよね」

エルファの返事に女性は大きく頷いた。

「野菜と魚はいいですよ。お肉でも、脂の少ない部位なら大丈夫です。あと甘いものも控えた方がいいですね」

説明しながら、エルファは用意したティーカップをアルザに差し出した。

「ハーブは煮出したお湯の湯気を浴びるだけでも効果があります。お風呂に入れるといいとよく言われますが、顔だけならティーカップでも十分。お化粧の上からでもいいですが、できれば肌を綺麗にしてから湯気を浴びて、最後は飲んでしまいましょう」

「この香りは何のハーブ？」

「一番香っているのはアンゼリカです。香り付けにも使われるので、皆さまも嗅《か》いだことがあるかもしれません。婦人病にも効果があり、炎症を抑えるので、アルザさんがおっしゃっていたような荒れ方には向いているハーブです。その他ローズマリー、カモミールなど、美肌によいとされる基本的なハーブをブレンドしています」

　アルザは香りを嗅ぎ、言われた通りに顔に湯気を当てる。

「香りが好きだからよくこうしてるけど、肌にもよかったんだねぇ」

「ええ。そもそも適度に蒸気を当てることは肌にいいですからね」

　肌が乾燥する憂鬱《ゆううつ》な季節になってきたので、こういった日々の習慣は大切だ。

「乾燥以外で起こる肌荒れの時に肌を弄《いじ》りすぎると、逆効果になることが多いです。だからアルザさんも舞台に立っていない時は、できるだけ顔に余計なものをつけずに過ごすのがいいでしょうね。こうして蒸気を当てて、乾燥を防ぐ程度にクリームなどを塗ると改善される方が多いです」

　すると、今まで様子を見ていた女性が言った。

「まあ、これでいいんですか。てっきりもっと臭いのきついものを飲めと言われるのかと」

薬草魔女というと、臭くてどろどろした苦そうな薬を出す、と思う人が多いのだ。

「そういうお茶もありますよ。フレーメで虫除けに使用しているニームという植物は非常に苦いのですが、我慢して飲み続ければとても美容にいいそうです。私も自分で試したことはないので持ち合わせがないのですが、興味があれば譲《ゆず》ってもらえるよう、うちの農場の者に頼んでみます。実際飲んでいる人もいますから、創意工夫で我慢できるぐらいの苦みにはなるようですし」

フレーメではハーブティーの一部を自社生産しており、その農場ではニームを虫除けとして使用していた。あれを口にするという発想は、あそこの人々にはないだろう。それほど苦いのだ。

するとアルザが少し考えながら言った。

「うーん。たまには皆に会いたいし、自分で行って頼んでみようかな。ゼノンも農場には最近行ってないんでしょ？」

ちょうどハーブを煮出したお湯を持って現れたゼノンに視線を向ける。すると、女性達の視線もゼノンに集まった。ゼノンは首を傾《かし》げる。

「え？　何？　これが必要？　ちょっと待って」

どうやら話を聞いていなかったらしい。農場について詳しいことは、後でアルザが話すだろう。エルファはお礼だけ言って彼が差し出す桶《おけ》を受け取る。

「次は関節痛ですね。先ほども説明したアンゼリカは抗炎症《こうえんしょう》作用があり、関節痛の薬でもあります。ですので、このようにガーゼに浸透させて、熱いうちに湿布《しっぷ》します」

エルファは湯にガーゼを浸《ひた》してから絞り、膝の痛みに悩んでいるという老婦人の患部に直接当てた。男性二人は女性が足を出しているということで、遠慮してナジカがいる隅っこの方に移動し、さらに背を向けてくれている。

「熱すぎたりはしませんか？　熱い方がいいんですが、火傷《やけど》しては意味がないので」

「熱いけど、火傷するほどではないわねぇ」

「では、熱が逃げないように蓋《ふた》をしますね」

と、上から乾いた布を巻く。

「熱いけど、気持ちがいいわ」

「腰にも同じ要領でできます。急性の痛みは冷やすのが鉄則ですが、慢性の場合はこのように温めるんです。さらに効果を求めるならパップ剤にしてもいいですね。作り方は簡単ですよ。生のハーブならそのまますりつぶし、乾燥したものなら粉末状にしてから水やオイルでのばして塗ります」

パップ剤作りは後始末が大変なので、こういうところではあまりやらない。

「嫁《とつ》ぐ前、田舎《いなか》の祖母がやっていたのをよく見たわぁ。懐《なつ》かしいわねぇ」

と、老婦人はころころと笑った。笑顔が可愛らしい、品のある女性だ。

「田舎だとそこらに野生のハーブが生えているから、おばあちゃんの知恵袋的な民間療法が医療として行われていたりしますからね。薬草魔女はそういった民間療法も繰り返し検証し、効果があると判断したものを幅広く取り入れています」

「そうなのね。祖母のはこんなにいい匂いじゃなかったから、教えてあげたかったわ」

「薬効を追求していくとこういった湿布《しっぷ》も臭くなったりするので、薬草魔女も自分の好みに合わせて選んでいますね。私は料理主体の薬草魔女なので、自然と香りの良さも考えてしまいますが」

薬効があっても鼻をつまみたくなる料理は人を選ぶし、自分も嫌なので滅多《めった》に作らないのだ。

「エルファ、準備できたって」

部屋の隅にいたナジカが声をかけてきた。

エルファはティーポットを置いた作業テーブルに近づき、右から順に説明していく。

「三つのティーポット、それぞれに薬効の違うハーブティーが入っています。特別なものではなくて、フレーメで販売しているお茶です」

リズリーや手伝ってくれた孤児院の女の子二人も、興味津々《きょうみしんしん》に自分達が用意したものを見つめていた。

「これが一般的な肌の悩みに効果的な『乙女の歓喜』です。ちなみに名付け親はゼノンさんです」

自分の名前が出たとたん、ゼノンはすいっと視線を逸らした。名付けとは、付けた時には満足していても、いざこのように発表されると恥ずかしくなるものだ。

「こちらが『魔女の祝福』。フレーメのお客様の要望で作った、身体の痛みに悩む方々向けのお茶です。名前はお客様に付けていただきました。先ほどのように湿布にも利用できます」

そして最後のティーポットを指し示す。

「これがアルザさんにおすすめの、『乙女の祈り』という商品です。これもまたゼノンさんが名付けました。名付けとは難しいもので、使いやすい言葉を付けているうちに続々と似たような名前の〝乙女シリーズ〟が誕生してしまい、私も覚えるのが大変です。が、名前の響きが気に入ってまとめてお買い求めになるお客様もいらっしゃるので、とても好評のようですね」

「それは皮肉な話だねぇ」

と、アルザはゼノンを見た。

「お、俺に名付けをさせるのが悪いんだよ」

「受けたなら別にいいんじゃない？　従業員の名前を付けていくよりはいいと思うけど」

くすりと笑うアルザはとても色っぽかった。以前、商品の名付けに悩んだカルパがヤケクソで従業員の名を片っ端から付けていこうとして、反対多数で却下されたらしい。

エルファは話の最中にもお茶を配っていく。ハーブの説明も大切だが、店の宣伝も大切なのだ。エルファが考案した商品がたくさん売れれば、エルファの給金も上がるのだから。

お金の使い道は山のようにある。薬効の高い希少な植物は目が飛び出るほど高価だったりするので、諦めてしまうことが多かったのだ。

だからこの催《もよお》しだって当然有料だ。駆け出し薬草魔女のお茶会なので、もちろん高くはない。ちょっとした席料と飲食代だ。赤字になるような安売りはしないが、〝実りの聖女の子孫〟という無駄に高い評判を利用してぼったくることもしない。ちょうどいい匙《さじ》加減というものがあるのだ。

それに、健康にいいからと薬を高く売りつけるなどという、詐欺のようなことがあってはならない。薬草魔女の教えが宗教のようになってもいけない。参加者に自分で考えさせるのも大切なことだ。お茶会を開く時、エルファはいつもそれを心がけている。

「そういえば、アルザ様とゼノンさんはいつ頃ご結婚なさるの？　付き合ってもう長いでしょう？」

女性の一人が、突然思わぬことを尋ねた。極秘にしているわけではないので知っていても不思議ではないのだが、それにしたってよく知っているような口ぶりだ。

「あら、そうなの？」

「幼馴染《おさななじ》みなんでしょう？」

「幼馴染み同士の恋だなんて、素敵ねぇ」

ご婦人方が若い二人の恋について話し出すと、ゼノンの頬《ほお》が引きつった。アルザは彼をちらりと見て、不服そうに唇を尖《とが》らせる。

「え、えっと……」

アルザの態度の意味を読んだのか、ナジカがゼノンの肩を叩いた。

「そろそろいいんじゃないのか？　あんまり待たせるのもどうかと思うぞ」

するとゼノンは視線を泳がせた。

「でもその……結婚とかまだ……そもそも今だって正式に付き合っているわけでは」

「えっ⁉」

ナジカは驚いたような声をあげた。

「確かに、付き合おうと言われたことはないけど……」

アルザが横目でじとっとゼノンを見ながら言った。ナジカも呆れた顔で言う。

「人気絶頂のアルザに迷惑かけるのが嫌なのは分かるけどさ、さすがにそれは失礼だから、ちゃんとした方がいいぞ。何のためにその若さで店任せてもらったんだよ。ゼノンの努力と実力もあるけどさ、事情を察して取り計らってくれたカルパさんにも失礼だろうが」

「う、うん」

ナジカが鼻先に指を突きつけると、ゼノンは小さく頷いた。ナジカがはっきりした性格なのに対して、ゼノンはずいぶんと穏やかな性格だ。そして慎重でもある。緊急時には即断即決できるが、そうでない時はこのようにはっきりしない態度を取ってしまうのだ。

アルザは腕を組み、じっとゼノンを見つめた。

人目を引く華やかな美女と、少し抜けた雰囲気のある、おっとりとした青年。

見つめ合う二人を、人々は固唾《かたず》を呑んで見守る。

「ア、アルザ、あの……」

「なに？」

「迷惑でなければ……そろそろ、正式に付き合う？」

それを聞いてアルザはため息をついた。

「なんでそこで疑問形？」

「ご、ごめん」

「いいけど。何でもできて、ルゼ様に料理人になったことを惜しまれるほど強いのに、そんな性格のままっていうのがゼノンらしさだから」

確かに彼は料理だけでなく、なんでも器用にできる。ここに棚が欲しいと言えば、倉庫の中から板を持ってきてささっと作ってしまったりする。籠《かご》を編めば、エルファよりも上手く作ってしまう。傀儡術師《かいらいじゅつし》としての腕も確かで、カルパと出かける時は護衛を務められるほど腕っ節も強い。普段そんなことを感じさせないのは、彼のこの性格ゆえだ。

「迷惑でもないし、ゼノンがいいなら隠す必要もないって、前から言ってるでしょ」

そう、隠したがっていたのはゼノンだ。彼は自分に自信がない。だから任せられた店が上手くいってから、という予定だったらしい。そして現在、店は上手くいっている。カルパへの世間の信頼、この国では珍しい薬草魔女のレシピ、そして若いが腕の確かな料理長のゼノン。それらの要因が揃ったおかげで店は繁盛し、それにつられるようにして本業である茶問屋《ちゃどんや》の業績も上がっている。友人達からすれば、そろそろと思うのも当然だった。

「迷惑だと思うなら、友達付き合いもやめてるよ」

「そうだね。ありがとう」

アルザがきっぱり言い放つと、彼は素直に礼を言う。するとアルザはまたため息をつく。

「あのね。私の邪魔になるとか思ってるみたいだけど、私の夢はとっくに叶ってるの。最初の頃とは違う形だけど、誰もがルゼ様みたいだと言ってくれるようになったわ。これで満足しているの。本当よ」

アルザはゼノンを見上げる。しかしゼノンはその言葉を鵜呑《うの》みにはしていないようだった。

役者のような人気商売は、結婚をきっかけに周囲の態度が変わることもある。アルザが人気女優になるに至った役は、昔の実りの聖女に仕えた女兵僧——つまりルゼに似た、強く美しい女性だ。当然ファンはほぼ女性である。女性というのは、有名人の交際相手を見る目が厳しい。見劣《みおと》りすると思えば、多かれ少なかれ叩いてくるのは容易に想像できた。二人の認識の溝は、とても深い。エルファは尋ねる。

「アルザさんは、その夢が叶った時点で満足されていたんですか？」

「ええ。やりたかった役をやらせてもらえて嬉しかったわ。あの役がやりたくて役者になったんだもの。それももう二年近く続けられたしね。そろそろ交代してもおかしくないでしょう？　劇団にいる以上、役はいつか後輩に譲《ゆず》るものだもの。その時は難しい脇役とか、裏方もやってみたいわ」

夢が叶って、次の目標もある。しかもそれは現実的だ。

「まあ、アルザ様は歴代のイーズ役の中で最もルゼ様に近いと評判でしたのに、その後任なんて務まる子がいるんでしょうか？」

女性の一人が心配そうに言う。

「その評判が災《わざわ》いして、私もなかなか違う役ができず悩んでいるんですよ」

彼女の後釜《あとがま》は、よほどの役者でなければ見劣りすると言われてしまうようだ。舞台上の彼女はとても魅力的だったので無理もない。

アルザは皆の反応を見てから立ち上がり、ゼノンに指を突きつけた。

「だから私の人気が落ちようとどうでもいいの。それは私がちゃんと考えてるから」

「ど、どうでもいいってことは……」

「それに私の好みは強い男だって公言してるから、ゼノンは普段から堂々としてくれさえすればいいのよ。そうすれば強くていい男なんだから。あと、服装をもう少しどうにかすれば、何も問題ないわ。脱・地味を心がけて」

その意見にはエルファも思わず頷いた。ゼノンもきりっとした表情なら、ずっと格好よく見えるだろう。人間というのは、表情と服装と髪型で印象が激変する。ナジカとゼノンは、足して二で割ればちょうどいいぐらいだ。

「この格好ダメ？」

ゼノンは自分の服を見下ろして言う。白いシャツに飾り気のないベスト、何の変哲もないズボンという、普通すぎる格好だ。彼の服がどこで売っているか、誰も気にしたりしないだろう。

「ダメではないけど、地味ね。ナジカほど派手になられても困るけど、もう少しねぇ」

「え、アルザまで俺のことダメなのっ!?」

巻き添えを食らったとはいえ、相変わらず自覚のないことを言うナジカ。派手な格好をしている彼女なら、自分のチャラチャラした格好を認めてくれると思っていたようだ。

すると、この近辺に住んでいるという女性が声をかける。

「でしたら、洒落《しゃれ》た店のあるところへ一緒に服を買いに行かれたらどうですか？　お二人が連れ立って歩くのはいつもこの近所でしょう？　この辺りには、アルザさんに相応《ふさわ》しい服はないもの」

その言葉でエルファは、彼らの交際が知られている理由を理解した。

「じゃ、じゃあ、今度さ、エノーラさんの店に行かない？」

レストラン・ラフーアの出資者であるエノーラは、ゼルバ商会という大きな商店を仕切る跡取り娘だ。ルゼの妹がエノーラの弟に嫁《とつ》いでいるらしく、その縁もあってカルパやナジカ達もエノーラと親しくなったらしい。

アルザが意外そうに言った。

「いいけど、ゼノンが自分から行きたがるなんて珍しい。しょっちゅう会ってるんじゃないの？　エノーラさんなら、言えばたぶん、喜んで似合う服持ってきてくれると思うけど」

エノーラは商談も兼ねてよくラフーアに食事に来るので、欲しいものがあるならその時に頼めば持ってきてくれるのだ。

「その……服とは別に、色々と相談してて、気に入るかどうか、アルザに確認してもらえる段階になったからさ」

「何を？」

「ゆ、指輪とか……」

今まで堂々としていたアルザが目を見開いてゼノンを見た。どうやらせっつかれなくても、ちゃんと彼なりに考えていたようだ。エルファは思わずにやにやと笑ってしまう。ナジカとその向こうにいるウルバ達も笑っていた。

「あらあら。若いっていいわねぇ」

「青春ねぇ」

婦人達も口元をほころばせ、二人を温かく見守った。

わずかに動揺を見せたアルザは再び堂々と、かつ満足げに、ゼノンは頬《ほお》を赤らめて互いを見つめている。

「そういえば、ウルバさんもここでマグリアに告白したんだっけ」

その様子を見ながら、ナジカが羨《うらや》ましそうにエルファに言った。

「そうなんですか」

今はお茶会に使っているが、本来はちゃんとした神殿だから、真剣な愛の告白をするには相応《ふさわ》しい。それに実りの女神のレルカは、賑《にぎ》やかさを好む女神だと言われており、恋する二人が浮かれていても見守ってくれるのだそうだ。そのためレルカの神殿で、結婚式を挙げる人達も多いのだ。

「告白されたマグリアは信じられなくてぶっ倒れたらしいけど」

「どうして倒れるの？」

リズリーはきょとんとしている。

「ああ見えて、ウルバさんは有力貴族の次男坊だしな」

リズリーはその感覚が理解できないのか首を傾《かし》げている。ナジカは困ったように頭を掻《か》いた。

「うーん、妖族《ようぞく》って貴族みたいなのいないんだっけ？」

「王様はいるよ。強いんだよ」

「リウド様だろ。お会いしたことあるよ」

それを聞いたリズリーは、目を輝かせてナジカを見上げた。

「ナジカすごいねぇ！　あたしは遠くから見たことしかないよ！」

「ルゼ様のご実家へ一緒に行った時に、たまたまリウド様も来てたんだ」

妖族の王様。子供がお芝居のような髭《ひげ》をつけている姿を思い浮かべて、エルファは小さく笑った。実際には違うのだろうが、小さくて可愛らしい王様なのは間違いない。

「リズリーは地上の花嫁さんを見たことあるか？」

「ないよ。キレイだって聞いたよ。あたしもお式に出ていい？」

「そりゃあもちろん」

答えたのはアルザだった。

「君みたいな可愛い子が、祝いに来てくれなかったら寂しいな」

アルザの魅力的な笑みにリズリーは頬《ほお》を赤らめ、ナジカの背に隠れてしまった。それでも顔を覗かせて、ちらちらとアルザを見ている。リズリーのような妖族《ようぞく》までこうして魅了してしまうとは、さすが人気役者だ。そのお相手であるゼノンも恥ずかしそうな顔をしている。

「アルザ、い、いつになるか分からないのに……」

「でも、いつかしてくれるんでしょ？」

ゼノンが頷くのを見て、アルザは上機嫌に笑う。そんな二人を横目に、ナジカはリズリーの頭を優しく撫《な》でた。

「ほんと、リズリーは妖族なのに可愛い性格だよな」

その言葉にエルファは驚く。

「ナジカさんは妖族の性格の違いまで分かるんですか？　妖族は他種族に対して警戒心が強いから、なかなかそこまで親しくなれないはずですが」

しかも彼らは、このランネルから遠く離れたグラーゼ周辺にしかいない少数種族である。会う機会などそうそうないだろう。

「ああ、リウド様についてくる配下の皆さんとかね。彼らも王族に仕えてると色んなところに出向くから、他種族にも慣れてるんだ。俺達も普通にしてれば変な警戒はされないよ。それどころか皆、すごく悪戯《いたずら》っ子なんだ。特にリウド様は魔物の王の中では最年長なのに、俺らを驚かせようと後ろから忍び寄ってきてね。気付いて振り返ったら舌打ちされたな。俺ら傀儡術師《かいらいじゅつし》は気配に敏感だから、同じようなことをしてた配下の皆さんも失敗して悔しがってたなぁ。まあ、慣れてくれれば全体的に可愛い種族かな。リズリーはその中でも特に可愛いけどね」

ゼノンとアルザもうんうんと頷いている。

「式ではぜひ、リズリーに手伝ってもらいたいわ」

「うん、お手伝いするよ」

アルザのお願いをリズリーは快諾する。しかしそのお手伝いというのは、リズリーが考えるような裏方の仕事とはだいぶ違うだろう。可愛らしい姿を生かした、かなり目立つものになるに違いない。彼女の場合、後でそれを知っても、一度やるといった以上引き受けてくれるはずだ。それだけの責任感はあるし、好奇心も旺盛《おうせい》だから。

アルザの結婚式なら、人がたくさん来ることだろう。となると、そんな場で花嫁の世話をするに相応《ふさわ》しい服を彼女に用意しなければならない。リズリーは着るものに頓着《とんちゃく》しない性格らしく、彼女自身に任せていたら残念なことになりそうなので、友人としてしっかり口を挟まなければならない。妖族《ようぞく》にも伝統的な礼服があるはずだが、そういうのが一番受けがいいだろう。

「エルファ？　どうしたの？」

手を止めて考え込んでいると、ナジカに声をかけられた。いつの間にか自分の考えに没頭していたのに気付き、エルファは笑みを浮かべて答える。

「あ、いえ、リズリーの服は、伝統的な妖族の衣装をルゼ様に取り寄せていただけないかなと」

彼女はリズリーを可愛がっていたから、引き受けてくれるだろう。

「そ……そう。それならよかった。それならきっとルゼ様本人が喜んで採寸《さいすん》に来てくれるよ。ルゼ様、妖族大好きだから、そういう服装も好きだと思うよ」

「それいいねぇ。私からも頼んでみよう。ルゼ様も喜ばれるだろうし」

アルザもこの案が気に入ったようだ。そしてリズリーはこの会話の意味にまだ気付いていない。

「まあ、素敵ねぇ」

結婚式についてあれこれ語っていたら、ご婦人方から羨《うらや》ましげな声があがる。するとアルザは、彼女達を見回して言った。

「ここで会ったのも何かのご縁。皆さんもお時間があればぜひ来てください」

「まあ、よろしいんですかっ」

「その代わり、結婚のことはしばらく内緒でお願いしますね」

そんな風に嬉しそうに語るアルザを見て、エルファも羨ましくなった。

アルザとゼノン同様、エルファも幼馴染《おさななじ》み同士で結婚する予定だったが、相手のアロイスはゼノンと違って真面目な性格ではなかった。悪い人ではなかったが、我儘《わがまま》で子供っぽく、決して褒められた性格でもなかった。

アルザはウルバ達にも声をかける。

「ウルバさんもその時はよろしくお願いしますね」

「ええ、もち……ひょっとして、ここで式を挙げるつもりかい？」

「もちろんそうです。ルゼ様とエリネ様が建ててくださった神殿だし、そのお二人に助けられた私達にはここしかないです。幸いなことに、立派な神官様もいらっしゃることだし」

アルザがウルバを見つめて語ると、ゼノンも頷いた。そんな二人を、ナジカもまた羨ましそうに見ていたが、ふと、ちらりとエルファを見た。目が合うと、慌てたように視線をウルバに向ける。

エルファは複雑な気持ちで苦笑する。先ほどから少し様子がおかしいが、まだエルファがアロイスのことを引きずっていると思っているようだ。こちらはもうほとんど吹っ切れているというのに。もっともナジカとは現在お友達でしかないので、それでガンガン結婚を迫られても困るのだけれど。

「……まあ、いいんじゃない？　本人達が望んでるんだし。有名だからって特別扱いしすぎるのも可哀想だよ。他の子なら躊躇《ためら》ったりしないんでしょ」

マグリアは赤ん坊を抱えながら、ウルバを見上げて言った。

「そうだね。私がそのように及び腰では、いけないね」

「そうそう。ウルバさんはドンと構えてないと」

このお茶会の本来の目的であった、慈善院《じぜんいん》の悪印象の払拭《ふっしょく》は、最終的にはゼノンとアルザの結婚式を以《もっ》て成し遂げられるのだろう。

今の二人の様子では、もう少し先になりそうだが。

第二話　偏食《へんしょく》の弊害《へいがい》

　エルファは商店街の行きつけの食器店で、棚に並ぶ洒落《しゃれ》た器《うつわ》を眺めていた。田舎《いなか》では窯元《かまもと》ぐらいでしか見られない凝《こ》った品々が並んでいる。中でも大きな深皿に目を惹《ひ》かれた。花をかたどったような型に、様々な花が描《えが》かれている。果物や菓子を入れてもいいし、取り分け用の料理を入れるのもいい。品質の割に値段も安い。が、買うかと言えば否《いな》だ。エルファに手が出せる値段ではない。

　エルファは深皿から目を逸らし、最初に欲しいと思っていたものを見る。これなら自分の手が出る範囲内だ。新しく入荷されたビスケット型。しばし迷い、可愛い鳥の型と、これからの季節を考えて雪だるまの木型を選ぶ。そして、欲しくはないが気になっていたものを指して店主に尋ねた。

「これ、この怪物みたいなの何ですか？」

　やたらと恐ろしげな顔をした生き物の木型だ。

「それは悪魔だよ。この地方の古い風習で、年の終わりに悪魔の形のビスケットを頭から食べて、魔除《まよ》けにするんだよ」

「へぇ。面白いですね」

「これは子供が無事に大人になるようにってまじないだから、フレーメは毎年孤児院に差し入れてるって聞いたことがあるよ。カルパさんもこの手のは何かしら持ってるはずだ」

　フレーメの幹部達の多くが孤児院で育ったので、カルパも慈善活動には熱心なのだ。

「じゃあ、帰ったら聞いてみます。あ、これとこれをいただきます」

「はいよ。まいど」

　ガラス製品などの割れ物は店に届けてもらったりするが、今日買うのはこの小さい木型だけなのでそのまま受け取った。ラフーアで出すビスケットは、エルファの趣味で凝《こ》った型を使っている。仕事のついでに趣味の木型集めがはかどって一石二鳥だ。

「エルファ、それだけでいいの？　ガラスとか皿とかは？」

　後ろから声をかけられ、エルファは振り向いた。いつものようにナジカが微笑んでいる。今日は非番なので私服姿だ。じゃらじゃらしたアクセサリーだけでなく、細かな刺繍《ししゅう》を施《ほどこ》した上着に、派手めのボタンやベルトのついた服を着こなしている。安い古着を自分好みに改造しているのだそうだ。ボタンを自分の好みのものに付け直し、刺繍まで自分でしているらしい。物を動かす傀儡術《かいらいじゅつ》を繊細《せんさい》に使いこなせるよう訓練していたら、自然と手先まで器用になったという。ゼノンの包丁捌《さば》きもその訓練のおかげなのだとか。

エルファは手元の木型をちらりと見ながら言う。

「はい。これを集めるのが趣味ですから。陶器やガラスも好きですが、ちょっとしたことで割れてしまいますし、以前買ったガラス瓶だけで十分です」

エルファはまだ一人で買い物に出ることが許されていない。だから必然的に、よく食事に誘ってくるナジカと買い物に出かけることが多くなる。もちろんエルファに文句はない。文句があれば、断って仲の良いラスルシャと買い物に行っただろう。

ナジカに誘われるまま一緒に出かけているのは、それが楽しいからだ。食べ歩きという共通の趣味があるのも大きい。服装の趣味は少々合わないが、彼の場合は何を着ても似合うのでエルファの方が気にしなければいいことだ。

「さて、もうすぐ昼だし、何か食べる？　新しく露店が増えてるよ」

「新しい露店ですか？」

「ああいうのは入れ替わりが激しいからね。特にこれからの季節は収穫が終わって、だんだん地方から出稼ぎに来る人が増えてくるからさ。今だと食材が豊富だし活気があるよ。冬になると工芸品も増えてくるけど」

「なるほど。それは楽しみですね」

冬の間は農業ができないので、その間の収入としてそれらを都会に売りに来るのだろう。エルファの地方でもよくあったことだ。ここは王都ルクラスだから、珍しいものも売られていることだろう。

それからナジカの案内で商店街を歩いた。確かに、言われてみれば以前より露店が多く感じられる。

この時間帯の商店街には、朝とはまた違った活気がある。朝は朝で市場《いちば》が開かれるため活気があるのだが、今は労働者の昼食向きの、具の多いスープや腹に溜まるパン、麺類が売られている。平焼きパンに焼いた肉を挟んだものを売っている店は、堪《たま》らない香りで人を集めている。肉は臭み消しが完璧でなく、ラフーアでは決して出さないようなものだが、この香りは空腹時の食欲をそそる。肉と香辛料の風味が絡み合い、この香りだけで口の中に広がる旨味《うまみ》を想像できる。

「何を食べようか」

「何がいいのかさっぱり。お任せします。このいい匂いで、ちっとも頭が回りません」

「了解。確かにこの匂いは強烈……」

と、その時、ナジカが足を止めた。

「ん、今、誰かに呼ばれなかった？」

「そうですか？　私は気付きませんでした」

多くの人々で賑《にぎ》やかな商店街には、荒々しい接客の声や、威勢のいい客引きの声が飛び交っている。

「あ、いた。あいつらだ」

ナジカは誰かに向けて手を振った。見ればナジカが親しくしている近所の不良学生達だった。エルファも何度か見かけたことがある。

「ちーす」

先頭を歩いていただらしのない服装の少年が、片手を上げて近づいてくる。彼はナジカよりいくつか年下だが、少しナジカに似ている。主に服装が。もちろんナジカの方がお金と手間暇をかけている分、派手だ。そして少年は、社会に出て仕事をしていてもこんな派手な格好で自分を貫くナジカを慕《した》っているらしかった。そんな少年にナジカは声をかける。

「こんな時間にどうした？　学校は？」

「ナジカさんは見た目によらず相変わらず真面目っすね」

「そりゃあ、おまえらみたいなのを補導するのも仕事だからな」

「今日はもう授業終わったんですよ」

「本当かぁ？」

ナジカは疑いの目を向ける。彼らは万引きや暴力といった悪さらしい悪さはしていないから、悪い子ではない。しかしよく学校をサボっているのだ。

「ナジカさんは仕事熱心だなぁ。今日は休みなんでしょう」

「そうだ」

彼らはナジカの派手な私服姿を見て、地味なエルファを見る。そのうちの一人がポツリと言った。

「なんか悪い男が真面目ちゃんを誑《たぶら》かして、連れ回してるように見えるかも……」

「ど、どこがだ!?」

「まあ、今日は顔隠してないからいくらかマシですけど。スカーフ巻くのやめたんですか？」

「うん。なくても楽になってきたから」

ナジカは枯草熱《こそうねつ》のせいで、草の多い春から夏の間は顔の下半分をスカーフで隠していた。そのため、よく不審者みたいだと言われていたのだ。田舎者《いなかもの》っぽいエルファがナジカと歩くと、何か犯罪に巻き込まれているように見えたらしい。

秋になって症状も治まりスカーフが外れたため、一緒に歩いても変な目で見られなくなったと思っていたのだが、どうやら違う目で見られていたらしい。

「そういえば、この格好もまだまだ人目を集めそうですよね。夏場の怪しい格好で感覚が麻痺《まひ》していたのかしら……」

エルファは、自分の感覚の大きな変化に愕然《がくぜん》とした。派手だ派手だと思っていながら、スカーフさえ外せば人よりちょっと目立つ程度だという認識になっていたのだ。

「エルファさんも、たまにははじけたらどうっす？　そしたら逆に自然で、目立たなくなるかも」

「それはちょっと。外で羽目を外すと、店の印象が悪くなりますから」

「ああ、可愛い薬草魔女って言われてますもんね。ナジカさんなんかと一緒にいて大丈夫なんですか？」

「可愛いはともかく、ナジカさんの職業的には何も問題ないはずなんですが……よく考えたら複雑かもしれません」

ナジカがふてくされて足下の小石を蹴り出したので、会話を中断した。

「ごめんなさい。これから楽しい食事なんですから機嫌直してください」

冗談だと言おうと思ったが、実際冗談では済まない話なので、やはり少し複雑だ。

すると不良学生達が声をかけてくる。

「あの、デートの邪魔して悪いんすが、俺らも一緒にいいですか？」

「いいけど、何かあったのか？」

気を取り直したらしいナジカが、人の好い笑顔で問う。緑鎖《りょくさ》の彼に相談があるということは、よほど困っていることがあるのかもしれない。

「ナジカさんじゃなくて、今日はエルファさんに相談があるんですよ」

エルファは自分を指さして瞬《まばた》きした。彼らにとって、エルファはナジカのおまけだと思っていたから、意外だった。

場所を移動して、いつも彼らがいる公園にやってくる。

学生達もエルファ達と一緒に各々《おのおの》好きな昼食を買って、とりあえず腹ごしらえをしている。

彼らはエルファの倍ぐらいの量を、エルファの倍ぐらいの勢いで食べていた。中でもがっついていたのは、意外なことに女の子だった。よほど飢《う》えていたのかと思うぐらいだ。

学生達の食欲にある種の感動を覚えながら、エルファも女の子と同じものを一口食べる。先ほどエルファの胃袋を誘惑したパンだ。臭みの残る羊肉をローストし、香辛料の効いた濃いめのソースをかけて、平焼きパンに挟んである。見た目よりもどっしりと重く、いかにも育ち盛りの学生や力仕事をしている人向けの、がっつり系だ。食べ応《ごた》えがあって、食いしん坊のエルファでも一つで満腹になりそうだった。

「おまえら、いい食べっぷりだなぁ」

「ナジカさんこそ。でも、いつもいいもの食べてるナジカさん達の口に合うんですか？」

最初にナジカに話しかけた少年――ネヴィルが首を傾《かし》げた。

「いつもいいものを食べてるのはエルファだけだよ。料理人だからな」

分厚い手袋をしたナジカが、一つ目のパンを平らげて言う。ナジカは食べ物を苦くする魔力持ちなので、こうしないと食べられない。

「いいものというか……ラフーアの賄《まかな》いをずっと食べているとこんな豪快な味も恋しくなるんです」

「そんなもんすか？」

エルファは迷わず頷いた。食材を適当に大鍋にぶち込んで煮込んだだけの料理なども恋しくなる。

「そうですよね！　分かります！」

エルファに賛同したのは、先ほどまでものすごい勢いで食べていた少女だ。

「実は、エルファさんに相談したいのはこいつ……シエラん家《ち》のことで」

ネヴィルが少女——シエラを指して言った。エルファは首を傾《かし》げる。

家。先ほどの食べ方。今の反応。

あまりいい話ではないだろう。エルファが薬草魔女と知っていて、相談するようなことだ。

「何かあったんですか?」

シエラは頷いて、話し始める。

「……母が、おかしくなったんです」

「おかしく? まさか、虐待《ぎゃくたい》か?」

二個目のパンにかじりつこうとしていたナジカは、それを中断して問う。エルファばかりの問題でもないと思ったのだろう。確かに彼女の食べ方は、食事をあまり与えられていない人のそれに見えた。

「うーん。虐待というか……」

ネヴィルが眉間にしわを寄せつつ、少女の話を引き継ぐ。

「実はこの前、エルファさんのお茶会に、うちのばーちゃんとシエラのかーちゃんが参加したんだ」

今度はエルファの眉間にしわが寄った。話がまったく見えなくなってしまった。あの時のお茶会と、虐待との関係性が分からない。

「ばーちゃんは膝が楽になったって喜んでたんだけど、シエラのかーちゃんがお茶会から帰ったらいきなり厳しくなっちまって」

エルファは何か変なことを言ったかと、記憶を辿《たど》る。

「ネヴィルのばあちゃんって、リアナさん？」

「ナジカさん、うちのばあちゃん知ってるの？」

ナジカが問うと、ネヴィルは目を瞬《しばたた》かせる。

「俺もお茶会にいたし、少し話をしたからな」

聞けば彼の祖母とは、エルファが膝に湿布《しっぷ》をしてあげた老婦人のことのようだ。まさか彼女が知り合いの祖母だったとは予想だにしなかった。

「んー、でも、お茶会はみんな和やかな感じだったのになぁ。なんでだろう。大半は美容にいいハーブについての話だったのに」

ナジカも心当たりはないらしく首を捻《ひね》る。

身体にいい食材と聞くと突然それればかり食べるようになったり、他の食べ物を排除したりと、極端なことを仕出かす人がたまにいる。なのでエルファも話をする時は気を付けている。あの日も、いきなり子供に厳しくしそうな話などした覚えはない。

「厳しくなったって、具体的にどういうことだ？　食事でも抜かれてるのか？」

「厳しくなったっていうか、食事制限されてるんだ」

「ああ、ジャンクフード禁止とか？　たまにいるよな、そういう極端な親」

ナジカが納得して頷く。しかし話はそういうことではなかった。

「近いけど、違うなぁ。元々肉を食べる機会が減ってたらしいんだけど、今は完全に肉も魚も禁止なんだってさ。ハムやベーコンもダメで、スープの具も野菜ばっかなんだって」

エルファは目を見開いた。

「私はむしろ、そういう誤解をされるのを恐れて、肉も必要だと毎回話すんですが。まして や魚も禁止だなんて」

エルファの言葉に、ナジカも補足する。

「うん。痩《や》せたいなら鳥肉の脂《あぶら》が少ない部位を食べるべきだって、いつも話してるよな？それで肉全部がダメなんて話にはならないだろうし……あ、でもそういえば、肉がどうのとか言っていた女性がいたような……？」

「あれってそういう意味だったんですか？　脂身《あぶらみ》はよくないと言った気はしますけど」

ナジカと一緒に考えてみるが、どうしてそんな極端な肉食禁止主義になったのかは分からなかった。

シエラもげんなりして手に付いたソースを舐めながら言う。

「植物の偉大さがどうこうって言ってたから、なんか勘違いしたのかなぁ。ママ、思い込み激しいし。でもさすがに野菜だけってきつい」

嘆《なげ》くシエラを彼女の友人達が慰《なぐさ》める。肉に飢《う》えた彼女のために、わざわざ露店が並ぶ商店街まで来たのだろう。いい友人達だ。その一人であるネヴィルがため息をつく。

「もし時間があったら、勘違いをやんわり指摘してやってくんないかなって思って。さすがに可哀想でさ。女が肉に飢えてるのを見んのも複雑だしさぁ」

シエラは可愛い女の子だ。それがああしてがっつく姿を見るのは、男の子としては避《さ》けたいだろう。

「分かりました。私に原因があるようですから、これからお邪魔して話をしてみます。今日はこの後も買い物をして食べ歩くだけの予定だったので、構いませんよ。ねぇ、ナジカさん」

「ん」

ナジカは口にパンを含んで頷いた。真面目な話の最中だが、目の前にある食べ物の誘惑には勝てなかったようだ。するとネヴィルから指摘が入る。

「あ、ナジカさんはそのアクセとか外してもらえます？　こいつのかあちゃん、そういうのあんまり好きじゃないんすよ」

「確かに私のお茶会に来るような女性は、娘さんが今日のナジカさんみたいな人を連れてきたら不安に思うでしょうね」

「え……」

　エルファは、絶句したナジカの耳や指を改めて見た。一つならともかく、いくつもアクセサリーが付いている。年齢的に不良少年達の親玉に見えることは間違いない。中身がどれだけ真面目でも、外見が真面目に見えなければ説得力がないのだ。

「エルファのお母さんも……そう思うかな？」

「もちろん。当たり前じゃないですか。ナジカさんは付けすぎなんです」

　彼はしょぼんと肩を落とした。

「付けないって選択肢はないんですね」

　エルファは少し呆れてしまう。そんなにアクセサリーが好きなのだろうか。

　するとナジカは意外なことを明かした。

「これでも減らしてるんだ。それにこれ全部、魔術の補助に使ってるんだよ。趣味だけじゃないよ。実用なんだ」

「え、全部使ってるんですか？」

真剣に言い募《つの》るナジカに、エルファは驚く。

「そうだよ。全部違う効果のやつだから。複数の効果がある魔導具を使えば少なくて済むけど、そんなのは手が出ないぐらいに高いし、だから一つ一つ別な効果のやつをいくつも付けることになるんだ。これなんか、治癒術《ちゆじゅつ》の補助だし」

と言って、ナジカは耳に触れた。たくさんの輪がついているが、よく見ればどれもずいぶん凝《こ》った品だ。一つ一つ精緻《せいち》な彫刻が施《ほどこ》され、彫られた部分には別の金属が埋め込まれている。

「この下は洗脳防止だし」

「防止できるんですか？」

「もともとされにくい体質だから、これを付けておけば何とかね。まあ、その他にも色々とあいつら対策があるから減らせないんだ」

『あいつら』とはマゼリル達のことだろう。エルファは、彼が自分の護衛として付いてきてくれていることを思い出す。

こういったものを付ければ、自分も少しは自由に出歩くことができるだろうか。高いとは思うが、若いナジカがここまで揃えたのだから、エルファにも払えない金額ではないはずだ。しかしここで値段を聞いてしまうと、彼が喜々としてプレゼントしてくれるのが目に見えている。さすがに今の関係で高価なものをもらうのは気が引けるので、エルファは別の言葉を口にする。

「じゃあ、シエラさんの家の前に着いたら外しましょうか」

「うん。それが一番現実的だね」

こういう時はナジカではなく、同僚のゼノンに値段を聞くのが、エルファの一番望む形になるはずだ。

◆◇◆◇◆

案内されたのは、思ったよりも大きな家だった。応接室には安くはない家具が揃えられ、使用人も雇っている。かなり裕福な家庭らしい。

ナジカが視線だけ動かして室内を観察している。彼は今、アクセサリーを外せるだけ外し、しっかりと襟元のボタンを閉めて、髪も後ろに撫《な》でつけている。

エルファは使用人に出されたお茶を飲む。渋みが強く出た紅茶だった。フレーメに勤めてからお茶に関しては特に舌が肥《こ》えてしまったので、一口だけ飲んでカップを置き、にこりと笑みを浮かべる。

こういうことがよくあるから、ティールーム・フレーメは流行《はや》ったのだろう。上手い人――フレーメでもベテランの従業員が淹《い》れたお茶は、味がまったく違うのだ。

「ごめんなさいねぇ。もう少しで奥様もいらっしゃると思うので」

お茶を出してくれた使用人が、申し訳なさそうに言う。

「いいえ、突然訪ねてきた私が悪いんです」

「でも、お嬢さんみたいな真面目そうなご友人は珍しいので、奥様もきっと歓迎ですよ」

使用人はナジカとネヴィルについては触れなかった。

アクセサリーを外したナジカは不良仲間にも見えないはずだし、ネヴィルも身なりを整えたので、露骨に顔をしかめられるようなことはないはずだ。が、二人に共通する、元々の悪そうな顔立ちだけはどうしようもない。

が、それでもずいぶんとマシになったとエルファは思う。ナジカもこれぐらい整えられるなら、自分の両親も会った時に顔を引きつらせたりしないだろう――などと考えていることに気付いて、エルファは頬《ほお》が熱くなるのを感じた。ナジカのことを意識している自覚はあったが、こんなことを考えるほどだとは思っていなかった。エルファは誤魔化すように口を開く。

「シ、シエラさんも遅いですね」

「女ってのは着替え一つにも時間がかかるからなぁ」

ネヴィルは苦い紅茶に砂糖をどばどば入れながら言った。

「エルファはびっくりするぐらい準備が早いよ」

「化粧薄いし、テキパキしてそうですもんねぇ。朝とかすげぇ早起きしそう」

「起きたら家事が終わってそうだよなぁ」

「うんうん。焼きたてのパンとか用意してありそうっすよね」

二人は男の願望を語り合う。

「私は、朝はそんなに早くないですよ。早く起きて厨房《ちゅうぼう》に行っても、ティールーム用の商品を作っている人達の邪魔になりますから」

「エルファは作ってないの？」

「私は新商品の考案はしますけど、それらが安定した品質で作られるようになれば、人に任せてます。分業は大切ですよ。私が仕事をしすぎて他の人の仕事を奪っても、いいことなんて一つもありま……ん？」

大きな声が聞こえたような気がして、エルファは耳を澄ました。女性の言い争う声だ。激しく罵《のの》り合っているので、何を言っているのかは聞き取れない。

「あぁ、また親子喧嘩《げんか》か」

ネヴィルが肩をすくめた。言い争っているのは、シエラとその母親のようだ。

「最近、毎日みたいっすよ。まあ、気持ちは分かります」

「終わる気配がないな」

ナジカは少し悩んで立ち上がる。

「家庭内のことだけど、喧嘩を止めるのは緑鎖《りょくさ》の務めだ」

「頼みます。おばさんも他人の前では怒りを収めてくれると思いますし」

ネヴィルでは止められないようだ。彼は争いの火種になっていそうなので仕方がない。

エルファも立ち上がり、ナジカに続いて廊下に出た。声のする方に歩いていくと、ドアが半分開いている部屋を見つけた。そこから声がする。

「どうしておまえは分かってくれないの!?　ママはおまえのためを思って言っているのよっ!?」

「それが余計なお世話なの！　あたしがどうしようが、あたしの勝手でしょ!?」

彼女の言い分は分かる。もし宗教的な理由で親が肉食を禁止したのだとしても、食べたい気持ちは抑えがたいものだ。だが、それが原因で親子の仲が決裂することも珍しくない。

「おまえはどうしてそう聞き分けがないの⁉　だからあんなっ」

「奥さーん、落ち着いてくださーい」

ナジカは声を張り上げる夫人に呼びかけた。声は大きいが、口調は柔らかい。彼は女性が暴れている時によく対応を押しつけられるため、こういった時の扱いには慣れているらしい。

「一体どうしたんですか？　ひょっとして、俺達を連れてきたからシエラさんを叱っているんでしょうか？」

ナジカが不安そうに問いかける。彼のように若い美男子がこのように声をかけたら、大半の女性は態度を取り繕《つくろ》おうとするだろう。しかし激高する彼女はそうでなかった。

「シエラ、どうしてあんな男と！」

ナジカの頬《ほお》が引きつった。もしや娘が男を連れてきたと勘違いしたのだろうか。そう思った時、シエラの母はエルファを――その後ろを睨《にら》みつけた。あんな男とはナジカのことではなく、エルファの後ろに立ったネヴィルのことらしかった。

「お、おばちゃん、落ち着いて」

「落ち着けですって⁉　あなたのせいで、この子はろくでもない連中と付き合ってるのよ。あなたがこの子を不良の道に引きずり込んだんだわ！　前は授業をサボるような子じゃなかったのに！」

ネヴィルは空笑《そらわら》いして頬を掻《か》く。そう言われても仕方ない生活態度なので、反論できないようだ。

「薬草魔女も、うちには合わないのよ！」

「えっ!?」

どこか他人事《ひとごと》のように思っていたエルファは、いきなり飛び火してきたことに驚きの声をあげた。

「ママひどい！　せっかく来てくれたのに、どうしてそんなこと言うの!?　礼儀を大切にしろって言ったのはママなのに、そんな失礼なこと！」

「来てほしいなんて思ったこともないのに、突然来るなんて礼儀知らずでしょ！」

「ママじゃなくて、あたしのお客さんよ!?　あたしのお客さんに失礼な言葉を言うことのどこが礼儀なのっ!?」

シエラは母親に掴《つか》みかかろうとした。ネヴィルは咄嗟《とっさ》に部屋に入って、シエラの片腕を掴んだ。

「落ち着けって。おまえまで一緒に切れたら収拾つかねぇだろ！」

エルファも思わず頷いた。話し合いとは、冷静になることから始めなければならない。

「切れてんのはママじゃない！　いっつもいっつも切れてる！　あたしにこれ以上どうしろって言うの⁉」

　シエラが癇癪《かんしゃく》を起こして近くにあった椅子を蹴ると、ネヴィルは慌ててもう片方の腕も掴《つか》んだ。

「わ、分かった。とりあえずお互いに落ち着いた方がいいって。そうだ。今日はうちのばあちゃんが菓子を焼く日なんだ。友達も呼んでこいって言ってたから、甘いもの食って落ち着こう。な？」

　彼はそう言って引きずるようにシエラを部屋の外に連れ出す。廊下に出たシエラは、今度は逆にネヴィルを引きずるようにして歩き出した。

「ママ、あたし、優しいネヴィルのおばあちゃんのところでご馳走《ちそう》になってくるから！」

　振り返らずにそう宣言した彼女は、荒々しい足音を立てて玄関へと向かう。

「お、お邪魔しました」

　エルファはぺこりと頭を下げて、逃げるように二人の後に続いた。

　生まれて初めての事態に混乱してしまい、上手い仲裁の言葉はまったく思いつかなかった。

◆
◇
◆
◇
◆

ネヴィルの祖母、リアナが住んでいるのは、一階に書店のあるアパートメントの二階だった。

「おやシエラ、よく来たねぇ。それに薬草魔女のお嬢さんまで」

お茶会に来ていた上品な老婦人は、エルファを見上げて微笑んだ。

「突然お邪魔して申し訳ありません」

「賑《にぎ》やかなのは大好きよ。さあ、上がってちょうだい。ちょうどお菓子が焼き上がったのよ。薬草魔女のお嬢さんに教わった、薬酒漬《づ》けの果物を使ったお菓子よ」

フレーメで販売している薬酒を購入してくれたらしい。自分が自信を持って薦《すす》めたものを気に入ってもらえるのは、とても嬉しいことだ。

「ありがとう、リアナおばあちゃん。ついでに、今夜泊まっていってもいい？」

「構わないよ。すじ肉が安くてたくさん買ってしまったから、シチューを作ったの。やわらかくなるまでよぉく煮込んだから、美味《おい》しいよ」

「うわぁ、嬉しい！　ありがとう！」

リアナはシエラの手を引いて家の中に招き入れる。彼女はシエラの現状を知っているのだろう。印象通り、優しい女性だ。

「お茶淹《い》れるから、リアナおばあちゃんは座っててよ。お菓子は籠《かご》の中ね」

シエラはこの家に慣れているのか、台所に入ってテキパキと動いた。

「あら、ありがとうね」

ネヴィルが祖母のために椅子を引いて座らせる。思ったよりも、彼はしっかりした子のようだ。

「シエラさん、お手伝いしましょうか」

エルファも台所に入り、シエラに問いかけた。

「え、いいんですか」

「はい。こういうのは慣れていますし」

「そうだった。あ、うちのお茶、微妙だったでしょ？　淹れ方教えてくださいよ」

「はは……いいですよ」

お世辞にもそんなことはないと言いにくかったので、エルファはシエラにお茶の淹れ方の基本を教えることにした。

「なぁ、ばあちゃん。ひょっとして、こいつのおふくろさんがああなった理由、知ってたりする？」

ネヴィルが祖母に問いかける声が聞こえてくる。

「んー……本当かどうかは分からないけど、噂《うわさ》は聞いたよ」

「どんな？」

「占いにはまっているって噂さ」

隣でシエラが俯《うつむ》いた。茶の淹れ方など聞けるような精神状態ではなさそうだが、エルファは彼女に語りかけながら、ちょうどあったフレーメの茶葉を使って手本を見せる。

「占い師って、どんな人です？」

ナジカが問いかけると、リアナは言い淀《よど》む。

「そうねぇ……。最近よく当たるって評判の占い師でねぇ。でもねぇ、こう言っちゃなんだけど怪しいんだよ、あの人は」

「まあ、占い師ってのは怪しいもんですよ」

「怪しさにも、害のあるものとないものがあるんだよ。噂ではね、荒稼ぎしているらしいよ」

「売れてるとやっかまれて、そういう噂が出ることもありますが」

「お兄さんは、若いのによく分かっているねぇ」

「人の成功をやっかんだらいけないよって、ウルバさんによく言われたんで」

「あの神官様かい。あの人もまだお若いのに、ご立派だねぇ」

素晴らしい教えだ。やっかんで人を悪く言う人間は醜《みにく》く見え、周りの人を遠ざけてしまう。

「ばあちゃんはその占い師の何が怪しいと思ったんだ？」

ネヴィルが問うと、リアナは気乗りしない様子ながらも語り始める。

「あくまでも、噂話《うわさ》だけどね。高い物を売りつけているんだそうよ。ほら、よくあるでしょう、この壺を買えば幸せになれるとかなんとか……」

うわぁ、とナジカが声をあげた。

「いや、でも、それでどうして肉禁止ってことになるんだ？『薬草魔女も、うちには合わないのよ！』とか言ってたぜ。ばあちゃん、お茶会でなんか聞いてない？」

「お茶会の時は、機嫌良さそうだったわよ。その後に、誰かに何か吹き込まれたのかしらねぇ」

その誰かが、肉食を肯定するエルファを批判したのかもしれない。

エルファは隣に立つシエラを気にしながら、ティーポットとカップを湯で温める。

「少しの手間を惜しむと、その分、味が落ちますから……シエラさん？　大丈夫ですか？」

エルファはシエラに声をかけた。シエラは頬《ほお》を引きつらせ、怒っているような泣いているような表情を浮かべている。見ている方も胸が痛んだ。

「だ、大丈夫」

「大丈夫じゃないようですから座りましょう。後は沸騰した湯を注《そそ》いで、時間を計るだけですから」

エルファは彼女の手を引いて台所から出ると、椅子に座らせた。ナジカも声をかける。

「シエラさん、心配しないで。こういう案件も緑鎖《りょくさ》の領分だから、俺も協力するよ」

「そ、そうなんですか？」

「ああ。何か買わされたっていうのは本当？」

彼女はしばらく考え込んで、頷いた。

「最近、無駄遣いしてパパと喧嘩《けんか》してたから。変な壺が飾ってあったし、あれが高いんだと思う……」

ナジカは頷いて、さらに詳細を聞き出す。エルファはその間にお茶の用意を続けた。就寝前にお薦《すす》めの、ラベンダーを中心とする穏やかな香りのハーブティー。

「やっぱりママは、あいつに騙《だま》されてるのかな」

彼女は膝の上で拳《こぶし》を作り、唇を噛んでいた。

詐欺というのは、他人事《ひとごと》でも腹立たしい。ましてや彼女は身内が騙《だま》されているのだ。端《はた》から見れば明らかに騙されているのに、本人が気付いてくれないというのは、本当に腹立たしい事態だ。それに、騙されている側にしても、いい年をした大人が子供をこれほど追い詰めるなど、許されることではない。目を覚まさせてやらなければ、シエラが可哀想だった。

「あの女のところに通うようになってから、ママがおかしくなったの。なんで肉食禁止なのかは分からないけど」

「元々はよく肉を食べさせてもらっていたんですか？」

「ええ。太るからって、それほど多くは出されなかったけど。でもパパや弟が好きだから、足りないって思うほどじゃなかったわ」

自分が痩《や》せるために、家族にも同じ食事を強要する女性はたまにいるが、シエラの母親は十分痩せていたので、そこまでする必要はないように思われた。

「やはり宗教か何かでしょうか。信仰する神によっては、肉食を禁じていることもありますし」

シエラはエルファの予想を聞いて目を見開いた。

「そ、そうかも。なんかそれっぽい気がする！」

「んー、でも、占いに関する神で、肉食を禁じるような神は思いつかないんですよねぇ」

過去や未来の女神は、生と死を司《つかさど》るという一面もあるため、生死の両方を尊《とうし》ぶのが常だ。生きているものはいつか死んで土となり、次の命を育てる。つまり命を食べて生きることを肯定する神であり、それを否定する教えはどのように捻《ひね》ってても出てこないはずだ。

「きっと変な新興宗教よ！」

シエラは拳《こぶし》を握りしめた。

「壺を売りつけるのは、それっぽいよなぁ。占い師ってのは、詐欺師と紙一重だ」

占いを信じる人にとって、彼の言葉は暴論に当たるだろう。しかし信じない人にはまっとうなものとして聞こえたようで、ネヴィルが深く頷いていた。

「気持ちよく騙して、その分の対価をもらうぐらいならいいんだ。占い師ってのは本当のところ、悩み相談を受けるのが仕事のようなものだからな。悩みを話術で引き出して、さも自分の占いでそれを知ったように装《よそお》い、当たるかどうか分からない占いの結果を元に相手が納得できる話をして、心を軽くする。そういった仕事だと思えば、十分尊敬できる」

ナジカは複雑そうに語る。

「ナジカさん、ずいぶんと棘《とげ》がありますけど、占い嫌いなんですか？」

「占術ってのは、周りで起こる色んな事象から未来を予想することだよ。誰だってやっている。それは嫌いじゃないよ。でもそれをまるで未来予知のように言うのは、嫌いだな」

ナジカの表情は苦々《にがにが》しげだ。

「それに、未来を予想して、そのために必要な道具を持つよう勧めるのも、別にいいと思うよ。俺も女に刺されそうな男がいたら、服の下に防具みたいなもんを着込んどけって言うし」

実際にそういう忠告をしたことがあるのだろう。本来なら刺されないよう生活を改めるべきだが、今日明日刺されそうな人間には意味のない助言である。

「だけどさぁ、一括《ひとくく》りにこれを持っていれば幸せになれるなんて、馬鹿だろとしか言いようがない」

「でも、宝石療法っていうのが古くからあって、悩みを抱える人を癒《いや》してくれる石なんかもありますよ。宝石には実際に力があって、魔導具の要《かなめ》としても使われていますし」

「そういうちゃんとした学問に基づいて売るのはもちろんいいと思うよ。宝石の偉大さを否定したらパリルに首絞められるし」

パリルはナジカの幼馴染《おさななじ》みで、宝石大好き拷問吏《ごうもんり》の異名を持つ緑鎖《りょくさ》の少女だ。彼女もまた傀儡術師《かいらいじゅつし》で、心を読む能力も持っているため、取り調べを専門に行《おこな》っている。彼女は犯罪者に対し肉体的なダメージを与えることは一切ないが、嘘をついているか否《いな》かを判別して心を揺さぶり、引き出した情報を使って心を抉《えぐ》る尋問《じんもん》をするらしい。

「そうでない道具でも相手の心を安定させるのに役に立っているなら、たとえ嘘でもいいと思うんだ。だけど今回は、誰も幸せそうじゃないからね」

もっともだ。誰かの相談に乗ったり助言をしたりして、その見返りに金銭を多少もらうというのであれば、エルファのやっていることと大差ない。幸せを呼ぶ石を信じて幸せになれるならそれもいい。だが誰も幸せにせず、金銭だけもらうのであれば、それこそ詐欺と変わらない。

「薬草魔女がただの葉っぱを長生きの薬だって言って売るようなものですよね。そういうことをすると、仲間達に全力でつぶされますが」

そうして資格を剥奪《はくだつ》され、業界を追放されることになる。もちろん、よほどのことでなければそこまではされないが。

「ナジカさん、その場合、緑鎖は逮捕できるんですか？」

「んー、すぐにとなると難しいなぁ。万病に効く薬とか言ってるなら簡単だけど。幸運になる何とかってのは、効果がないって証明するのは難しいだろ。魔導具みたいに本当に効く道具もあるし、きっちり調べても偽物《にせもの》とは限らないんだよねぇ。運命関係って真《しん》贋《がん》の見極めがすごく難しいんだ」

ナジカは実際にそういうのを見たことがあるのか、複雑そうに言う。

「そんな道具、本当にあるんすか？」

「魔力が運を左右するってのはありえない話じゃないんだ。神がかり的に間が悪い人ってのがいてさ。その人の魔力を調べたら異常な結果が出て、研究対象になったって事例を知ってるから」

ネヴィルは信じられないとばかりに驚いた顔をした。

「まあ、今回シエラのお母さんが売りつけられたのは量産品っぽいし、違うだろうけどさ。高い壺とか、典型的な詐欺の手口だし」

何にしても占い師というのはそれなりに信者がいて、『あの人は嘘をついていない』と擁護《ようご》することが多いため、話が難しくなる。

「でも、なんで騙《だま》されるんだろうなぁ。女って好きだよな。あんなん当たらねぇだろうに」

ネヴィルは首を傾《かし》げた。

「先のことは当てられなくても、過去のことは当てられるからな。質《たち》が悪い占い師は、それで自分が予知能力者であるかのように客に錯覚させる」

「どうやって当てるんですか？」

「占い師に頼るのは、悩みのある人がほとんどだろ。だから占いに来た人に、あなたは悩んでいますねって切り出すと、当たり前だけどかなりの確率で当たる。内容は、若い女の子なら恋の悩みが多いし、少し年齢が上がると夫婦仲や家族の問題。他にありがちなのは友人関係。それらのどれかを匂わせつつ、反応を見て何が原因で迷ってるかを探り当てる。腕のいい占い師は相手の顔色を読んで話すんだ。そんでもって今抱えている問題が分かれば、未来だって適当に言っても何人かに一人ぐらいは当たる」

なるほどとネヴィルは頷いた。

「あと、有力者の男でも占いにはまるぞ。そういう人は決断することが多いからさ、背中を押してもらいたがるんだよ。国だって年始には吉凶を占うぐらいだからな。んで、占いにはまる奴はドはまりするから厄介なんだよ。緑鎖《うち》にもいるんだよなぁ」

と、ナジカは困ったように腕を組んだ。かなり実感がこもっている。こんなに詳しいのも、そのせいかもしれない。

「本当の予知能力者ってのは、力が強くても占い師みたいにはいかない。予知ってのは、真実かどうか、本人にも分からないぐらいに曖昧《あいまい》なもんなんだ。だから人々が想像するような、すべてを見透かす本物の予言者ってのは、物語の中にしか出てこない」

ふと、誘拐された時を思い出す。あの時、今ナジカが言ったような話を、それとなくマゼリルからされている。彼女は、エルファを魔物売買を行う違法な集まりに連れていくのは、とある女性の導きがあったからだと匂わせていた。

彼らは先に何があるかを知っていた。それが運命だと。しかしその運命も、細かいことまでは分からないようだった。彼らが嘘をついていたとは思えない。あれが、ナジカの言う〝本物の予知能力者〟の力なのだ。

「詐欺ってのは、大金を引き出せるなら、百人に一人でも引っかかれば十分儲《もう》けになる。占いとの違いは、いかに獲物から対価以上の大金を引き出すか。つまり悪意の有無だな」

ナジカは少し考えてから、頷いた。

「よし、少ししたら、もう一度シエラさんの家にお邪魔しようか」

「少ししたら？」

エルファは首を傾《かし》げた。

「これから同僚に色々と確認してもらうから、ここでちょっと待たせてもらいたいなって。術で連絡してしまえば、俺はあと待つだけだし」

つまりは、ここでお菓子を食べたいのだ。もちろん、それを咎《とが》める者はここにはいなかった。

しばらくして、エルファ達は再びシエラの家にやってきた。日は傾き、他人の家を訪問するには失礼な時間帯になっていたが、仕方がない。

「あらお嬢さん。忘れ物ですか？」

出迎えてくれた先ほどの使用人がエルファを見て首を傾げた。シエラはそれを無視して尋ねる。

「ママは？」

「今は来客中で」

「誰？」

「占い師の方です」

その瞬間、シエラの表情がぐっと歪《ゆが》んだ。

「あの詐欺師のクソババアっ！　ちょうどいい、一言言ってやる！」

シエラはわざと足音を立てるように乱暴に廊下を歩く。

「ちょ、シエラっ」

ネヴィルが興奮する彼女を追い、エルファ達も慌てて後を追った。

「何してんだよ、この詐欺師！」

先ほどまでネヴィルの祖母に見せていた可愛らしさは消え失せ、シエラは荒々しい態度で応接室にいる占い師を罵《ののし》った。

「シエラ、落ち着けって」

「落ち着けるはずないでしょ！」

ナジカは肩をすくめて、ちらりとエルファを見た。

「俺が彼女を宥《なだ》めるから、その間に」

そして、興奮するシエラの肩に後ろから手を置いた。

「大丈夫、落ち着いてくれ。ネヴィルと、俺達もいるから」

その間にエルファは前に出た。応接室のテーブルには、シエラの母と、占い師と思われる女性がいた。ババアと言われていたが、まだ若かった。占い師らしい派手な格好をしているのでさらに若く見えるが、実際は三十代半ばほどだろう。若作りしていると分かっているから、シエラはババア呼ばわりしたのかもしれない。

「シエラさんのお母様、どうもこんにちは。先ほどは失礼しました」

エルファは笑みを浮かべて挨拶《あいさつ》をした。そして、

「こちら、ネヴィルさんのお祖母様からのお裾《すそ》分《わ》けです」

と、籠《かご》に入れてきたマフィンを取り出す。

「あら、美味《おい》しそう」

食いついてきたのは占い師だった。

「ええ。先ほどいただきましたが、とても美味しく焼き上がっていますよ」

エルファが勧めると、占い師は迷わず手を伸ばしてそれを口にする。

「あら、美味しいわ」

「ありがとうございます。以前、私が皆様に教えた簡単な作り方からここまで私の味を再現されていたので、驚きました」

単なる娘の友人ではないと気付いたのか、占い師は眉をひそめ、シエラの母を見た。

「ミーアさん、こちらの方はどなた？」

シエラの母――ミーアが答える前にエルファは挨拶をする。

「初めまして、薬草魔女のエルファ・ラフア・レーネです」

「……ああ、ラフーアの料理人の。噂《うわさ》になるだけあって、さすがにお菓子は美味しいわね」

「薬酒のえぐみや苦味を出さないようにするには、コツがいるんですよ。うらの薬酒は初め味の他に飲みやすさも重視しているのでかなり使いやすい方ですが、リアナさんは初めてなのにもう使いこなされています。お年寄りの経験というのは本当に素晴らしいものですね」

とエルファが話すうちに少し落ち着いたのか、シエラが椅子を引いてくれた。

「エルファさん、せっかく来たんだから座ってよ。ママとお友達に偏《かたよ》った食生活を送るとどうなるか教えてやって！」

エルファは頷いた。席に着いてテーブルの上を見ると、そこにはカードや宝石、装身具などが色々と置かれていた。今にも何か買わせようとしていた様子だが、今日のところは間に合ったらしい。エルファはそれらから目を離して、客商売で磨いた上品な笑みを浮かべた。

「初めまして、占い師さん」

「初めまして、料理人のお嬢ちゃん」

占い師はわざと『お嬢ちゃん』を強調して言った。いかにも自分の方が経験豊かで、おまえの方が従う側なのだと言いたげだ。

「実は占い師さんにお伺《うかが》いしたいことが」

「あら、なぁに？　恋の悩みでもあるのかしら？」

「いいえ」

その手の悩みといえば今はナジカのことになるのだろうが、人に相談するようなことではないと思っている。ましてや何も知らない占い師などに相談して決断したら、一生後悔するだろう。背中を押してほしい時の相談は身になるものだが、そうでない時の相談は害になることが多い。

「実はシエラさんのお母様が、急に肉食はよくないとおっしゃるようになったのだそうですが、何かご存じありませんか？　もしよろしければ、元の食生活に戻るよう説得するのにご協力いただきたいんです。あまりよい考えではありませんので」

エルファは下手《したて》に出つつも含みを込めて言った。もし彼女がシエラの母をそそのかした犯人なら、挑発されたように感じるだろう。案の定、占い師は乗ってきた。

「どうして戻らなくちゃいけないの？　肉食なんて百害あって一利なしよ。生き物の命を奪って口の贅沢《ぜいたく》をするなんて、ずいぶんと野蛮《やばん》じゃない」

「あら、植物も生きているのですから、その考え方だと何も食べることができなくなりますよ。私達はそうして命をいただくからこそ、食事の前に感謝を捧げているのです」

エルファは庭や畑に生えてくる雑草を、憎しみとともに容赦なく引っこ抜くが、それはそれだ。

「人間は雑食なので、肉も野菜も食べるようにできています。特にシエラさんみたいな成長期の方が満足に食事も取らずにいると、成長が阻害《そがい》されてしまいます」

シエラはうんうんと頷いた。だが占い師はどこ吹く風だ。

「あら、肉を食べると太るし、身体によくないでしょう。菜食を続ければむしろ痩《や》せて綺麗になるわ」

「もちろん短期間の菜食は素晴らしいことです」

エルファも、太ったのに忙しくて運動できない時は、そういった食事を心がけている。

「ですが、長期間となれば話は別です。野菜だけ食べていても死にはしませんが、それも長期間続ければ栄養が不足して健康を害し、長生きはできません」

「でも、私は子供の頃から続けているわ」

「健康になる方法というのは人それぞれ。稀《まれ》に菜食に適応して健康的に長生きされる方はいますが、それはたまたまその人に合っていたというだけの例外です。すべての人において上手くいくとは限りません。私の知り合いの百歳を超えるご長寿の方は、自分の健康は息子が育てている家畜の肉のおかげだとおっしゃっていました。シエラさんの場合、身体が肉を欲して短気になるなどの害が出ているので、あなたの方法は合わないのでしょう」

そういった方法がたまたま合っていた『例外』の人が、自分はこれで長生きしたなどと突飛なことを喧伝《けんでん》し、普通の人がそれを真似て身体を壊すことはままあるのだ。

占い師はむっとしてエルファを睨《にら》みつけた。

「美しくなければどれだけ長生きしても意味がないわ」

「先ほど話した長寿の方は、村一番の美女で、お年を召しても美しさを維持されていましたよ」

美しい人は老いても美しいのである。このように歳を取りたいという見本のような女性だった。

「だけど肉を食べると乱暴になるってよく言うじゃない。その子は女の子なのにずいぶんと乱暴だから、ミーアさんは悩まれていたのよ」

「確かにそういったことは言われます。ただしそれは肉を食べたからではなく、肉ばかり食べた、つまり偏食《へんしょく》した結果です。野菜ばかり食べていても、合わない方には同じようなことが起こりえます。現にシエラさんは肉を抜いてから鬱憤《うっぷん》が溜まって乱暴になっています」

以前のシエラのことはよく知らないが、今日の彼女の肉を食べる姿はかなり必死で、口周りが汚れるのも気にしていなかった。肉を食べさせない母親への態度はひどかったが、ネヴィルの祖母と話す時は、とても素直で笑顔の可愛い女の子だった。

「それは中毒のようなものではない？　麻薬中毒者だって、断薬中は麻薬を求めて乱暴になるっていうもの」

「肉にそんな力はありませんし、身体に害があるものと比べること自体間違っています。

肉の害なんて美味《おい》しくて食べすぎてしまうぐらいのもので、それだって普通の人は我慢できるものですから」

普通は、本気で危険だと思えば、周りの協力も得て危険でない程度に節制できるものなのだ。

「おばちゃん。俺が言うのもなんだけど、シエラはおばちゃんがおかしくなってから乱暴になったんだ。去年ぐらいに『太った』って言って自分から野菜ばっか食ってた時は……多少苛《いら》ついてたけど、ババアなんて言わなかったろ。こんなに口が悪くなったのは、おばちゃんが変わったからだよ」

その光景は容易に想像できる。お腹が空《す》けば苛々はするが、それで効果が出れば心は躍《おど》る。そんな女性の事情に巻き込まれて戸惑うのは、男の宿命だ。シエラとネヴィルの場合、それでも離れないぐらいに仲がいいのだ。

エルファも痩《や》せようとして食事を控え、苛々してしまったことはある。が、婚約者であったアロイスは逃げた。肉の多い手料理をたかってきた上に目の前で遠慮なく食べ、エルファが苛立ちをぶつけると逃げたのだ。それでほとぼりが冷めた頃に、機嫌は直ったかと訪ねてきた。

あの時アロイスは、エルファの減量の邪魔をしたくなかったから離れたのだと言い訳していた。本音は面倒くさかったのだ。

ナジカならエルファの事情を察して、手料理もエルファと同じ、野菜中心のもので我慢してくれただろう。それどころかそれを美味しいと言って褒めてくれるはずだ。そして、もしその状況があまりに続いたら、少しだけでも肉をと懇願《こんがん》してくるだろう。予想されるその光景は、エルファにとって決して嫌なものではない。

「それに乱暴といっても、この年頃の女の子が親に反発するのは珍しいことではありませんし、それはネヴィルさんのせいではありません。思春期の女の子が通る珍しくない道です。それを他人のせいにしては、根本的な問題は解決しません」

思春期の困ったちゃん扱いされたシエラは、複雑そうにエルファを見た。

「子供が非行に走るのは家庭環境が原因であることが一番多いんです。親の過干渉または無関心が、子供の反発を招きます」

エルファがシエラに目を向けると、彼女はほんの少しの戸惑いの色を見せた。それに気付かないミーアが目を吊り上げる。

「シエラにはそのようなっ」

「ママはっ！」

母親の言葉を遮《さえぎ》って、シエラは声をあげた。

「ママは、跡取りだからって弟ばかり可愛がって、私にはお金すらケチってるじゃない！　欲しいものがあってもあんなの為にならないって馬鹿にして！　それで急に構い出したと思ったら、肉禁止って意味分かんない！　こんな偏食《へんしょく》占い師の言葉なんか真に受けて！」

「偏食ですって？　野蛮《やばん》な食事が嫌いなだけよ。口にするとおぞましくて吐き気がするわ」

占い師はすっと目を細めてシエラを見た。まずはこの占い師をどうにかする必要があると判断し、エルファは最終手段に出ることにした。

「ですが……今はまだいいですが、占い師さんは顔も痩《や》せていますし、そういった食事をしていると、年を取った時に一気に老けますよ」

彼女はぴくりと震えて、頬《ほお》に手を当てようとした。が、すぐにその手を下し、挑発的に笑う。

「まあ、いい加減なことを」

「脂分《あぶらぶん》はちゃんと摂《と》っていますか？　摂らないと肌の艶《つや》や張りが維持できず、若いのにまるで老婆のような顔つきになることが多いんです。良質な魚を食べていれば別ですが」

「魚は食べるわよ。魚は鳴かないもの」

それを聞いて、エルファは戸惑った。彼女にとって魚を食べることは〝野蛮〟な肉食のうちには入らないらしい。

「そんな、私はてっきり魚もダメだと……」

ミーアが言い終える前に、シエラは占い師を指さして絶叫するように言い放った。

「あのさぁ、おばはん。それをさぁ、世間ではさぁ、好き嫌いって言うのよ！　魚だって生きてるのに差別して食べていいだなんて、そっちの方が野蛮じゃん！」

好き嫌い。

そう言われて、この場合はまさしくそうなのだと合点がいった。宗教などの思想的なものではなく、この占い師はただ肉が嫌いなだけなのだ。

「ママも、ただの偏食ババアの戯言《たわごと》を何真に受けてんのよ！　いい母親面《ははおやづら》するなら、もう少し何かあるでしょ!?」

「で、でも……とてもよく当たる素晴らしい占い師なのよ」

「そりゃあ百人占えば、何人かどんぴしゃな当たり方することもあるわよ！　ママは何を占ってもらったか知らないけど、それはたまたまよ！」

シエラはテーブルをバンバン叩いて母親に訴えた。

「たまたまではないわお嬢さん。人には運命があり、ミーアさんの運命は読み取りやすかったのよ。そういう読み取りやすい人がいるのをたまたまと言うなら、否定はしないけど」

彼女はつんと澄まして言う。それを横目に、エルファはミーアを見つめた。

「ミーアさん、お嬢さんの生活態度に思うところがあったのは理解しています。こちらのネヴィルさんに悪い道に引きずり込まれたと思うのも無理はありません。しかし彼は、一見して不良少年のようですが、それは服装の趣味によるところが大きく、本当はお祖母様を大切にするとてもいい子です。娘さんの将来を心配しているのかもしれませんが、このような服装を好むナジカさんだって、ちゃんと緑鎖《りょくさ》で働いています。人は見た目だけで判断できるものではありません。見た目で判断して友達付き合いを制限すると、子は親に大きな反感を持つんです。シエラさんをあまり追い詰めないであげてください。追い詰められた子は家出をしやすいんですよ」

悪い友達の影響で本当にろくでなしになることはあるが、この場合は違う。シエラの中に悪気があったとしてもそれは、今まで干渉してこなかった親を心配させたいからちょっと悪いことをしてみようという程度のものだ。それが肉食禁止などという形で返ってきたのだから、シエラだって反発するに決まっている。真面目に生きてきたエルファだって、同じことをされたらグレる自信がある。肉を完全に禁止されるなど、生きがいを失うようなものだ。

「それに肉については個人的嗜好《しこう》も大きいんです。シエラさんには精神的にも肉が必要です」

シエラは何度も頷いている。

「そういえば……この国で最も美しい女性として有名なエーメルアデア妃ですが、彼女は朝から分厚いステーキを食べるほどの、大の肉好きだそうです。あの方もあれで太らないのですから、例外なのでしょうけれど」

羨《うらや》ましいことに。

「肉は少量なら肌にもよく、むしろ女性らしい身体を作るのに必要なんです」

「それって……肉を食べないと胸が大きくならないってこと!?」

シエラは自らの胸部に触れて声をあげた。女の子にとってはとても深刻な問題だ。

「もちろん毎食毎食、肉を食べ続けるのはよくありません。普通の人は。ですから野菜の多い食事でも構いませんが、偏《かたよ》らないよう肉も食べさせてあげてください。シエラさんは普通の人なんです」

シエラはバンッ、とテーブルを叩いて、ここで負けたら明日はないとばかりに必死の形相で訴えた。

「そうよ。私は普通なのよ。普通！　皆こんな感じ！　肉ばっか食べたいとか贅沢《ぜいたく》は言わないけど、野菜だけなんて絶対に無理！」

　エルファも彼女を助けるように言葉を重ねる。

「ミーアさんがちゃんと気にしてくれていれば、毎日学校に行き、勉強も頑張るはずです。肉を禁止する前に反抗していた理由は、弟さんにばかり目を向けていたからでしょうし」

　シエラはびくりと震えたが、何も言わなかった。

「跡取り息子さんだから手をかけるのは分かりますが、シエラさんのことも気にかけて、若者特有の趣味も少しぐらい認めてあげてください」

　シエラが欲しいものを母親に買ってもらえないのは、単に二人の趣味の違いであることは予想できる。人間は年を取ると若者の文化についていけず、子供が欲しがるものを不要と判断して買い与えない、ということは少なくない。真面目で、子供をいい子にしようとする親ほどそうだ。

「あまり制限しすぎると、今度は本当にお子さんは道を外してしまいます。もちろん、わざと心配をかけるようなことをしたシエラさんも悪かったことは間違いないでしょうが」

　ちらりと見ると、シエラは小さく頷いた。

「……ママ、その……心配かけて、ごめんなさい」

　彼女は多くを語らず、ただ謝ることを選んだ。

「でも、ママ、占いとか、縁起物《えんぎもの》とか……趣味の範囲ならいいけど、のめり込むのはやめて。パパもすごく心配してるでしょ。パパはいつも頑張ってるのに、ママは最近ますます冷たくするからパパが一番可哀想」

　シエラの目から、大粒の涙がこぼれた。その様子から察するに、夫婦仲もあまり上手くいっていないようだ。しかも稼ぎを変な占い師や壺につぎ込まれ、食生活まで変えられて、一番被害を受けているのは父親なのかもしれない。ミーアは愕然《がくぜん》とした様子で、シエラを見つめる。

「あなたが、そんなことまで気にしていたなんて……」

「子供ってのは、大人が思っている以上にちゃんと大人を見て、事情を理解してますよ。この歳なら世間のことも分かってますし」

　と、彼らとさほど歳の変わらないナジカが言う。

「ごめんなさい、シエラ。あなたがそんなことを気にかけていたなんて。ママを許して」

　ミーアは子供に泣かれて素直に謝り、肩を落としている。

「いやぁシエラ、よかったな。ところで」

ナジカはパチパチと手を叩いてから、急に占い師に視線を向けた。

「話は変わりますけど、占い師さんはどういう占いをするんですか？」

ナジカが首を傾《かし》げながら尋ねると、彼女は不快げに眉間にしわを寄せた。

「……私は、カード占いよ」

「カード占い。それでどんな結果が出て、どうして食事についての……その、助言を？」

「私はカードから神託を読み取り、言葉にして伝えるだけよ。占い師とはそういうもの。ただ神託の解釈が難しくて、読み違えることもあるけれど」

だから占いが外れることもある、と。ナジカはうーんと困ったような顔をした。

「実は最近、悪質な霊感商法が問題になっていましてね。緑鎖《りょくさ》に届けが出ているんですよ」

「なっ」

占い師は腰を浮かせた。

「私の占いをそんなものと一緒にしないでちょうだい！」

「別に占いをするのは構わないんですよ。俺も恋占いとか気になりますし。いい結果が出れば嬉しくなって、一日頑張れますし」

と、ナジカは笑顔で返す。彼は占いなど信じそうにないが、それと結果を聞いた時の感情は別のようだ。続いてナジカは次の質問に移る。

「ところで、どちらにお住まいですか？」

「どうしてそんなことを？　不愉快だわ！」

「では、別の質問です。このネックレス。この石、何ですか？」

ナジカはテーブルの上にあった売り物らしき装身具の中から、大きな石がついたネックレスを取り上げて占い師に突きつけた。

「それは運命を教えてくれるお守りよ」

「これ、光石《こうせき》ですよね。本来なら暗い場所なんかで発光する地下の国の石。このぐらいの質だとまともに光らないかな。何か衝撃を受けたらきらっと一瞬光るかもしれないけど」

と、ナジカは光石を両手で包み込み、中を確認する。

「え……その石は、運命の瞬間に……光るって……」

声を震わせたミーアの言葉に、ナジカは笑う。

「どこで手に入れたんです？　光らない光石なんて、地上ではほとんど出回っていないんですけど。出回っているのは、ちゃんと光るやつですし」

「私はそれを購入しているだけだから知らないわ」

占い師は顔色を変えて、並べていた品を乱暴なほどに手早く鞄《かばん》に入れた。

「さっきから失礼だわ！　私は帰らせていただきます！」

占い師は立ち上がると、逃げるように部屋を出ていった。ナジカはそれを追わず、ミーアを見る。

「あ、お代を支払っていないのに……」

ミーアは、ナジカが手にしたままのネックレスを見て立ち上がった。

「ああ、俺の方から返しておきますよ」

「よろしいんですか？」

「ええ。あと捜査の一環として、壺も見せていただけませんか？　届けが出ているものと比べたいので、できれば貸していただけるとありがたいんですが。もちろん後でちゃんとお返しします」

「は……はぁ。構いませんけど」

「捜査へのご協力、感謝いたします」

ナジカは指に引っかけたネックレスを笑顔でぐるぐると回した。

◆◇◆◇◆

「え、占い師が姿を消した？」

　後日、ラフーアの昼の営業が終わった頃に、ナジカがシエラ達を連れてやってきた。その際のナジカの報告に、エルファは驚きの声をあげる。

「うん、そう」

　ナジカは、特に困った様子もなく頷く。二人が話す間、学生達は出されたお菓子に目を輝かせ、しかし店の雰囲気を気にしてか、以前見た時よりもお上品に食べていた。特にシエラは、育ちの良さを感じさせる食べ方だった。

「逃げるにしても、ずいぶんと急ですね。あれだけで罪に問えたんですか？」

「どうだろう。被害は少ないし、あの時の状況だとまだ無理だったと思うよ。でもさ、逃げた理由はなんとなく分かる。こういうの、よくあるし」

　ナジカは言葉を切って口を開けた。仕方なくその口の中にパウンドケーキを放り込む。

「美味《おい》しい。栗《くり》のケーキだね。去年も食べた」

「はい。フレーメで、秋限定で販売されているものです。焼きすぎて焦げ目が付いてしまった失敗作ですけど」

　と言って、もう一口。すると彼は満足したらしく、話を続けた。

「彼女は元々、売れない占い師だったみたい。その占い師が急に話題になって、上流家庭の人間と接触するようになった」

「何か転機があったんでしょうか?」

「そうだね。まるで別人のように占いの腕が上がった。普通、そんなことは難しい。占いの実力って話術に左右されるから、自分だけで急に改善するのはねぇ」

「誰かに教わった?」

「たぶんね。そして、疑われ始めたら急に姿を消した。前にも似たようなことがあったんだよね。突然頭角を現して話題になったかと思うと、ちょっとした失敗で姿を消すってパターン。しかもあの人は光石《こうせき》なんて持っていた。あれはクズ石だったけど、見た目は天然石っぽくて意外と悪くなかった。あんなの、普通の人間にはなかなか手に入らないよ。光石って、下手な加工をすると汚くなるから。こういったものをわざわざ用意して、彼女に渡したやつがいたんだ」

エルファは目を伏せた。彼の言い方からして、その光石を占い師に渡したのはエルファも知っている人物のように思えた。そうなると、心当たりは一人しかいない。

「まさか、私を誘拐したマゼ……彼女達に何か関係が?」

一般市民の前で名を出すのは不味《まず》かろうと、名を伏せてナジカに尋ねた。

彼女——マゼリルなら、ありえる。目的は分からないが、手広く悪事を行《おこな》っている彼女達のこと、今回も試しに占い師をそそのかして様子を見ていた、ということも考えられる。

「想像だけどね。あの占い師を尋問《じんもん》しても答えは出なかっただろうし、いいんだけど……後ろにいるのがあいつらだとしたら、何をしようとしていたのか。ただの小遣い稼ぎかな？　成功した占い師って本当に馬鹿みたいに儲《もう》かるらしいし。もし上手く稼げなかったとしても、占い師なんて成功する方が珍しいから、あいつらもそうそう期待してなかっただろうし」

単純に、緑鎖《りょくさ》が手を出しにくい占いという分野で女性を被害者にすれば、ルゼが放ってはおかないと考えてのことかもしれない。彼女達はルゼの名声を高めるために、わざと事件を起こしてルゼに解決させることが度々あるそうだから。だが、そうだとしてもどんな事件を起こそうとしたのかは、結局よく分からない。

考え込むナジカとエルファを見て、シエラが声をかける。

「変なのに付き纏《まと》われるってのも大変だねぇ。エルファさんは彼氏が緑鎖でよかったね」

「まだ彼氏じゃないですよ」

「まだ？　ってことは、意外とその気があるんじゃないですか」

「シエラさん、年上をからかわない」

「はーい」

彼女はぺろりと舌を出した。心にゆとりのある、ごく普通の少女の顔だ。

「シエラさん、毎日の食事は楽しいですか？」

「はい。おかげさまで。そのことで、クソ生意気な弟から初めて感謝されましたよ。弟は育ち盛りだし、あたしよりも肉なしの食事に参ってましたからね」

彼女は照れくさそうに言う。家族仲は改善されているようだ。余裕があるから落ち着いて食べられる。落ち着いて食べればよく味わえる。それが楽しいなら、毎日が充実する。

彼女の笑顔は眩《まぶ》しいほどで、本当に充実しているのが分かった。

「それはよかったですね」

「はい。話をちゃんと聞いてもらえて、すごく嬉しかったです。いきなり頼んだのに、一日で解決してもらえて、本当に二人には感謝してます」

ごたごたはあったが、家族が仲良くすることは素晴らしい。雨降って地固まる、というやつだ。

薬草魔女の仕事らしくはなかったが、彼女の役に立てたようで何よりだ。

第三話　悪党の事情

ある日の昼過ぎ、エルファは鼻歌を歌いながら厨房《ちゅうぼう》を出た。

今日は、いつも世話になっているエノーラの息子の誕生日会だ。ちょうど店が休みだったので、誕生会の料理はラフーアが引き受けた。エルファ以外の料理人は既に会場であるエノーラの屋敷に行って先に料理を始めている。

しかしエルファだけは、誕生日プレゼントのお菓子作りが遅れたため、今の今まで店に残って作業をしていた。予定よりもずいぶんと時間がかかってしまったが、何とか理想のお菓子を完成させた。

「本当に一人でいいの？」

明日の仕込みをしていた居残り組の同僚が、迎えも待たずに一人で行こうとするエルファに問う。

「ここから通りまで近いですし、辻馬車《つじばしゃ》で行くので大丈夫です。だいたい、もしもの時はナジカさんかゼノンさんぐらいしか対処できないんでしょう？　迎えを待っていたら、誕生会が始まってしまいます」

誕生会はおやつ時《どき》からなのでそれは大袈裟《おおげさ》だが、会場での用意もある。早く行くことに越したことはない。が、同僚はエルファがまたマゼリル達に連れていかれないか心配しているらしい。

しかしエルファはそんな心配はしていない。マゼリル達とて意味もなく誘拐などしないだろう。そして意味があるなら護衛がいても連れていく。エルファはそう確信していた。

もちろんそんなことは言わず、同僚に手を振っていつも馬車がいる通りに向かう。

その間、今日の会のことを考え、胸を弾ませる。

エノーラの屋敷に招かれたことはあるが、彼女の息子に会うのは初めてだ。どんな子だろうか。エノーラの弟には一度会ったことがある。先日誘拐された時にギルネストについて助けに来てくれたのだ。軽く挨拶《あいさつ》しただけだが、大人なのにエノーラによく似た、可愛らしい印象の美男子だったと記憶している。だからエノーラの息子もきっと可愛らしいに違いないと、期待に胸が膨らむ。少なくともしっかりと躾《しつ》けられた、礼儀正しい男の子だろう。

「ねぇ、彼女。どっこ行くのぉ？」

お菓子を壊さないようゆっくり歩いていると、やたら軽い男性の声が耳に入った。もちろんエルファは歩みを止めない。

「かーのじょ。きみきみ。可愛いエプロン姿のお嬢さん」

と、誰かが肩を掴《つか》んだ。言葉の軽さの割には、強い力。

「壊れものを運んでいるんです。急いでいるので離してくださいませんか」

できるだけ険を感じさせないよう、穏やかに頼む。

「いーい匂い。お菓子？　手作り？　いいなぁ、そういうの」

「仕事なので、離してください」

先ほどより語気を強めても、ナンパ男はエルファの肩から手を離さず、むしろ引っ張ろうとする。

こういう時は冷静に、感電させて退散すべきだろう。素人《しろうと》ならそれでどうにかなるし、どうにもならない玄人《くろうと》なら、彼の目的は別にあると判断できる。後者の場合、挑発してしまうことになるが仕方がない。

「あれ、何をなさっているんですか？」

覚悟を決めた時、涼やかで落ち着いた、若い男性の声がかけられた。この声には聞き覚えがある。

「ナンパですか？　エルファさんをナンパしようなんて、命知らずな」

「い、命までは取りませんよ！」

反撃しようとしたことを見抜かれ、エルファは慌てて主張した。

「それじゃ何をして追い払おうとしたんですか？」

「感電させるだけです！」

「それ、手加減間違ったら、死にますよね？」

「間違えませんよ！」

ナンパ男はいつの間にか手を離して、後退していた。それが、この男性が来たからなのか、今の会話を聞いたからなのかは分からない。

「では、行きましょう」

以前見た時と違い、使用人らしくない洒落《しゃれ》た服を纏《まと》い、鍔広《つばびろ》の帽子をかぶった青年——カイルが手を差し出す。

エルファを誘拐したマゼリル達の護衛であり、戦闘狂の傀儡術師《かいらいじゅつし》。そんな彼から逃げられるとも思えず、エルファは素直に手を差し出した。

エルファはその後、予定通り辻馬車《つじばしゃ》に乗り、予定外の人物とともに予定外の場所へとやってきた。幸いなことに、以前と違って危ない場所ではない。この近辺で一番大きな

商店街だ。

　エルファは首を傾《かし》げてカイルを見上げた。

「女性は大変ですね。あのような無粋な輩《やから》に絡まれるなど。男として見過ごせませんでした」

「はぁ。それで私に何をさせたいんですか？」

　カイルはふむ、と頷いた。

「実はこの度、サリサお嬢様……マゼリルお嬢様とは別の、もう一人のお嬢様が、たいそう元気な男のお子様をご出産されまして」

「そういえば、そんなことをおっしゃっていましたね」

　エルファを誘拐して、ルゼをおびき寄せる日や段取りなどを指定した女性は、妊婦であるとのことだった。だが本人は、体調のせいでマゼリルに同行できず、ルゼの活躍を見られないことを悔しがっていたらしい。

「ですが、お嬢様方は以前から生まれてくるのは女児だと決めつけておりまして」

「たまにいますね、そういう方」

「いえ、サリサお嬢様は予知能力をお持ちですので、女児だと確信しておいでだったのです」

「はぁ……」

予知能力のことをあっさり明かされ、エルファは拍子抜けする。

「サリサお嬢様はよく考えると、予知で見た我が子は、女児のように綺麗な顔をした男児だったのかもしれないと、困惑されていました。予知というのも万能とは言いがたいものなのです」

「……そ、そうですか。きっと可愛らしく育つんですね。おめでとうございます」

「しかしそこで問題が」

エルファの手を引いていたカイルは足を止め、とある店を見上げた。そこは布を扱う問屋だった。

「女児だと思い、女物の服を数年先まで用意していたのです」

「勘違いの原因ってそれじゃないですか？」

マゼリル達は、捨てるのはもったいないと言ってそのまま男の子に女物の服を着せて育てるのかもしれない。そのため予知夢で見た男の子を女の子と思ってしまった、ということは考えられる。同じような理由で、性別の違う上の子の服を下の子に着せるという親は案外多いのだ。

「卵が先か鶏《にわとり》が先か。疑問は尽きませんが、まだ幼い坊ちゃまへの被害を減らすために、僕ら使用人は考えました」

「男物の服を作るんですか？」

「そうです。未来を変えるのは困難極まりないことですが、不可能ではありませんから」

「でもなんでここに？」

彼も立派な服を身につけている。マゼリルもそうだった。赤ん坊の服とて地下で用意することは可能だろうに、わざわざ買い付けに来る理由が分からない。

「地下の生地《きじ》と地上の生地は違います。地下のシルクは、人間達が魔獣《まじゅう》などと呼ぶ家畜が作る糸を主に用います。人間はこれを素晴らしいと言いますが、それは自分の身近にはないものだからでしょう。お嬢様も同じです」

「つまり、珍しいもの好きの彼女達を納得させるために、珍しい地上の素材を仕入れて、それで作った男物を着せる……ということですか？」

「さすがはエルファさん。あとは、お分かりですね？」

エルファはため息をついた。つまり〝地下では珍しい地上の素材〟を一緒に選んでほしいようだ。

「いやあ、偶然再会したエルファさんに、うちの坊ちゃまのお祝いもしていただけるとは！」

「……いやあの、私、お金を持ってませんし」

「もちろん支払いは僕がします。エルファさんは見立ててください。エルファさんの見立てだと知ればマゼリルお嬢様はきっとお喜びになり、男物でも納得してくださるはずです。お嬢様はエルファさんを気に入っていらっしゃいますから」

「つまりマゼリルさん達は、用意した女物の服がもったいないから着せるというのではなく、可愛いから女装させようとしているということですね？」

カイルは悲しげに頷いた。彼女達は男装したルゼをいたく気に入っているが、逆のパターンも好きらしい。

「いいですけど……仕事に間に合えば」

ここで買い物に付き合うと誕生会の用意を皆に任せきりにすることになるので心苦しいが、辻馬車《つじばしゃ》がまったく捕まらず歩いてきたとでも言おう。断ってもカイルが素直に解放してくれるとも思えないし、彼に連れ回されたなどと知られたらまた一人で出歩ける日が遠くなる。

「もちろん、長いお時間はいただきません。お礼もいたします。赤ん坊に着せる以上、肌触りなども考慮して選びたいので、エルファさんのような知識のある女性に付き合っていただけると、大変助かります。僕はそういうことには疎《うと》いので」

「お店の人に聞けばいいじゃないですか」

「もし質《たち》の悪い店主だと、目的に合った良質のものではなく、目的を無視して高いものを売りたがりますので」

確かにそうだ、とエルファは納得した。商売で大事なのは、どのようにして買い手との信頼関係を築くかだと考える商人と、どのようにして買い手を騙《だま》すかだと考える商人がいる。

「でしたら、こっちの店の方がいいですよ」

エルファはそう言ってカイルの手を引いた。馴染《なじ》みの店を教えることに迷いはあったが、金払いは良さそうなので店側に損はないはずだ。このような面倒事は早く終わらせるに限る。


「ガーゼと、子供服用の綿《めん》ですか」

「これから仕立てるので、次の夏用に上質の麻布もいただけたらと」

店主は、エルファの注文に愛想のいい笑みを浮かべる。夏物が必要になった時にまた来られても困るので、この先一年分の布地を用意させることにした。ここまでしておけば、あとは自分で考えろと突っぱねやすい。

「お金持ちの方なので、お高くても構いません。あ、絹などの動物性以外の生地《きじ》の方がいいかも」

　地下では新鮮な果物が珍しいと聞いているから、植物性の方が珍しいだろう。

「あ、いえ、珍しいものであれば、動物性でも構いませんよ。名前は忘れましたが、素晴らしい手触りのふわふわした毛糸をお嬢様はお気に召していました」

　カイルは目にしたものが何でできているかといったことにはあまり興味がないらしい。

　エルファが誘拐された先で料理を出した時も、食材の名前すら気にしていなかった。

　それに、彼は人間であるが、育ったのは魔物達が暮らす地面の下である。魔物達は地下に大きな穴を掘って、地上に負けないくらい文明的な生活をしているらしいが、文化自体が違うので、〝珍しい〟の認識がエルファの想像以上に違うのだろう。カイルはさらに続ける。

「まだ生まれたばかりの男の子なのですが、数年後の服を仕立てるための生地もいただきたいです。うちのお嬢様は少し変わっておられて、好きにさせると奇抜《きばつ》な服を用意する予感しかないのです。ですから今のうちにいいものを作っておきたくて。いつもの商人を使うと手配していたのがバレてしまいますから、直接買い付けに来たのです。旦那様から資金はいただいておりますので、物がよければ金に糸目は付けません」

素直に事情を説明するカイルに、ははっと笑った店主は、そういうことならと生地《きじ》をカウンターに並べた。

「これは南方から仕入れた最高級の麻布です。肌触りがよくて汗をよく吸うから、夏場には最適ですよ。長く使うほど味が出ます。しわになりやすいですが、きっちりアイロン掛けすれば大丈夫」

麻布は、庶民から貴族まで幅広く使われる素材だ。マゼリルも持っているかもしれないが、そういう生地であるとは知らないだろう。エルファも補足する。

「麻布には粗悪《そあく》な安物もありますが、古い時代は月光で織られた布とも言われた高級素材なんです」

「よくご存じですねぇ」

店主はにこにこ笑いながら次々と生地を用意する。そして普段着向きのものから、正装向きのものまで並べ、一つ一つどのような生地なのか説明してくれる。

「こちらは最高級の山羊《やぎ》の毛なんですが、軽くて暖かく、動きやすい外套《がいとう》ができますよ」

「素晴らしい手触りですね。僕も自分用に買っていこうかな？　動きやすくないと、大変なんですよね。寒いのも苦手なのでいちいち脱ぐわけにもいきませんし」

「そういうことでしたら、向いていますね。仕立て屋の腕もありますが、まあ大抵どこに行っても恥ずかしくなく、かつ身体を動かしても苦にならないものが出来上がるはずです」

彼は執事兼護衛だ。軽くて動きやすくて暖かい上着があると助かるだろう。ナジカの敵である彼にそういうものを買わせるのはどうかと思ったが、それも仕方がない。

「しかし、この都に来てまだ半年の、それも料理人のエルファさんがどうしてこんな店を懇意《こんい》に？」

カイルがエルファを見て首を傾《かし》げる。

「私の趣味はお裁縫なので。それにこの店は、エノーラさんの商店とも取引があって、そのご縁でうちの店でもテーブルクロスや制服とかを揃えるのにお世話になっているんです。品質を誤魔化したりしませんし、お値段も良心的ですから」

決してお安いわけではない。いいものが高いのは当たり前だ。しかしどれも適正価格を超えることはなく、ギリギリのところで抑えている。だから安心して買い物ができるのだ。

「カイルさんは、いい仕事をする良心的なお店を知りたかったんですよね？　服に疎《うと》い客を騙《だま》したりしない、そして長く付き合えばそれなりに色を付けてくれるようなお店を」

「そうです。ご理解いただきまして嬉しいです」

彼は嬉しそうに頷いた。そうして再び並んでいる生地《きじ》に視線を戻す。

「この生地もいいですね。旦那様が好きそうです」

「見事な青でしょう。それを染めた職人しか出せない絶妙な青なんですよ」

エルファはその間に、近いうちに使うだろう赤ん坊用の生地を選ぶ。カイルは本当に自分用のものも買うつもりらしく、値段交渉を始めた。

「カイルさん、買うのはいいですが、これをどこに運ぶんですか？　けっこう量がありますけど」

ふと気になってエルファは尋ねた。

「すぐに他の者が取りに来ますからご安心を。ああ、代金ですが、先に半分、残りの半分を取りに来た者がお支いするというのでどうでしょう？」

「ええ、よろしいですよ」

店主にしてみれば金払いのいい、今後も付き合いたいような客だろう。エルファとしては付き合ってほしくないが、この店以外に彼の満足を引き出せそうな店を知らなかった。

彼のことは怖くないが、それは彼がエルファの仕事ぶりに満足している様子があったからだ。彼やマゼリルは無能な者を嫌う。彼の失望を買った時、どのような反応があるかが分からないので、ここを紹介するのが一番だろうと思ったのだ。

交渉がすべて済むと二人で店を出て、先ほど辻馬車《つじばしゃ》を停めた通りへと向かった。その間沈黙に耐えられず、本日買った生地の扱い方について説明した。地下は地上より寒暖の差が少ないという。そのためどのように仕立てれば快適に過ごせるか、それほど詳しくない可能性が高い。

それが終わってしまうと、さらに掘り下げた説明をするか、別の話題に移るかで悩んだ。そして、ふと思い出して聞いてみる。

「そういえば最近、この辺りで何か……揉め事の種を仕込んだりしていませんか？」

「んー、色々と心当たりがありすぎてどれのことだか分かりません」

「……色々、ですか」

「まあ、いずれもお嬢様の趣味関係なのですが」

マゼリルの趣味は、〝女騎士のルゼ〟だ。ルゼの行き先に出向いたりグッズを買い漁《あさ》ったりといわゆる追っかけのようだが、それとも若干違う。ルゼのためと称して問題を起こす、傍迷惑《はためいわく》なファンである。

「例えば私達か……遠回しにルゼ様にちょっかいをかける下準備的なもので何かありませんか」

「うーん。僕はあくまで護衛の一人であって、お嬢様の行動のすべてを把握しているわけではありませんので」

エルファは少し悩んで、占い師の件を話した。カイルは興味深そうな顔をする。

「つまり、たまたま関わった占い師が、いかにもお嬢様が何か仕込んだ人間っぽかったと」

「そうかも……と思ったんですが」

「ぷはははははっ」

彼は路上で腹を抱えて笑い出した。

「そんなにおかしな話でした？」

「いや、いかにもありそうな話だったので。気付いたのはナジカですね。彼も振り回され続けて嗅覚《きゅうかく》が鋭くなったんでしょうか」

「身につけたくない鋭さですね」

「まったくその通り！」

彼は帽子の下の額に手を当てて、笑いを堪《こら》える。

「お嬢様は好きな相手にちょっとした試練を与えるのが大好きなんですよ。エルファさんはルゼ様と違ってか弱いから、そういう方向の試練を与えても不思議ではないですね」

「私に試練、ですか？　ルゼ様ではなくて？」

「もちろんそれでルゼ様を引っ張り出せればとお考えでしょうが、やり口からしてその前に薬草魔女のもとに話が行く可能性が高いです。事は〝偏食《へんしょく》〟ですし」

確かに王族の耳に届くほどの話であれば、それより先にエルファの耳に入ったはずだ。

「でも……あれが試練ですか？」

「世間では嫌がらせと言いますけどね。お嬢様は性格が悪いから。もっともただの偶然という線も捨て切れません。たまたまその占い師が肉嫌いだったから薬草魔女のあなたに話が行っただけで、お嬢様は単に、どうすれば上流階級に影響を与える存在を作れるかという実験をしていたのかもしれない。そういうのは、どの国でも使える手ですからね」

なるほど、と思って頷いた。

「そうですね。実験と言われれば、そんな感じもします。あの占い師さんも変な商売っ気を出して騒がれなければ、それなりに上手くいっていたでしょうし」

「まあ、そんな小物だったから、お嬢様も助けずに切り捨てたのでしょうね。使えそうな人なら、逃亡しなくてもいいよう手を貸していたでしょうから」

あの時点で詐欺だったと証明されたわけではないから、姿を消すまでしなくてもよかった。当たると評判になってきたところだったから、ちょっと助けてもらうだけでいくらでも挽回《ばんかい》できたはずなのだ。だから、切り捨てたというカイルの言葉に納得できた。

「占い師さんはどうなったんでしょうか？」

「さあ。お嬢様は無能な手駒《てごま》には容赦がない上に、好きでもない相手に助けを求められると面倒くさがる方なので……もし本当にお嬢様のしわざなら、結果は知らない方がいいと思いますよ」

敵対したとはいえ、占い師のことが心配になった。だがカイルは本当に知らないようなので、問い詰めても仕方がない。

「ひょっとしたら、それとは別に上手く育った占い師を囲っているのかもしれませんね。同時に複数の人間に似たようなことをやらせ、才能がある者だけを残していく。お嬢様が好きそうな手です」

「ちょ、本当にありそうで、占い師不信になるじゃないですか」

「では、人気占い師には気を付けてください。恋の悩みなんて相談したら、お嬢様に筒抜けになるかもしれませんよ」

わざわざこんなことを言ったのは、不安がるエルファを見て楽しむためのような気がした。占いは決して嫌いではなかったのに、もう恐くて占ってもらえない。

「ははは、商売敵《しょうばいがたき》に嫌がらせは基本でしょう。サリサお嬢様は、自分の手の者以外の占い師など失脚してしまえと思っていらっしゃるのでは？　いや、むしろ占い師という存在自体気に入らなくて、彼らの信頼を落とすためにそういった似非《えせ》予言者のような連中を用意したのかもしれません。大物にしてから落とすことで、世間に占い師に対する不信感を植えつけたかった、とか？」

カイルの言うことは、どれもありそうに思えて嫌になった。

「サリサお嬢様は、似非予言者が世の中に多すぎたせいで、本物なのになかなか信じてもらえなかったんですよ」

カイルは少し悔しげだった。彼はお嬢様達を本当に慕《した》っているようだ。が、エルファはふと、カイルとの会話にズレがあることに気付いた。

「……マゼリルさんじゃなくて、もう一人のお嬢様が首謀者なんでしょうか？」

エルファは今までマゼリルが首謀者と思って話していた。カイルが意外そうに首を傾《かし》げる。

「え？　そうだと思いますけど。むしろどうして洗脳の能力を持つマゼリルお嬢様が占い師をそそのかしたのだと思ったのですか？」

「その、えっと……ほら、占いの基本は予知ではなく話術じゃないですか。マゼリルさんはお持ちの能力と友好的な言葉を使って洗脳されているようですから、話術だけで洗脳する手法についてもきっと気になっていると思ったんです。ですからあれは洗脳の実験なのかと思っていました」

彼女は好奇心旺盛《おうせい》で、自分磨きも好きそうな印象を受けた。

「……確かにそうですね。そういうことを好むのはマゼリルお嬢様の方です。そういう意図もあったのかもしれません。なるほどなるほど」

カイルは上機嫌に頷いた。

「しかしあの短期間で、お嬢様の性格をそこまで見抜いてしまうとは」

「マゼリルさんは、好奇心？　いえ向上心？　ともかくそういった類《たぐい》のものをお持ちで、性格も分かりやすいと思います。次にどう動くかは想像も付きませんけど」

彼はまたふむふむと頷いている。

「なるほど。では、お嬢様に真相のほどをお伺《うかが》いしておきますね」

「いえ、カイルさんがこのことをご存じなかったのならいいんです、お知らせしなくても」

「いいえ、とんでもない。たっぷりと笑わせていただきましたので、このおかしさをお嬢様にもお裾《すそ》分《わ》けしないと」

彼はまだおかしそうに肩を震わせている。

「今日は短い時間でしたが、とても面白かったです。あなたと一緒にいると退屈しませんね」

「しばらく一緒にいたら退屈になりますよ。ナジカさんのように何か食べていれば幸せという人ならともかく」

「確かに、たまに会うのが一番刺激的だと言いますね」

先ほど馬車を降りた通りまでもうすぐそこだった。あとは別の馬車を捕まえて、彼に別れを告げればいい。そう思い、肩から力が抜けそうになった時だ。

「エルファッ！」

大声で名を呼ばれ、足を止めた。エルファは驚いて振り返り、その姿を見て思わず頬《ほお》を緩める。

「おや、緑の騎士様がお出ましのようです」

カイルはくつりと笑って、顔を隠すように帽子を深く被り直す。今までエルファと普通に目を合わせていたにもかかわらず、わざわざそんな風にしたことに若干の不安を覚える。

「遅かったですね」

「おまえ……まさか、カイルかっ!?　どうしてエルファとっ!?」

「買い物に付き合っていただいたんですよ。僕は地上のことには疎《うと》いものですから。例えば旦那様の好物というのであれば分かるのですがね」

「そんなことでエルファを脅《おど》して連れ回したのか！」

「失礼な。強引な男のナンパから助けたので、そのお礼をしていただいただけです」

それを聞いてナジカは髪を掻《か》きむしった。

「それでエルファが本当に男嫌いにでもなったらどうしてくれるっ⁉」

予想外の発言にエルファは驚いた。

「ははは、こんな肝《きも》の据《す》わった人が、これぐらいでそうなるわけないじゃないですか。馬鹿ですね」

エルファはカイルを睨《にら》みつけた。彼は自分を何だと思っているのだろうか。

「カイルさん、私はこれでもけっこう繊細《せんさい》なんですよ」

「婚約者の浮気で恋愛恐怖症になっていたんでしたっけ」

「ど……どうしてそんなこと知ってるんですか」

「もちろん、噂《うわさ》で聞きました。傷ついた少女と、それを支える緑鎖《りょくさ》の好青年。女性が飛びつく美味《おい》しい話題です」

その理由に納得してしまい、エルファはため息をついた。カイルは再びナジカを見る。

「信じた相手に裏切られるのと、信じていない相手に翻弄《ほんろう》されるのとでは話が違うでしょう。エルファさんは僕のような他人に多少振り回されたところで心に傷を負ったりはしませんよ。心労は増えるかもしれませんが」

「そんなこと、分からないだろう！　おまえに害意はなくとも、エルファにとっておまえは殺人鬼にも等しいんだから！」

「僕は別に無闇《むやみ》やたらと殺しはしませんよ。か弱い女性を殺しても楽しくありませんし」

「自分がおかしいって自覚はないのかっ!?　おまえなんかと一緒にいたら、気が休まる瞬間なんかないぞ！」

「エルファさんは変な人に慣れているようですから、僕程度、どうということはありません」

「うぬぼれるな！　おまえは『程度』とか言える人間じゃないだろ！　今この国にいる中でも上位の危険人物だっ！」

「触れるもの皆不味《まず》くする、生物の敵である君には言われたくないですね」

「それはルゼ様もだぞ」

「君ほどひどくありませんよ。ルゼ様は他人に迷惑をかけませんから。それに比べて、君は他人に依存しないとろくに食事も取れないでしょう」

「くっ、人が気にしていることをっ」

二人のやり取りを見て、エルファはため息をついた。

「お二人って、敵対しているという以前に、普通に相性が悪いんですか？」

エルファは二人を見比べながら尋ねた。

「いいわけないだろ。こんな犯罪者な上にド変態な男と！」

「そうそう。こんな何の変哲もない、中途半端な力しか持たない役立たずとなんて」

エルファはもう一度ため息をつく。仲良くしてほしいなどとはまったく思わないが、もう少し大人気《おとなげ》のある争い方をすべきだ。カイルは楽しそうに言う。

「ああ、エルファさんのいかにも面倒くさいと言いたげな冷たい目が」

「そう思うなら、ナジカさんをからかうのはやめましょうよ」

「そうですね。そろそろ潮時《しおどき》です。ギルネスト王子のような愉快な方ならともかく、こんな男とじゃれ合う趣味はありませんので」

と言うなり、彼は手を振った。先ほどエルファ達が歩いてきた道から誰かが走ってくる。鍔広《つばひろ》の帽子をかぶった若い女性——まだ幼さを残す少女だった。

「運び終わったよ」

疲れを感じさせない落ち着いた声で少女は報告した。

「ミイル、ご苦労様」

以前誘拐された時に、マゼリルと一緒にいた少女だ。

「ミイルさん。あら、以前よりも肌が綺麗になりましたね」

「うん。私に合ってたみたい。ありがとう」

彼女はひどいニキビで悩んでいたのだが、それがだいぶ改善されていた。年齢的に完治は難しいだろうが、それでも喜ばしい。カイルは腕を伸ばして、ミイルと手を握り合う。

「ああ、そうそう。エルファさんに一つ忠告」

「なんでしょうか」

「やっぱり一人になるのはよくないな。うちのお嬢様は君を気に入っているけれど、お嬢様には敵が多い。僕らに何かする気がなくても、誰かはそんな気になるかもしれない。占い師の件だって、お嬢様ではなくて、お嬢様のやり口を真似ようとした誰かの可能性もある。だから目立つ君は一人になるべきじゃないと思う」

急に親しげな口調になったカイルにエルファは面食らう。彼はにやりと笑い、ひらひらと手を振った。

「では、今日はとても助かりました。ごきげんよう」

次の瞬間、二人は姿を消した。文字通り、瞬《またた》く間に消えたのだ。ミイルの能力、瞬間移動だ。

「……あいつ……なんだったんだ？」

カイルがいた場所を凝視《ぎょうし》して、心底不思議そうにナジカが言った。

「サリサさんという方に男の赤ちゃんが生まれたらしくて、服を作りたかったそうです。放っとくと女装させそうだから、こっそり先に男物を作っておこうと。地上の素材なら、珍しさから着せてくれるだろうとも言ってました」

「……何だそれ……いや、あの小娘達らしいと言えばらしいか……」

ナジカはため息をついた。

「そういえばエルファ。なんで素直に買い物に付き合ってるんだよ」

「その方が安全そうだったからですが」

「まあ、そうなんだけど……」

ナジカは拗《す》ねたように唇を尖《とが》らせた。

「一人で店を出たって聞いて、心配になってどこにいるか探ったら、道順とはズレたところに気配があるんだもんな。だから慌てて追いかけてきたんだ」

「それは……ご心配をおかけして申し訳ありません」

エルファはもしもの時のために、ナジカから送られた特殊な指輪を身につけている。これをつけていれば、彼にエルファの居場所が分かるのだ。どのような原理なのかは分からないが、傀儡術《かいらいじゅつ》が関係しているのだろう。

「そしたらエルファを見かけたっていう人が、なんか楽しそうに若い男とデートしてたって」

「それでふてくされてるんですか」

「ふて……そうだよ。ふてくされてるよ。普通にデートしてるように見えたから」

彼はぶすっとしつつ足下に転がる小石を蹴った。小石はころころと転がり、とある商店の店先で止まる。分かりやすくて可愛らしい。失礼だが、そんな彼を見て今まで凝《こ》り固まっていた心がほぐれた。

「さっきのをデートと言われるのは、嫌ですね。そういうのは、やっぱり楽しいものですから」

「楽しくなかった？」

「考えて話すので疲れますよ」

「俺といる時は？」

「ナジカさんと一緒にいる時は考えなくていいから、気楽で楽しいですね。さっきもナジカさんを見て、ほっとしました。あまり意識していませんでしたが、思った以上に緊張していたんですね。助けに来てもらえて、すごく嬉しかったです」

　すると先ほどまでの態度が嘘のように、ナジカは満面の笑みを浮かべた。

「そっか。楽しいか」

「そう。楽しいから、一人で出歩けなくても我慢できるんですよ」

「よかった。煩《わずら》わしいって思われてたらどうしようかと思ったよ」

「善意を煩わしいなんて思いませんよ。一人で出歩けないことには煩わしさを覚えますけど」

「それぱかりはなぁ。ごめんな」

「ナジカさんのせいではありませんし」

ナジカ達に、彼らを捕まえろと言うのも難しい話だ。もし捕まえようとして追い詰めようものなら、マゼリルやカイルは他人の命など簡単に盾《たて》にするに違いない。そうやって、追手が手を出せなくなるのを見て楽しむぐらいはやりそうだ。

「そろそろ行かないと」

エルファは空を見上げた。日は少し傾いていた。誕生会までもう間もなさそうだ。

「そうだね。行こうか」

ナジカは手を差し出し、しかしすぐに慌てて引っ込めた。エルファはそんな彼の手を掴《つか》み、やや強引に引く。

「行きましょう」

彼の驚いた顔が、少しおかしかった。

それからエルファはナジカの馬に相乗りし、エノーラの屋敷へと辿《たど》り着いた。屋敷は周囲のものよりずっと広く、洒落《しゃれ》た庭もついている。庭はいい庭師が手入れしているのか、見るたびに少しずつ雰囲気が変わっており、エルファは来るたびに魅了される。が、今日は大変遅れてしまったため、庭を観賞する暇も惜しんで屋敷に入った。

しかし時既に遅く、料理の準備はほとんど終わっていたので、結局手伝うことはなかった。それどころか自分が持ち込んだ菓子の盛りつけを皆に手伝ってもらうことになった。

それが終わる頃、次々と招待客がやってきた。エルファは、何とか間に合ったとほっと息をつく。

客は子供が十人。付き添いの大人はもっと多かった。商売人であるエノーラの家が会場となると雑談がてら商談が始まるのが予想されたので、長引いてもいいよう料理は多めに用意してある。

来客の中には男装姿のルゼとその夫のギルネスト、そして二人の娘であるリゼに、ウサギ獣族《じゅうぞく》のラントもいた。その後ろには、帯剣した護衛らしき青年が二人ついてきている。

「ごきげんよう、エルファおねえさま」

リゼの頭には、いつぞやエルファが贈った布花が挿《さ》さっていた。

「ごきげんよう、リゼ様。そのお花、身につけてくださっているんですね。とてもお似合いです」

「ありがとうございます。とっても大切にしてるんです」

高貴な姫君に気に入ってもらえるとは、作った当時は考えもしなかった。

「ありがとうございます。今日はすべてラフーアのお料理ですので、ぜひお楽しみください」

「はい、楽しみにしていました。あら、リズリーちゃん！　ドニーちゃん！　ジオちゃんも！」

リゼは、会場で働くリズリーやドニー、ジオズグライトを見かけると走っていった。

フレーメで働く可愛い三人の魔物は子供達に大人気で、早速囲まれている。子守りにはうってつけの人材だ。

「便利に使われてるな。リズリーは獣族《じゅうぞく》と違ってか弱そうだが、大丈夫だろうか？」

心配するギルネストに、ナジカが軽い調子で答えた。

「リズリーは友達が少ないのが悩みだったと言ってましたから、ちょうどいいと思いますよ。子供は遠慮がないから、友達になりやすいでしょうしね」

そこで親達の相手をしていたエノーラが、手を叩いて子供達を誘導する。

「さあさあ、皆様、席に着いて。そんなに囲まなくても、今日は彼らが給仕をしてくれますからね」

リゼは男の子と手を繋いで移動を始める。男の子は金髪碧眼《きんぱつへきがん》の美少年。彼が今日の主役、エノーラの息子、ゼストだそうだ。ゼストは反対側で違う女の子と手を繋いでおり、リゼはそちらの方を睨《にら》みつけている。

「あらまあ」

リゼに好きな男の子がいるだろうなとは思っていたが、それが彼らしい。しかしゼストは女の子に人気があるため、リゼは気が気でないようだ。幼くとも大人顔負けの激しい女の戦いが繰り広げられている。エルファはそれを見なかったことにして、お茶の準備をするカルパを手伝った。こういう子供の世界のことは、見ないふりが一番だ。

客に一通り茶が行き渡ると、エルファが用意した菓子が出される。

「あ、うさちゃん！」

「こっちはわんちゃん」

動物の顔のカップケーキと、色の違う生地《きじ》を組み合わせて作った動物のビスケットを見て、子供達は大喜びした。

「ゼストが動物好きって聞いて、エルファがわざわざ作ってくれたのよ」

エノーラが言うと、ゼストはエルファを見てキラキラと目を輝かせた。

「ありがとうございます」

このように喜んでもらえると、本当に苦労したかいがある。

「お気に召していただけて光栄です。これから運ばれてくるケーキも、カルパさんがゼストさんのために作ったんですよ」

エルファがもったいぶって言うと、ちょうどそのケーキがやってきた。

「わぁ、すごい！」

土台部分は普通に美味《おい》しそうなフルーツケーキだが、上にはカルパがコツコツと作った、可愛らしい竜が載っている。エルファが今日の料理であれこれ工夫しているのを見て、自分もやってみたくなったのだという。見事な大作だ。

「よかったね、ゼスト。竜が大好きだもんね」

「はい、おじさん」

ギルネストの護衛の一人がゼストに話しかけた。あれはエノーラの弟だ。相変わらずの美青年ぶりで、ゼストの父親と言われても納得してしまうほどよく似ていた。

それから祝いの歌を合唱し、祈りを捧げてから子供達はお菓子に手を付けた。上流階級の子供達だから、皆元気でも品がいいのでかなり楽な誕生会だ。
手掴《てづか》みして服やテーブルを汚さないというだけで、本当に助かる。

子供達が楽しく盛り上がっている中、エルファとナジカはルゼとギルネストに呼ばれて会場を後にした。用件は予想通り、先ほどのカイルとの買い物についてだった。ナジカから聞いたらしい。黙っていてほしかったが、カイルからあんな忠告を受けた以上、それも無理だろうと諦めはついていた。

控えの部屋で、先ほどあったことをナジカの時よりも詳しくルゼに話して聞かせる。
「……つまり、ラフーアの近くでナンパ男に絡まれていたら、カイルに声をかけられて買い物に付き合わされたと？」

ルゼの問いに、エルファは頷いた。女聖騎士の彼女は、女性達に騒がれるだけあって、今日もとても魅力的だ。男装とは言っても男物をそのまま着ているわけではない。すらりとした身体つきを引き立てるように仕立てた服で、胸には生花を飾り、女性らしさも意識している。
「カイルさんはたぶん、買い付けついでにラフーアを見に来たのだと思います。予知とか関係なく。いえ、予知を覆《くつがえ》すための行動ではありましたけど……」

無垢《むく》な子供の将来を案じての行動であり、それはエルファには関係ないはずだ。

「あいつがそこまで事情を話していたなら、たぶん本当かな。そういう意味のない嘘はつかない男だし……さすがに買い物に深い意味があるとも思えない」

もし意味があるとしても、それを読み取るのは不可能だ。

「しかしエルファ、君も変な男にばかり好かれるね」

「……好かれていると言うんでしょうか？」

マゼリルに気に入られたというのは理解できるが、カイルについてはよく分からなかった。

「そのナンパ男、自分でどうにかできそうだったんだろう？　あいつは気に入っていない人間をいちいち助けたりしないいし、買い物にも誘わない。ぼったくりを警戒するなら、嘘が見抜けるやつを連れていけばいいんだ。運搬係がいるぐらいだから、そんな人材、簡単に用意できるはずだしね」

運搬係とは瞬間移動のできるミイルのことだろう。マゼリルのもとにはそんな希少な傀儡術師《かいらいじゅつし》さえいるのだ。パリルほどでなくとも、心を読める傀儡術師がいてもおかしくはない。

「忠告の意味は……先日魔物を誘拐していた連中が根絶やしにされたわけではないとい

うことかな」

エルファ救出の際にあそこにいた者達は捕まえられたようだが、まだまだ残党がいると思われる。

「小娘達と敵対するんだから、それなりの規模だろうしね。厄介事ってのは、一つ減ってもすぐに一つ増える。困ったものだよ」

ルゼは胸元の花をいじりながら愚痴《ぐち》を言う。一番マゼリル達の被害を受けているのはこのルゼなのだから、それも仕方のないことだろう。

「何にしても、また小娘は私達を利用しようとするのだろうね。歯止め役のカイルがすべてを把握していないというのが厄介だ」

「歯止め役なんですか？」

「あいつは自分一人なら無茶はするけど、小娘達には決して無茶なことをさせないんだ。あれでも事態の見極めは正確だよ。だからこそ、エルファに忠告したってのが気になる」

エルファは少しカイルを甘く見ていたらしい。

「やっぱり……一人で行動してはダメってことですよね？」

「ああ、すまない。決して治安の悪い国ではないんだが、あの小娘の件は本当に特殊でな」

ギルネストの謝罪を受けてエルファは首を横に振った。

「マゼリルさん達が特別で、変わっているのは分かっています」

「そうか。やはり君も大変な目にあったんだな」

あの時のことは彼らにも一通り報告はしているが、今思い出しても最初から最後まで奇妙な体験だった。二度と同じ体験はしたくないが、こういう世界があるのだと知ることができて、その上、珍しいものもたくさん食べられた。いい体験とも悪い体験とも言い表しにくい。

ナジカが忌々《いまいま》しげに口元を歪《ゆが》めて言う。

「そういえばいつも顔を隠しているカイル達が、エルファに対しては普通に顔を合わせていたんですよね。それが気になって気になって」

するとルゼがぽつりと言う。

「それは……自分の顔が地味だって自覚があるからだろうけど。私だって地味な服装で街を歩いたら誰も気付かないし」

ルゼは普通に綺麗な女性だが、派手な容姿ではないためそうなるのだろう。カイルも同じで、整った顔立ちをしているが目立つ特徴がない。そのため、ごくたまにしか会わないエルファにになら顔を見せても問題ないと踏んだのかもしれない。実際エルファも先ほど見たカイルの顔を覚えてはいるが、似顔絵を描いてもあまり役に立つものが描ける気がしない。

「なんにしても、気を付けるんだよ。冗談抜きで、本当に」

ルゼ達の真剣な表情を見て、エルファは面倒だなと肩を落とした。

第四話　小娘からの贈り物

季節は移り変わり、冬も初めの頃。木々の葉は落ち、指先がかじかむようになってきた。しかしエルファが育った村はここよりも高所だ。今の時期なら雪が降っていることだろう。それに比べると、この寒さもずいぶんと過ごしやすく感じられる。毎朝の習慣である植物の世話も、他の皆が言うほど大変だとは思わない。実家近辺だと大がかりな雪よけが必要だが、ここでは簡単な霜《しも》よけで済むのだ。

ある日の休日、庭の手入れを終えたエルファは、サンルーム部分に置いた鉢植えの様子を見て、土が乾いているものに水をやっていた。このサンルームは手狭ながら客を通すホールの手前にあり、正面の通りからもよく見える。言わば店の顔のような場所だ。

そんなサンルームの中に、一つだけエルファもまだ見慣れない植物があった。

エルファはその植物を改めてじっと見つめる。

葉は大きく、赤く丸い花が一つ咲いている。土から覗く根はわずかに肥大化しているが、大根などと違い茶褐色《ちゃかっしょく》で硬そうだ。これからさらに大きくなりそうなので、そのうち植え替えも必要だろう。

「んー、薬みたいだけど、本当に見たことがないなぁ。こんな風に根から育てる植物はたくさんあるけど、まさかこういう育ち方をするとは……。成長も妙に早いなぁ」

「ああ、その鉢植えか。お客様が丸々とした花が可愛いから欲しいっておっしゃってるぞ。これしかないからまだ無理だってお答えしてるんだが……」

掃除をしていたジオズグライトが顔を上げて言った。つるっとした翼で、どう見ても物を掴《つか》めそうにないのだが、器用に箒《ほうき》を掴んで掃除をしている。本人は、これは腕であり爪もあるので当然だ、自分はあくまで猫であると言っているのだが、やはりどう見てもペンギンにしか見えない。

そんな彼もエルファ同様、不安げに件《くだん》の鉢植えを見つめながら続ける。

「小娘どもから送り付けられた植物を、増えたからってお分けしても大丈夫なんだろうか」

この植物は、先日エルファが誘拐された後に、マゼリルから送り付けられてきたものだ。その時は根だけだったこの植物も、順調に育ってはいるが、正体は未だ不明。最近になって急に葉が大きくなり、小さな花が咲いた。そろそろ何の植物か判断できてもいいはずだが、エルファにはまったく心当たりがない。

「たしかに、可愛いと言えば可愛い花ですよね」

「もっと大きくなったら、こいつがたくさん咲いて華やかになるかもしれねぇな。でも、地下の植物で、こんな風に葉が多くて花が咲くやつは珍しいんじゃねぇか？」

　つまり、日差しを好む植物という意味だろう。地下にも人工の太陽はあるが、それでも地上に比べれば暗いとナジカが言っていた。

「そうですね。リズリーもドニーさんも見たことがないそうですし、一般的なものではないんでしょうね」

「高級品なんだろうな。薬師《くすし》のラントなら知ってるんじゃないか？」

「ええ。ですから今日の午後、地下の流通に詳しい方と一緒に来ていただく手はずです」

「ってことはひょっとして、テルゼの旦那が来るのか？　だったら女どもを避難させないと」

　エルファは何度か会ったことのある魔族の青年を思い出す。王族でありながら、地下と地上を行き来して手広く商売をしているらしいので、何か分かるかもしれない。ちなみにジオズグライトが警戒しているのは、テルゼが無類の女好きだからだ。

「そこまで手当たり次第なんですか？」

「本命はうちのラスルシャみたいだな。ラスルシャはあいつの好みの色白で、白魔族だから種族的にも近いだろ。魔族は寿命が長いし、近い種族の方が何かと都合がいいからな」

その説明に納得して頷いた。白魔族のラスルシャも黒魔族のテルゼも、人よりはるかに長い寿命を持っている。だから魔族は魔族同士で恋愛した方が幸せだろう。ただし浮気をしなければ。

「でもラスルシャは、あいつのこと苦手なんだよな」

ジオズグライトは少し困ったように言う。

「私もあの方はちょっと苦手なんですよね。口説き癖《ぐせ》はまだしも、贈り物癖が……ちょっと」

「エルファにまで苦手と言われるなんて、本当に残念なやつだな」

嫌いなわけではないが、会うたびに軽い調子で口説き文句を言われ、贈り物までされる。贈り物にする品は相手を見て選んでいるらしく、こちらが断りにくいような――例えばお菓子や小物といったちょっとしたものばかりだそうだ。

「まあ、無理強いはされないから、それだけは安心しろ」

「そうですね。無理強いする方なら、出入り禁止にされているでしょうし」

だが、それでも苦手意識はなかなか消えない。

◆◇◆◇◆

「やあ、エルファちゃん。今日もなんて可愛いんだろう。君の笑顔を見るだけで心が安らぐよ」

褐色《かっしょく》肌の美男子、テルゼは両手を広げ、真夏の太陽のような笑みを浮かべて言った。

「そ、そうですか……？」

愛想笑いに対してそのようなことを言われても困る──という感想は何とか押し隠して、エルファは客人達を店に招き入れた。

本日テルゼと一緒に来たのは、以前知り合った女医のセクと、いつもリゼが連れているウサギ獣族《じゅうぞく》のラントだ。ラントはぬいぐるみにしか見えない可愛らしい姿をしているが、こう見えて薬師《くすし》である。魔物であるマゼリルからもらったこの植物を確認してもらう上で、彼ほどの適任者はいないだろう。

「お久しぶりです、セクさん。ラントさんはゼクトさんのお誕生会で会いましたね」

「行き先がここだと知って、リゼも来たがって大変だったよ。ルゼも来る予定だったけど、諦めてリゼのご機嫌取りさ。まあ、ルゼが来ても役には立たないからいいけどな」

「そ、そうですか」

ルゼは植物の専門家ではないから、結論が出てから報告すればいいということだろう。

「ではこちらへ」

エルファは三人を店内に通すと、サンルームから問題の鉢植えを運んできた。

「ちゃんと育ってるな。暑くても寒くてもダメだから、大変だったろう。地下は地上みたいに寒暖の差があまりないしな」

「はい、水の量も調整してなんとか枯らさずに育てられました」

エルファが普段育てているハーブは雑草のようなものだから、こんなに気を使った育て方はあまりしない。初めて見る植物、しかも失敗したら後がないものを育てるのはさすがに緊張した。

「しかし……んん、どこかで見たことがあるような……」

テルゼが首を傾《かし》げると、ラントも怪訝《けげん》そうに続ける。

「小娘達は根を使うって言ってたんだったか。根の一部からこんな短期間で育って、しかも花まで咲くとはな。引っこ抜いてみたいが……まだ育ち切ってないなら負担が大きすぎて枯れちまうかもしれねぇし、とりあえずやめておくか。可愛い花も咲かせてるしな。こういうのはリゼが好きそうだ」

ラントはよいしょと言って、近くのテーブルに鞄《かばん》を置く。慎重な動きだったが、それでもどさりと硬く重そうな音がした。彼はその中に手を入れ、「ちょっと待ってろ。特徴のある葉と花だから、すぐに候補は絞れそうだ」と言って本を取り出した。羊皮紙《ようひし》のように、何かの動物の皮からできた紙だ。比較的新しそうに見える。

「植物図鑑ですか」

「ああ、四区王《しくおう》から借りたもんだから、丁寧に扱わねぇとな」

「しくおう？」

「闇族《あんぞく》の王だ。その方が治める四区って言われている場所に小娘達の本拠地があるんだ。俺は五区《ごく》出身だから、四区の生態系や文化についてちょっと疎《うと》くてな。何冊か借りてきて正解だった」

と言いつつ、ラントは本を並べた。セクは鉢植えを見やすい場所に置き直し、ラントの隣で本を開いて調べ出す。エルファもぜひ図鑑を見てみたいが、今は邪魔になってしまうだろう。

「エルファちゃん、専門家の二人が調べ終わるまでは退屈だね」

テルゼに声をかけられ、エルファはびくりと肩を震わせたが、すぐに微笑んで向き直る。

「そうですね。テルゼ様はおかけください。お飲み物をご用意いたします」

「そんなに他人行儀でなくてもいいんだよ」

「いえ、そのようなわけにはまいりません」

彼はこれでも魔族の王族の一員だという。人間のエルファが敬意を示す必要はないのかもしれないが、適度な距離は必要だ。改めてそう思い直し、エルファはそそくさと裏に引っ込んだ。

厨房《ちゅうぼう》には、テルゼに出す菓子を飾りつけているカルパの姿があった。その奥では、他の料理人達が余暇《よか》を利用して新しい味の追求をしている。

「カルパさん、いるのにどうして出てきてくれないんですか……」

エルファがぼやくと、カルパは気まずそうな顔になる。

「テルゼ様に捕まると長いんだよ。商品の売り込みはともかく、ラスルシャはいないのかとかニケはいないのかとか。だからこうして時間を稼いで、雑談があらかた終わってから出ていくんだ」

「……そういえばラスルシャさんは？」

「ジオズグライトを連れて出ていった。今日は夜まで帰ってこないな」

「本当に苦手なんですね」

「そうだな。仮にも王族だから、あんまり反撃しても不味《まず》いだろ」

「多少の反撃はするんですね」

他の女性従業員もいなくなっているのを見て、エルファはため息をついた。

「カルパさん、それ、もう完成しているんでは？」

「まだ、あとちょっと……この飾りを。こんな機会でもなければ好き放題に料理しにくいからな」

時間稼ぎという以前に、これが彼の趣味なのだから仕方がない。

「エルファさん、お茶の用意ができたよ」

バーカウンター担当のロイが、店で一番高価なティーセットを手に、声をかけてくる。

後はカルパの作品を待つばかりだ。

「よし、完成した。どうだ」

と、カルパは繊細《せんさい》な飾りつけのされたムースを見せた。皿にはいつもより複雑なソースの紋様が描《えが》かれていて、エルファは思わず感嘆の息を漏らす。

「ま、エルファ一人にテルゼ様の相手をさせるのも何だから、俺も行くよ。小娘絡みなら俺も知らないといけないことだろうし……」

と、カルパは複雑そうな顔をして言う。

「変なやつに気に入られると大変だなぁ。普通は知らなくていいことなのに」

「うっせぇ」

茶化してくる古参らしき従業員を睨《にら》みつけて、カルパはひょいとトレイを持ち上げた。

用意したお茶は、貴重な本を汚してはいけないからとセクとラントに断られてしまったので、エルファとカルパが代わりに飲んだ。

そんな二人の目の前のテーブルには、乾燥させた植物がずらりと並んでいる。もちろんテルゼが持ち込んだ品々だ。

テルゼは、出されたお茶に口を付けるやいなや、早々に説明を始める。これらは魔族の間で使われているハーブや、この大陸ではまだ珍しい、遠方の大陸のハーブだという。

テルゼはフレーメに来るたびに、こうして何かしら持ってきて売り込みをするのが常らしい。今回持ってきたのは特にエルファに見てほしいものらしく、エルファにとっては何もかも初めて見るものばかりだった。世の中は広いと知ってはいるが、自分の世界が他の大陸や地中深くへと広がっていくとは、去年までは想像もしなかった。

「これはエノーラに卸《おろ》してる下剤作用のある根。煮出して使うんだ。効果が強めでフレーメでは扱えないっていうから、今までこっちには持ってこなかったんだけど」

テルゼがひょろっとした根を指して言う。

「飲食業で下剤は不味《まず》いですからね。店で出せないようなのは販売できませんし、うちの商品を飲んで腹を下したとか言われかねませんね。食品を扱ってるんで、そういうのには敏感なんですよ」

カルパは自分で作ったムースを食べながら言う。エルファも同意しつつ補足した。

「そうですね。個人的に使うか、私が薬草魔女として扱うなら問題ないでしょうが」

「そう思ってさ、今日はエルファちゃんに、と思って持ってきたんだ。試してみてよ」

「それでしたら、喜んで……と言いたいところですが、最近下剤はちょっと……自分で試すのは躊躇《ためら》われるんですよね。使うのはもうしばらく先になると思いますが、よろしいでしょうか？」

「ああ、そっか。解呪薬《かいじゅやく》飲まされたんだっけ。あれ、きついよなぁ」

あの時のつらさを思い出すと、下剤はしばらく遠慮したいと思う。それに、エルファには元々お通じの悩みはあまりない。まず自分で試さなければ人には薦《すす》められないので、そういう状態になるまで待たなければならない。

「まあ、紹介したかっただけで、まったく急いでないから、試したいと思った時に試してみてよ。あんな風に苦しくはないし自然な感じだから、その点は安心してね」

彼は王族だが、高慢なところのない気の良い男だ。だから口説き癖《ぐせ》のせいで女性に避《さ》けられることはあっても、男性から嫌われることはないらしい。彼は、その他のハーブについても説明を始める。

「んで、こっちは頭痛にいい薬で、こっちは下痢止めだね。解呪薬《かいじゅやく》のうちでも効果の緩やかな方にはこいつが入ってるんだ」

洗脳の解呪薬には、短期間で強力に効くが、下剤効果もまた強すぎて身体に負担が掛かるものと、少し腹を壊すが効くのに時間がかかるものと二種類ある。エルファが飲んだのは後者の方だった。

「以前、魔族や妖族《ようぞく》のような人間に近い種族が使う薬は、人間にも効果があると聞いていましたが、例外などはないんですか？」

エルファの質問に、テルゼは笑顔で頷いた。

「魔族の薬は大抵人間にも効くよ。例外……というか、飲む人間によって効きが悪かったりすることはあるかな。地上の薬も、魔力が強い人が飲むと効果が少しばかり弱くなったりするし、大人と子供でも薬の効き方って違うだろう？　魔族と人間の場合、それほどではないみたいだけど……そうだな、魔族にとっての適量より若干少なめが人間にとっての適量かな。物にもよるけどね」

魔族は強い魔力を持っているから、人間より薬の耐性も強い、ということだろう。

「今、そういう研究をセク達と協力して進めているんだ。それで魔族と人間は体質も似ているって分かって。ここにあるのも、そういう研究の上で、人間にも効果があるって分かった植物だね」

「なるほど。興味深いですね」

エルファはふむふむと頷いた。

「この中で効果が穏やかで、食味《しょくみ》がいいものはありますか？」

「それだと、これとかこれだな」

テルゼは枯れ枝のような細い根と、ごつごつした小さなコブのある根を示した。芋でもなく、本当に根っこという形状で、どう食べるのか想像も付かなかった。

「この細いのは風味付けに使う。ハーブみたいに、煮込んで風味を出してから取り出すらしい」

「ちょっといただきます」

噛んでみると、少し刺激のある変わった風味だった。シチューに入れたら美味《おい》しくなりそうだ。肉とも合うだろう。繊維質《せんいしつ》が多いらしく食感はゴリゴリしていて口の中に残るので、取り出した方が良さそうだ。

「んで、ごついのは見た目は悪いが、煮出せばとろみがついた汁ができて、それを漉《こ》したものを冷やすと、ぷにぷにした感じに固まるんだ。塗ると火傷《やけど》の薬になるし、食べると毛が……髪が綺麗になる。しかも太りにくい」

「へぇ、面白い」

「ただ調理と味付けがちょっと難しい。これをいい具合に調理できる闇族《あんぞく》の女の子はモテるし、店なら流行《はや》る」

太りにくい食事を美味《おい》しく作るというのは割と難しいことなので、それは納得できる。

「闇族って、太ると飛べなくなるんでしたっけ」

「そうそう。太って飛べない闇族なんて、毛を刈られた獣族《じゅうぞく》よりもみっともない」

聞いたこともない例えだが、ラントの後ろ姿を見て少し分かったような気がした。獣族は毛があった方が可愛いに決まっている。

「で、これがそいつの調理済みのやつ」

見た目は小さなドロ団子だった。彼がこれを持ってきた理由は、見た目の悪さをエルファに何とかしてほしいからだと気付いた。

「な、見た目で引くだろ？　だから売りにくいんだよなぁ。地上には美味しいものがいくらでもあるしさ。けど、身体にはいいはずなんだ」

エルファは思い切ってそのドロ団子を口にする。

「……塩気と酸味がある。けっこう弾力もあるんですね。ぷにぷにしてて面白い」

　砂を噛むような食感を覚悟していたのだが、ざらざらはしていない。もし目隠しして口に入れたら、奇妙な食感の果物だと思ったかもしれない。

「酸味は素材そのものの味。それを塩で味付けしてる。塩じゃなく甘味をつけたりすることもあるかな。年寄りが喉《のど》に詰まらせるのが、ちょっとした社会問題になってる」

「なるほど」

　頷きながら、食べ方を考えた。

「色は変わらないんですか？」

「調理前に塩を振って一晩置いておくとマシになるらしい。今食べてもらったのはそこまでしてないかな。もっと薄い色のやつを売ってる店もあるけど、そういうのは秘伝の味で、調理法を明かしていないんだ。闇族は食べ物の見た目をあんまり気にしないから、そのままで買っていくけどね」

「そうですか。この色を何とかするとしたら、灰汁《あく》を抜けばいいのかな？」

　太らないなら、エルファも大歓迎だ。見た目のドロ団子感をどうにかすれば、飾り付けによっては店に出すこともできるかもしれない。

「ところでテルゼ様、さっきから売り込みばかりですが、俺の作った新作は食べないんですか？」

自分の分を食べ終えてしまったカルパは、そう言って不服そうにテルゼを睨《にら》んだ。テルゼは、はっと我に返る。

「た、食べる食べる。楽しみにしてたんだぁ。あいつらの調べるのが終わってからと思ってたんだけど、先に食べるか」

テルゼは慌ててスプーンを持ち上げた――その時だった。

「あっ！　これじゃないかっ!?」

ラントの声を聞いて、テルゼがすごい勢いで振り返った。

「え、これ？」

セクが戸惑ったように呟《つぶや》いた。

「どうした？　なんか問題があったのか？」

テルゼは立ち上がり、二人が見ていた図鑑を覗き込む。

「問題というか……テルゼ様、これ、マンドラゴラです」

先ほどまで観察していた植物を指さして、ラントが驚愕《きょうがく》したように言った。

「マンドラゴラ……？」

エルファは首を捻《ひね》って呟く。

「……地上のものとはずいぶんと違うようですが」

セクが戸惑うのも無理はない。エルファの知るマンドラゴラは、しわのある葉がつき、小さな紫色の可憐な花を咲かせるのだ。

「地上にもあるのか。どうやって処理してるんだ？」

ラントは真剣な目でエルファを見上げている。耳がぴんと立ち、警戒しているように見えた。

「処理？」

「そうだ。ちゃんとしねぇと危ねぇだろ」

「そうですね。薬にもなりますが、毒草でもありますし」

地上のマンドラゴラは薬としても使えるが、麻薬効果のある毒草でもある。だがラントはきょとんとして言った。

「え？　毒はないだろ。抜く時にちょっと危ないだけで」

「抜く時？　えっと……マンドラゴラは鎮痛剤としても使われますが、麻薬効果がありますから、下手に服用すると幻覚を見たりして、ひどい時は亡くなりますよ」

ラントは首を傾《かし》げた。エルファもつられて首を傾げる。

「えっと……？」

エルファは迷ってセクを見た。先ほどから彼女はじっと図鑑を見ていた。そこに載っている絵は、魔術を使って姿を写し取ったものらしく、色も質感も見事に表現されている。

「……ラント、一つ聞いていいかしら」

セクは顔を上げ、引きつった笑みを浮かべてラントを見た。

「地下のマンドラゴラって……その……引っこ抜くと悲鳴を上げるの？」

エルファは面食らってセクを見た。

地上にもそういう伝説は、あるにはある。伝説上のマンドラゴラは人のような形をした根を持っており、引き抜くと悲鳴のごとき音を出して、それを聞いた人は発狂して死んでしまうのだ。しかしそれはまさに伝説でしかなく、実際のマンドラゴラというのは、たまに根が人のような形に見えるだけの、ただの植物である。

「ん？　地上のマンドラゴラは悲鳴を上げないのか。そりゃあ収穫しやすくていいな」

ラントが安心したように言うと、テルゼが口を挟む。

「や、でも、さっき毒があるって言ってたぞ。マンドラゴラって言えば、毒消しじゃないのか」

「ど、毒消し？」

セクが戸惑いながら尋ねると、ラントが頷く。

「そうだ。大抵の毒を消してくれるから、王族なんかは粉末を常備しているらしいぞ」

「ああ。俺も持ってる」

と、テルゼは首から下げていたペンダントを見せてくれた。小さくて綺麗な金属の筒が付いていて、その中には薬が入っているらしい。ラントは興味深そうに再び植物を見る。

「そっか、こんな見た目だったのか。高価だし危険なもんだから、育てるための専門の施設があって、そこから出す時は引っこ抜いて殺してからって決まってるんだよな。施設には滅多《めった》なことじゃ入れないから、俺も生きてるマンドラゴラを見るのは初めてだ。足の先が折れて地中に残ってるとまたすぐに生えてくるから、気を付けなきゃならないとかも聞いた」

「こ、殺してから……植物でも、殺すっていうのか」

植物にはあるまじき台詞《せりふ》に、カルパは震えた声を出した。エルファがもらったのは、その折れた足の先だったらしい。

「本っ当に、これ、引っこ抜くと悲鳴を上げるの？　口でもあるの？　植物なのに？」

「セクがそこまで言うってことは、本当に地上のマンドラゴラはまともな植物なんだな。まあ、地下でもあんな植物、他にはあんまりないしな」

ラントはふむふむと頷いた。『あんまり』ということは、他にも少しはあるらしい。

エルファ達は身を震わせた。そんな地上人達を見て、テルゼは鉢植えを指さし、肩をすくめて言った。

「それがマンドラゴラなら、間違いなく口があって、悲鳴を上げるよ。下手な扱いしてたら危なかったかもな。普通は悲鳴を聞いてもひっくり返る程度だけど、生まれたばかりの赤ん坊とか、年寄りなんかだと死んでしまうこともあるらしい。ひっくり返って頭を打つ可能性もあるし」

伝説ほど恐ろしい植物ではないようで安心した。それでもうっかり鉢をひっくり返したりしなくてよかったと胸を撫《な》で下ろす。

「危険物を危険物と言わずに育てさせるとか、実にあいつららしいっちゃ、あいつららしいな」

確かにマゼリルらしい、頭が痛くなるような悪戯心《いたずらごころ》がたっぷりだ。

「あの、そういえば植え替えしようと思ってたんですけど……鉢がこれでは小さいみたいなので」

「根が育ってなければ悲鳴はあげないから安心しろ。悲鳴をあげたり動き出したりするとしたら、もう少し育ってからだろうな」

「う、動き出すっ!?」

ラントの発した言葉に、エルファは息を呑んだ。

「危険から逃げたり繁殖したりするために、自分で土から出て歩くんだ」

「それは……本当に植物なの？」

セクの疑問にエルファも同調する。

エルファとて、食虫植物など、わずかに動く植物は知っている。特に魔力を帯びた植物だと、そこまで珍しいものではない。しかし歩く植物というのは聞いたことがない。

反応からして、セクも知らないのだろう。

ラントは、むしろセクやエルファの驚きように戸惑っている。

「そんなこと、俺に言われてもなぁ。俺だって図鑑でならともかく、実物は初めて見たし。下手に逃がして外で繁殖されるとヤバいから、外に出てくることはまずないんだ」

ラントの説明を聞いて、カルパがごくりと唾を呑んだ。

「で、でも、そんな植物があったら地上でも知られているはずじゃないか？　自分で動くんだろ？」

カルパがセクとエルファを見比べながら言う。うぬぼれではなく、確かに二人が知らないのであれば、地上では知られていない植物だと思う。何しろ大陸の東側にあるランネルと西側にあるグラーゼ、それぞれの薬の専門家なのだ。

「そりゃあ、こいつらは強い光が苦手だからな。地上には出ていかないんだ」

「こんな立派な葉があるのに？」

「胴体……いや、根の方は光が苦手らしい」

胴体という言葉に動揺しつつも、エルファは引っこ抜いてどんな形の根をしているのか見てみたい衝動に駆られた。

「まあ、地下に住んでるとさ、人間でも地上の明るさが苦痛になるからさ」

テルゼが軽い調子で言うと、またラントが続ける。

「どれぐらい移動できるか知らねぇが、地上に行くためには地下の中でも明るい場所を通らなきゃならないし、何よりそんな遠くまではまず逃亡しないだろ。やつらも無理やり引っこ抜かれたくないから、人気《ひとけ》の多い場所には行きたがらないって話だ。それでもうっかり出くわす子供なんかがいたら危険だから、厳重に管理されてるんだけどな」

それを聞いて納得し、少し安心した。地上に被害が出るとしたら、何かの弾みで地下で大繁殖し、さんざん被害が出てからということのようだ。それに地上には、彼らの嫌いな本物の太陽がある。

「ついでに言うと、そいつを育てる施設で一番近いのは四区《しく》のやつで、闇族《あんぞく》達が育てている。だから小娘達も育て方を知ってる可能性は高いな」

エルファは土から少し見えているマンドラゴラの根を、おっかなびっくりつついてみた。まだ小さいせいか動く気配はない。本当に動くのか、怪しく思えるぐらいだ。もしこの話をしているのがセクやラントでなければ、騙《だま》されていると判断しただろう。セクは改めて図鑑を覗き込む。

「主な用途は毒消しだけど、注意事項として魔術に対する抵抗力を弱める副作用があると書かれているわ」

その説明を聞いて、エルファはどうして自分がこの植物を育てているのかを思い出した。

先日マゼリルに連れ回された際、魔術耐性を下げる香の存在を知らされ、エルファはそれを使えば治癒術《ちゆじゅつ》の効果を高めることができるのではないかと興味を持ってしまったのだ。そのため後日、マゼリルがこの根の一部を送りつけてきた。マゼリルとしては自分が使いこなしている薬に、エルファが新しい使い方を見出したというのが面白かったのだろう。

「ってことは、マゼリルさんの言っていた魔術耐性を下げる薬というのは、これで間違いないと」

「まさか、闇族がこれで子供を飛ばせる練習をさせていたとは思いもしなかった」

と、ラントは腕を組んだ。そう。マゼリル達は、これで子供達の魔力抵抗を弱め、教える側の魔力を体感させることで、飛ぶコツを教えていると言ったのだ。

「よくこんな高い薬でよくそんな使い方を……産地だからって、普通は使わないだろ？」

テルゼは腕を組んで唸《うな》る。そんな彼に、ラントが語りかけた。

「いえ、テルゼ様。高級品だからこそ、商品にならない切れっぱしなんかも有効活用しようとして、そんな使い方に行きついたんじゃないですか？　毒消しじゃなくて副作用を上手く活用している感じですし。そういう廃棄品みたいなのが裏社会で出回ることも多いんですよ」

「なるほどなぁ。じゃあ、そういうのが出回ってないか調べてみるか。どこの習慣か分かれば、あいつらの潜伏先の手がかりになるかもしれない。たぶん小娘共は自分のところで栽培して使っているんだろうしな」

「そうでしょうね。四区《しく》には、暗殺の危険性を考えて専門の施設を作ってる金持ちが多いですし」

「あいつら、暗殺対策はかなりやってるらしいからなぁ」

「あっちは闇組織の派閥も多くて物騒ですからね」

二人はしみじみと話し合う。マゼリル達は思った以上に大変な世界で生きているようだ。

「それで、これも人間に効果があるのかしらね」

セクは地底マンドラゴラの花をつつきながら問う。

「試してないから何とも言えねぇが、たぶんそれなりの効果はあるな。小娘どもの組織はそもそも人間が多いし、何より人間に――フレーメに送りつけてきたんだ。何の効果もないってことはないだろ。小娘は、気に入ってるやつにそういう意味のねぇ意地悪はしたことがないからな」

これからもしないとは言い切れないが、今回に限っては信じてもいいとエルファも考えている。彼女達は意地悪なところもあるが、自分達の得にならない意地悪はしない。

「これ、効いたら便利よ。治癒術《ちゆじゅつ》の効きが悪い人って意外といるし」

「そうなのか？」

ラントが少し驚いたように首を傾《かし》げた。エルファは、セクも自分と同じ考えに行きついたことに安堵した。医者である彼女なら、きっと成果を出してエルファにも教えてくれるだろう。高価だとはいえ、捨てるはずの部分を使っているのだとしたら、実験費用にもそう困らないかもしれない。

「小動物にも効果はあるかしら。別の研究にも使えるわ」

「何する気だよ」

「色々よ」

医者と薬師《くすし》の会話を聞きながらテルゼは自分の席に戻り、先ほど食べ損ねたムースを口にする。

「やっぱ、驚いたりした後は、甘いものを食べて落ち着くに限るな。しかし判明してよかった。問題はこいつが本当に小娘が使っていたものかって保証がないことだけどな。もしかしたら似た効果のある別の植物って筋もある」

テルゼがカップを差し出すと、カルパはそれに温かい紅茶を注ぐ。

「ですが、花の香りはあの時嗅《か》いだものと同じです」

カルパの言葉を聞いて、エルファもマンドラゴラの花の香りを嗅いでみた。わずかに甘い香りがする。確かに誘拐された時にマゼリルが焚《た》いていた香りと似ている。

「カルパが言うなら間違いはない……ん？」

カルパの嗅覚《きゅうかく》を信頼しているテルゼはふむふむと頷き——唐突に動きを止めた。

「あれ、香りって……根って香りあったか？」

彼は胸元から下げた筒の蓋《ふた》を開けて香りを嗅ぐ。しかし何も感じないようだ。カルパも筒を借りて匂いを嗅ぐと、首を横に振った。

「俺も香りは感じません」

「魔術耐性を下げる香がこの香りだってんなら、もしかしたら花にも毒消しの作用があるのかもな。やはり薬は奥深い」

そう言ってラントもマンドラゴラの花の香りを嗅いだ。真面目なことを言っているが、何とも愛らしい姿だ。

「きりがないから、ラント、休憩しましょう。ついでに話し合わないと」

「話し合う？　ああ、そうだな」

「ええ。これは学会で発表できる発見よ。地上では伝説とされていた植物が、地下に実在した。きっと大きな騒ぎになるわ」

「そういう意味か……てっきり小娘達に関する今後の方針を話し合うのかと」

「もちろんそれも大切よ」

薬草魔女の間でも、大きな話題になるだろう。エルファとて一生分の驚きを体験したような気がするのだから、きっと他の皆も驚くはずだ。

「そうだな。俺だって動物に寄生する植物が実在するとか聞いたら驚くしな」

「え、あるわよ」

冗談めかして言ったラントを、セクがきょとんとして見つめる。

「な……なにっ!?　そんな危険な植物が実在するっ!?」

「もちろんすごく珍しい植物で、被害者もあまり聞かないけど」

「でも、実在するのか……」

ラントがぶるりと震えた。獣族《じゅうぞく》の間では、とてつもなく恐ろしい怪談話のようなものが伝わっているのかもしれない。セクは苦笑しながら続けた。

「これは薬のやり取りだけじゃなくて、地上と地下で広く情報交換する必要があるわねぇ。互いの常識の違いを埋めるための。エルファも手伝ってくれるかしら。まだまだ未知の植物や治療法が地下にはありそうよ」

「もちろん、喜んで！」

未知の植物や治療法。薬草魔女として心が躍る言葉だ。それを得るための試みに加えてもらえるなど、とても名誉なことである。

カルパはセクとラントのために保冷箱からムースを出し、温かいお茶を用意した。ほっとした上にそもそも食べられる植物の話ではなかったせいか、いささか興味を失ったような顔をしている。

「まあ発見はおめでたいですけど、周りの気配に気を付けてくださいね。小娘達にこの話し合いを覗かれていたら、それこそ思惑通りってことで喜ばせかねませんん」

「そうだな。あいつらの思い通りになるのも癪《しゃく》……ん、覗かれている……？」

マゼリル達が何らかの力を使って、遠くからここを覗いている可能性があるということだろう。それに気付いたテルゼは、うんざりしたようにため息をついた。

この集まりのことは極秘ではないが、このような意味のある集まりになるとは思いもしなかった。もしや彼女達はこうなることすら予想していたのだろうかと、エルファは考え込む。

「小娘のことだから、地上と地下のマンドラゴラが別物だと知っていたからこそ、エルファちゃんにこれをくれたのかもしれないな」

テルゼは少し呆れたように言う。

「エルファちゃんが地下のマンドラゴラについて知ったら驚くだろ。で、俺達も地上のマンドラゴラが動かない毒草だと知って驚いた。その愉快な場面を見たかったってのもあるだろうよ」

そんな馬鹿なと言いたいところだが、享楽的なマゼリルの場合、それがないとも言い切れない。ルゼに活躍の場を与えるために、わざと騒動を起こすこともある彼女なら。

そしてもう一つ、理由を思いついた。

「ひょっとして……自分の発見を、知ってほしかったんでしょうか」

エルファを驚かせたい。つまり、こんな面白いことを、自分だけは知っていたのだと自慢したがっているようにも感じたのだ。自分だけが知っているという優越感は、時が経てば経つほど、人に教えたいという欲求に変わっていくものだから。

「そうかもしれないな。あいつら、後先考えねぇし」

「マゼリルさんのそういうところは、子供のようで可愛らしいですよね」

とても大人びた態度をする少女だったので、微笑ましいという気持ちにすらなる。

「……エルファちゃんは、本当に大らかだな。悪戯《いたずら》は悪戯でも、危険物を送り付けるって質《たち》の悪い悪戯だったのに」

「そういう可能性も考えて、もう少しお客様から見えにくい場所に置いておけばよかったですね」

エルファがマゼリルに対してあまり嫌な感情を持たないのは、迷惑をかけられた度合いが低いからだろう。せいぜい少し遠くに連れていかれたことと、解呪薬《かいじゅやく》という名の下剤を飲まされたことぐらいだ。むしろ当事者以外の人達の方が大変だった。

「でも、薬草魔女は元々けっこう嫌がらせを受けるんです。保管している薬に毒を混ぜられた方もいるんですよ。それで備蓄していた薬の大半を破棄しなければならなくなったそうです。それに比べれば、今回の悪戯は可愛らしいものです。こうなると予想していたからこその悪戯でしょうし」

　こうしてちゃんと自分達の意向を汲《く》めるように仕掛けてきているのだから、まだ可愛げがある。

「ああ、変なのに慣れすぎて感覚が麻痺《まひ》してるのか。イタズラ好きの妖族《ようぞく》とも仲良くしてたし」

「医療に携《たずさ》わってると変なのに遭遇するからねぇ。その上客商売もやってると奇人変人との出会いも多くなるでしょうね」

「慣れってのは怖ぇな。そういやナジカに食べさせるのも、早々に慣れたらしいな」

　彼らはしみじみと語り合いながら、それぞれお茶を楽しむ。

「この三人がここまで言うことなんだ。エルファも本当に危機感を持つようにな」

　カルパに忠告を受けて、ナジカにも同じことを言われたのを思い出す。

「そうですね」

　だが、下手に危機感を持つように心がけると、マゼリル達に必要以上の警戒心を持ってしまう。それが顔に出たりしたら、彼女の気分を害することにはならないだろうかと首を捻《ひね》る。

　どちらがいいのか分からない。何事もほどほどがいいというが、それはそれで命取りになることもある。気まぐれな子供を相手にするのは、とても難しいのだ。

それでも、もう少し警戒心を強めた方がいいのは間違いないだろう。

今回のように分かりやすく差し出された〝毒〟に、うっかり気付かないなんて間抜けなことを避《さ》けるために。

第五話　望まぬ再会

季節はさらに移り変わって本格的な冬となり、年の瀬が近づいてきた。この国に来て初めての年越し、新年だ。

エルファの故郷は田舎《いなか》の農村なので、あまり新年を祝わない。新年になったからといって、何かが変わるわけではないからだ。農村では実り豊かな春や秋こそがめでたい季節であり、新年というのはそこに至るまでの節目《ふしめ》という認識である。だがこの国の人々は祭りが好きらしく、新年も華やかに祝うのだという。

年末年始は市場《いちば》が休みのため、当然飲食店であるフレーメも休むことになる。そして従業員であるエルファ達も、いつもより長い休暇がもらえるのだ。とはいえ、エルファに特に休み中の予定はない。故郷に帰るにしても遠すぎるし、やることと言えば料理研究ぐらいだろう。

そんなつまらないことを考えていたのだが、カルパの提案でそれが一転した。

「そうそう、休みの間はエンベールに行くんだけど、エルファも行くか？」

その言葉を聞いてエルファは目を丸くした。

「エンベールって、ルゼ様のお父様がご領主をしていて、ラントさんみたいな獣族《じゅうぞく》が多く働いている、花の街エンベールのことですか？」

皆が忙しく立ち働く厨房《ちゅうぼう》で、エルファは前菜を盛りつける手を止めて、カルパを見上げた。興奮で頬《ほお》が紅潮し、目が輝いているのが自分でも分かる。

「そうそう。そのエンベール。花盛りの時期じゃないのは残念だけど、それでも色々と珍しいものが見られるところだよ、年明けの祭りもあるし。行くのは俺とクライトとゼノン、あとニケとラスルシャとクララぐらいだな。ちなみにフレーメの従業員として行くから旅費は店持ちだ」

それはとても魅力的な提案だった。厨房にいたゼノン、ニケ、ラスルシャもうんうんと頷く。帳簿係のクララは別室で仕事中だ。

「向こうの支店に行ったら今年の新商品の作り方を従業員に詳しく教えたりとかして、ちょっと働くことになるけど、店に出てもらったりとかはない。どうだ？」

花の見頃でないのは少し残念だが、それでも一度行ってみたいと心から思っていた場所だ。

噂《うわさ》に聞くエンベールという都市を想像する。この国に来る時は、クライト達の仕入れの関係で別の街を通ってきたので、一度も行ったことはない。

国境付近にある最近発展した宿場町で、花の産地としても有名だ。その花を加工して香水の原材料を造っており、エノーラはそれを使った香水を『ルゼ・シリーズ』として売り出しているらしい。ルゼとはもちろん、エルファも知っているルゼ・オブゼークのことだ。凛々《りり》しくも華麗な女騎士をイメージした、華やかな甘い香りの香水だと、愛用者であるマゼリルが話してくれたのを思い出す。

「獣族が働いていて、華やかな香りに包まれた街なんですよね」

「そうそう。あそこの支店はフレーメの中でも売上いいし、たまには俺も見に行かないと。エルファにも、いつかエンベールに連れてってやるって約束していたしな」

「ありがとうございます。喜んでお供します」

どうせ暇だから、断る理由など何一つない。

「それで実は、ルゼ様も毎年ご家族で里帰りしてるから、それに同行させてもらうことになった。その方が安全だからさ」

「ああ、なるほど。うちだけでいくと、こっちで護衛とか用意しなきゃいけませんものね」

道中カルパはルゼ達に奉仕することになるだろうが、それで経費削減できるなら喜んで奉仕するに違いない。彼はケチではないがとても節約好きなのだ。

「あと、これはここだけの話だが、今年はエリネ様もご一緒だ」

エルファの身体が硬直した。厨房《ちゅうぼう》にいて二人の話を聞いていた皆も同様である。

実りの聖女エリネ。女騎士ルゼが守る、奇跡としか言い表せない尊《とうと》い力を持つ聖人。当然専属の聖騎士団があるため、王族のギルネストよりもずっと多くの護衛を連れて移動する。エルファの最初の予想より、ずいぶんと規模の大きな移動になりそうだ。

「ここにいる連中を信頼してるから話したが、誰にも言うなよ」

「も、もちろんですよ」

料理長のゼノンが代表して言い、そこにいた他の皆も頷いた。

「エリネ様が行かれるのは羽根伸ばしの意味合いが強いし、聖騎士の皆様もフレーメにはよくしてくださっているから、そう緊張することはないけどな」

「今回は余計な人達は来ないってことですね。よかった」

ゼノンが安堵するのを見て、エルファは首を傾《かし》げた。

「余計な人?」

「ゼノンの言い方はよくないな。正確には予定外の方々だ。エーメルアデア様とか国王陛下とか」

「こ……こ、ここここ……」

国王を余計な人などと、ゼノンもずいぶん大胆な発言をする。

「特に国王陛下はその威厳に似合わず小動物がお好きだな。エンベールの獣族《じゅうぞく》にも興味がおありのようで、話が出るたびに目を輝かせている。隠していらっしゃるらしいし、来られても困るから見て見ぬふりをしてるんだけどさ」

困った顔をするカルパと同僚達。はっきりとは言わないが、心の底では迷惑だと思っているようだ。気持ちは分かる。特に旅行先にそんな偉い方がいたら、到底羽根など伸ばせるはずがない。エリネはその人柄もあってか、あまり迷惑がられてはいないようだが。

「他には誰か来るんですか？」

「ナジカとパリルとアルザは来るかな」

「あ、ナジカさんも来るんですか」

「嫌なのか？」

カルパは急に真顔になって問いかけてきた。

「え？　いえ、ナジカさんを置いていくと色々と面倒そうなので、いいと思いますよ。人数は多い方が楽しいですし。私もナジカさんのことは……好きですよ」

好きという言葉を口にするのは、少し気恥ずかしくて躊躇《ため》われた。この場合の〝好き〟は、人間として〝好き〟という意味で、特別な意味はない。だが、どうしても意識してしまう。

「そりゃよかった」

カルパがほっとしたように頬《ほお》の力を抜いた。エルファもつられて表情を緩める。

「同行者が増えたからって、嫌がったりしませんよ。ナジカさん達がエンベールに行きたがっていたのは知っていますし」

聖女が同行するのは少し緊張するが、人数が増える分、賑《にぎ》やかで楽しそうだ。

「そういえばルゼ様が、エルファも誘うって言ったらリゼ様が大喜びされたとおっしゃっていたから、お相手を頼むかもしれない」

ルゼの愛娘《まなむすめ》である愛らしい姫君は、なぜかエルファに懐《なつ》いている。

「そうですか。お可愛らしい方に好いていただけて嬉しいですが、どうしてこんなに懐かれているんでしょうね」

「子供っていうのはそういうもんじゃないか。やっぱり優しそうな雰囲気の人が好きなんだろう」

優しいかどうかはともかく、牧歌的ではあるかもしれない。何しろエルファは田舎《いなか》の農村出身だ。

エルファが皿の縁《ふち》を綺麗に拭いてカウンターに置くと、ニケは話を気にしながらもその皿をホールへと運んでいく。

「ま、特に改まった心構えは必要ないが……最悪の場合の覚悟も一応しておいてくれ」

それはつまり、先ほどゼノンが言った余計な人が来る場合のことだろう。

「まあ、その前にギル様が何としてでも阻止してくださるだろうけど」

「やっぱり、聖女の生活は堅苦しいんでしょうか」

エルファの知る彼女は、ゆったりした仕草と話し方をする、優しげな女性だった。

「エリネ様は普通の農村で畑仕事をして育った方だから、そりゃあ堅苦しく感じているだろうな。本当のエリネ様は、もっとハキハキした元気な方だし。ああなったのは厳しい訓練の賜《たまもの》だ。巫女《みこ》達と一緒に、ルゼ様の理想の聖女様として仕立てられたんだよ」

「訓練、ですかぁ」

確かに生まれた時から躾《しつ》けられたのでないなら、訓練は必要だ。エリネが奇跡の力を持っていたとしても、それ以外の部分で聖女の適性を持っていないのならそこを補わなければならない。世の人は、自分の想像する人物像と実物とに乖離《かいり》があると、その対象を容赦なく叩き始めるからだ。

「さて、もう少しで開店だし、エルファはそろそろ店の方に行ってこい。今日は初めてのお客様やお年を召したお客様が多いからな」

「分かりました。では行ってきます」

エルファは厨房《ちゅうぼう》用のエプロンを接客用のそれに付け替えて、鏡で顔に汚れが付いていないか確認する。それから弾む足取りで厨房を出た。

◆◇◆◇◆

馬車に揺られ、ガラスの窓から外の景色を眺める。この辺りは王都と同じで雪はあまり降らないらしく、枯れ色の景色に白い色はほとんどなかった。

「エルファおねえさま、いかがなさいました？」

同じ馬車内にいるリゼに問われ、エルファは即座に笑みを浮かべる。

休みに入り、いよいよ同僚達と共にエンベールへと向かったエルファだったが、案の定リゼにせがまれ、こうしてカルパとは別の接待をすることになってしまった。

「いえ、遠くに見える山にしか、雪が積もっていないなと」

「すこし北に行くと、ゆきがふえるんです。それでもカテロアの国ほどはふらないそうです」

「そうですか。リゼ様はよくお勉強をなさっているんですね」

「はい。国のことをしるのは、とてもたいせつです」

相変わらず人形のように愛らしい。その少女といつも一緒にいる、ぬいぐるみのように愛らしいウサギのラントは、今日は珍しく一緒ではない。別の馬車に乗っているのだ。それが少し残念だった。

「でも、都でもたまにゆきはふります。おとしはたくさんつもって、とてもたいへんでした」

「あまり降らない場所だと対策ができていないから、かえって大変だそうですね。うちの店の植物も雪にやられないよう対策を立てて、留守番の人達にも手入れ方法を教えてきましたけど、男性ばかりだからちょっと不安なんですよね……」

「まあ。もし弱ってしまったら、エリネさまにおねがいしてはいかがですか？　ねぇ、エリネさま」

リゼは、隣の席に座る貴人――実りの聖女エリネに話を振った。

なぜかエルファは、この二人の貴人と一緒に馬車に乗っている。あと一人の同乗者はエリネの侍女カリン。彼女も良家の子女らしい。庶民なのはエルファだけなので、とても緊張する。救いなのは余計な――予定にない貴人が付いてこなかったことだろう。

「ええ、修業になりますし、喜んで。でもお店には危険なマンドラゴラがあるそうですが、留守番の方達は大丈夫なのでしょうか？」

エリネが少し不安そうに問う。

「はい。それはもう処理していただきましたので」

「マンドラゴラの処理というと、犬を使ってですか？」

エリネの口調に怯《おび》えが交じる。マンドラゴラを抜く時は犬を使って抜くと言われている。悲鳴を聞いたら死んでしまうため、犬に紐《ひも》を付けてマンドラゴラに繋げ、人間は声の聞こえないところまで離れてから犬の名を呼ぶ。すると呼ばれた犬に引っ張られて根っこが抜けるのだ。

「いえ、現実の……地下産のマンドラゴラは悲鳴を聞いても気絶する程度なので、そこまではしないそうです。具体的な方法は聞いていませんが」

「そうですか。安心しました」

エリネはほっとしたように笑みを浮かべた。

収穫のたびに生き物の命が奪われるという話を聞いたら、誰だって心が痛む。特に彼女は実りの聖女。植物に愛された女性だ。生き物を犠牲にする前に自分が何とかできなかったかと悩んだのかもしれない。

「でも毒消しの効果があるだなんて、意外な事実ですね」

エリネは気を取り直したように言う。

「はい、私も驚きました。地上のマンドラゴラと呼ばれる植物は毒草ですので」

「彼女達にしては可愛らしい部類の悪戯《いたずら》でしたので、よかったです。本当に伝説通りだったらと思うと、ぞっとします」

「ええ、ですがマゼリルさんはカルパさんがお気に入りですから、家の中で事故死するような悪戯はなさらないと思います。マゼリルさんの悪戯に善意はもちろんありませんが、害意もありません。あるのは好奇心と遊び心でしょうか？」

それを聞いてエリネははっと顔を上げて、エルファを凝視《ぎょうし》した。

「あら？　いかがなさいました？」

「いえ、エルファさんはとてもおおらかでいらっしゃいますね。わたくしも見習わなくては」

「そ、そうでしょうか？」

マゼリル達は自分の悪戯で偶然人が死んでもあまり気にしないだろうが、殺すつもりで悪戯をしかけたりはしない――そう思っただけなのだが。だがエリネはそうは取らなかったようだ。

「ええ。わたくしもあの方だけは、悪意を持って見てしまいますので」

「それは仕方がないことです。小娘達の方こそエリネ様に悪意を持っていますから」

と、侍女のカリンが口を挟んだ。エルファは誘拐された時のことを思い出す。

「そういえば……確かにマゼリルさん達はエリネ様に好意的ではありませんでした」

「ええ。エリネ様はルゼが剣を捧げる唯一のお方ですので、小娘達は嫉妬《しっと》心からエリネ様に強い悪意を抱《いだ》いています。何しろルゼのファンですから」

マゼリル達が嫉妬するには、十分な理由だ。彼女達に悪意を向けられるのは、色々と大変だろう。

「そうですか。でしたらエリネ様も気を付けなければなりませんね」

「ええ、わたくしの行ける場所というのは数少ないのですが、そのほとんどに彼女達も出入りしているとのことで気が気ではありません」

それはかなり大変そうだ。その時、話に交ざろうとしてか、リゼが声をあげた。

「エルファおねえさま、しんねんのエンベールはでかせぎの子が多くて、とってもたのしいんです」

「出稼ぎの方が多いんですか？」

リゼの言っているのは、獣族《じゅうぞく》達のことだろう。けれど、とエルファは首を捻《ひね》る。新年に地下に帰るならともかく、出稼ぎが多いとはどういうことだろう。その疑問には、エリネが答えてくれた。

「ええ、獣族のみなさんは仕事を休んで新年を祝うといった習慣がないので、人間の代わりに店番をされるんです。いつもは人間も多く働いているのですが、そういう人間が休みたがる時期には獣族ばかりになるので、むしろ評判がいいんですよ」

「なるほど。それは楽しみですね」

「他には収穫祭の頃などもそんな感じですね。地下には地上のような収穫祭はありませんので」

「まあ、収穫祭がないんですか!?」

地方によって祭りの時期や様式は異なるものだが、収穫祭がないというのは聞いたこともなかった。

「地下には季節がありませんから」

なるほど、と頷いてしまった。収穫祭は季節が決まっているからこそ行われるのだ。収穫の時期が決まっていないなら、祝う気持ちにはなるまい。

「ちかには、あまりおいしいものがないそうです。おいしいものを食べるには、おかねもちになるか、うえに出てくるしかないそうです。だから、みんな真面目にがんばるんです」

リゼの説明を聞いて、マゼリル達が地上の食事を好んでいたのを思い出す。カイル曰《いわ》く、彼女の父親は地上の果物が好きで、いつも土産《みやげ》にしているのだそうだ。

「そうでしたか。ナジカさんみたいですね」

エルファの言葉を聞いたエリネは、口元に手を当てて肩を震わせる。

「みんなさすがにナジカくんほど、くいしんぼうじゃありません」

次にカリンがぷっと噴き出した。女性二人の笑いのつぼに入ってしまったらしい。あまりこの話題を引っ張ると、二人が腹を抱えて笑い出しそうなので、話を変えることにした。

「そういえば、私はリズリーから地下のお祭りのお菓子をもらったことがあります。確か、一年の無事を祝うんだそうです」

「まあ、妖族《ようぞく》のおまつりですか？　それはステキですね。おかあさまが聞いたら、いきたいとおっしゃるわ」

そのルゼは、現在別の馬車でリズリーやラントと同乗している。本当は小柄なリズリーもこちらの馬車に乗るはずだったが、ルゼの強い希望によりそちらで接待することになった。

「ルゼ様は、本当に妖族がお好きなんですね。よく店にいらっしゃるそうですが」

「ええ。昔から妖族に憧れていたとのことで、妖族のお友達ができたと大変喜んでいらっしゃいます」

　エリネは少し困ったように言った。

「おかあさまは、かわいいおんなのこがだいすきなんです。きっといっしょにいるナジカくんは、くろうしているわ」

　リゼが頬《ほお》に手を当てて、困ったわと言わんばかりに首を傾《かし》げて見せる。

　エルファは、ナジカもルゼの馬車にいることを思い出した。彼があちらにいるのは、リズリーが緊張しないようにという配慮からだ。ルゼと付き合いの長い彼が一緒なら、問題ないだろう。

◆◇◆◇◆

「ルゼ様、構いすぎ」

　ナジカは、向かいに座る貴人に声をかけた。彼女は大好きな妖族を前に、呆れるほどに上機嫌だ。それでも女性相手にだらしのない顔を見せたりはしないのは、さすが騎士というべきか。

「まったくだ。いくら愛らしい女性が相手とはいえ、ほどほどにしろ。疲れているだろう」

夫であるギルネストにも指摘され、ルゼは首を傾《かし》げる。

「そうかな？」

「リズリーが疲れた目をしてますよ」

彼女の灰褐色《はいかっしょく》の髪は、今や可愛らしく巻かれていた。さらにリゼのものだという高そうな髪飾りをつけられ、まるで妖精のお姫様のようである。こうして飾り立てられるのが好きな女の子ならいいのだろうが、残念ながらリズリーは身を飾ることに一切興味がないらしい。だからどうしてこんなことをされるのか、よく分かっていない。

「うとうとした姿も可愛い」

「もう限界だろうから寝かせてやれ」

「そうですね」

髪をいじり倒されて疲れたリズリーは、そのまうとうとと壁にもたれて寝てしまった。もちろん寝たふりという可能性もある。むしろその可能性の方が高い。

「可愛いと言えば、うちの子はいい子にしているかな」

「ルゼ様よりは遠慮があると思いますよ」

ギルネストとナジカが言うと、ルゼはぺろりと舌を出して言う。

「相手がエルファとエリネ様だから、おすまししてるでしょうね」

リズリーとは反対隣に座っていたラントが、それを聞いて呆れたようにルゼを眺める。幼女にできることがどうしてこの一児の母にはできないのだと言いたげだ。

「でも、どうしてエリネ様までエルファと一緒の馬車に乗りたいなんて言ったんでしょう？」

ナジカは隣で退屈そうにしているギルネストに尋ねた。

「きっと、彼女から何か学びたいんだろう。彼女は年に似合わず、人を落ち着かせる雰囲気を持っているから」

「そっか。エリネ様は本当に勉強熱心ですね」

聖女はただでさえ重圧が大きい立場だが、その上、人気の女騎士であるルゼが忠誠を捧げているのだ。世間の目を気にして、より聖女らしくあろうとしているのかもしれない。

「ところでナジカ、エルファとは上手くいっているようだな」

ふと、ギルネストがぽんとナジカの肩に手を置いた。

「上手くいってるんでしょうか……嫌われてはいないと思いますけど」

最初の頃は、ちょっと好意を示しただけでひどい拒絶反応をされたものだが、今はそんなことはない。一緒にいてよく笑うし、食べさせてくれる時も嫌そうな顔はしない。

だがそれも、〝友達〟として受け入れられただけ、という可能性は否定できない。

「嫌いな相手と二人きりで、ちょくちょく食べ歩きなんてしないだろ。嫌ならラスルシャでも一緒に来てもらうさ。一人で来るってことは、エルファもまんざらではないんだろう」

「そうだといいんですけど……カイルの買い物にも笑顔で付き合ってましたし」

「接客業だから、嫌な相手にも笑顔で対応できるんだろ」

「エルファもそう言ってましたけど」

それでも不安になるのだ。ああいう余裕のありそうな男の方が、彼女の好みなのではないかと。カイルはカイルでやけに親しげな口調だったし。

「ナジカがそんなにうじうじするのも珍しい」

「恋愛というのはそういうものだろ。思い切りのよすぎるルゼの周りがおかしいんだ。恋愛で悩む暇のない青春より、ずっといい」

驚いたように言うルゼに、ギルネストが反論する。

ルゼは愛だの恋だのと悩む間もなく結婚したので、ナジカの気持ちは理解できないようだ。反対にギルネストは恋愛で失敗したことがあるらしく、親身になってくれている。

「確かに。でもまさかナジカがそういう恋愛をするとはねぇ。最初は生きるのに必死で、恋人も損得を考えて作らなかったぐらいなのに……」

「まあ、僕もパリルあたりと自然にくっつくのかと思っていたな。あの子はいつもナジカの背に隠れていたし」

「それか、モテるからそこらの女の子に既成事実を作られて押し切られるかと」

ずいぶんと偏見のある見解を述べ合う夫婦に、ナジカは断じて否定する。

「そんなわけないじゃないですか。だいたいパリルとなんて、とんでもない！」

「そっちに食い付くのか」

ギルネストが驚いた声を出す。

「既成事実はもっとありえませんけど、パリルとのことは同僚も勘違いしてるんで、あんまり変なことを言ってほしくないんですよ」

「なるほど。エルファの耳に入ったら不味《まず》いと」

パリルとの仲は普段から否定してるので信じはしないだろうが、万が一ということもある。

「女にだらしないって思われるのだけは避《さ》けたいんですよ。エルファの元婚約者は、なんか女の子にならなにでもいい顔してたらしいので」

夫婦はふむふむと頷く。

「だ、大丈夫だよ！」

突然、リズリーが身を乗り出した。寝ていたと思ったのは、やはりふりだったようだ。

「エルファ、ナジカは変だけど真面目でいいやつだって言ってたから！」

両手を大きく振って主張するリズリー。その可愛らしさにルゼが目を輝かせているが、空気を読んで手を出さない。

「俺、変だと思われてるんだ……」

「それは仕方ないでしょ。私達の体質は変なのよ」

ショックを受けるナジカに、ルゼが慰《なぐさ》めにもならない言葉をかける。

ナジカと同じ、食べ物を苦くする体質を持つルゼは、美味《おい》しい食事を知らずに育った結果、食べることが嫌いになった。そして今も積極的に食事をすることなく痩《や》せている。

これ以上痩せないように、夫に食べ物を口に押し込まれている妻というのは、やはり変だ。

そしてナジカは、一人では食べられないのに食べるのが大好きになって、結果誰かに食べさせてもらっている。かなり変だ。

「変だけどいいやつだよ！　エルファもナジカのこと、おばあちゃんへの手紙に書いたって言ってた」

「え？　どんな風に？」

祖母を安心させようと新しくできた友人を紹介しただけで、他意はないだろう。そう分かっていても期待してしまう。

「それは……えっと……な、内緒！　内緒って言われてたんだった！」

リズリーは今になって口を押さえた。

「えっと……なら、聞かなかったことにしようか？」

「うん、そうして」

ルゼはラントの頭をぱしぱし叩きながら、壁に額を付けて肩を震わせた。ギルネストもくつくつと笑っている。エルファはリズリーの失言を怒ったりはしないだろうが、気まずく思うだろう。

「ははは、リズリーは本当に可愛らしいな。これなら他のお客さんにもうんと可愛がってもらえているのだろうね」

彼女を贔屓《ひいき》にしているルゼは、笑いながら言った。

ルゼのように妖族《ようぞく》を特別視する女性はたくさんいる。ただの子供でも働いていたら可愛がられるものだが、それが耳の尖《とが》った可愛い妖精なら、心をわしづかみされる人も出てくるはずだ。

「お客様はみんなよくしてくれます。でも、たまに変な人がいます。そういう人は、厨房《ちゅうぼう》の男の人が出てきて追い出すの。ドニーも守ってくれます」

「そうか。それは安心だ。ドニーもよくやってくれているんだね。安心して兄に報告できるよ」

先日、ルゼの兄であるリュキエスが、猫獣族《じゅうぞく》のドニーをフレーメに紹介してくれた。実はそのドニーも今回の里帰りに同行している。別の大きな馬車で、皆と——ニケやラスルシャら女性中心の集団と一緒にいる。リズリーとは仲がいいようで、彼女の口からもよく彼の話題が出てくる。

「ルゼ様はたまに見に行ってるんだろ？」

「ああ。ドニーは働き始めて間もないしね。私が見に行くのと行かないのとでは、獣族達の負担が違ってくるらしいから。彼らの耳を引っ張ったりするような乱暴なお客さんも、お行儀がよくなるそうだよ。あ、もちろんリズリー達だけじゃなくて、フレーメやラフーア以外の店で働いている子も、ちゃんと確認しに行ってる」

獣族はフレーメやラフーアだけではなく、他の飲食店や雑貨店でも働いている。主にエンベールにやってきた者を領主の子であるリュキエスやルゼが店に紹介する形なのだが、基本的に信頼できる経営者がいる店というのが条件だ。一般家庭で、家事使用人のような形で働かせると他人の目も届きにくく、乱暴なことをしたり、ペットのような扱いをする人間が出てくるからだ。

今はこうして人目につくところで働かせ、魔物達が人間の対等な存在として身近にいるという状況に、都の者達を慣れさせているのだ。

「リズリーのおかげで地上で働く種族が増えて、人々が魔物についてより理解するようになったんで、私達も助かっているんだよ。妖族《ようぞく》は地下でも数が少ないから、自分から働きたいって言ってくれるのは本当にありがたいね」

獣族の多い五区《ごく》の王とは親しくしているので、頼めば働き手を手配してくれるだろうが、権力者に命令されて来てもらうのは望む形ではない、とオブゼーク家の皆は考えている。自主的に来て、自然に周りの人間と馴染《なじ》めるようになるのが理想だ。魔物が身近な存在になりつつあるからこそ、彼らには辛い目にあってほしくないのだ。

「ドニーにも言っているけど、リズリーも何かあったら遠慮なく言うんだよ。同じ店の人には言いにくいことも、ひょっとしたらあるかもしれないから」

ルゼの申し出に、リズリーはこくこくと頷いた。

「分かりました。エルファじゃ無理なことがあったら、ルゼ様にお伺《うかが》いします」

まずはエルファに聞くのが大前提のようだ。可愛らしい発言に、ルゼは気分を害することなく、くすくすと笑う。

「リズリーはエルファが好きなんだね」

「うん、大好き」

「リズリーは妖族《ようぞく》なのに、本当に素直だね。私の知っている妖族は、嫌いではないだけとか、もっと素直じゃない言い方をするのに」

「うーん。そういうの苦手です。だから……あんまり友達ができなかったんです」

肩を落とすリズリーを、ルゼは堪《たま》らずといった様子で抱きしめた。

妖族という種族は基本的に悪戯《いたずら》好きで、誰かをからかいたくて仕方のないという、捻《ひね》くれた性格をしている。しかしリズリーにはそういった部分が一切ない。その性格が、妖族の社会に溶け込めなかった原因だろう。だから彼女の友達はエルファだけだったらしい。

「そんなことはないよ、リズリー。実は君の郷《さと》から心配して安否を確かめる問い合わせが来てるんだ」

ギルネストが慰《なぐさ》めるように言うと、リズリーはきょとんと彼を見つめた。

「君の仲間は皆、とても心配しているそうだ。君はちょっと浮いてただけで、嫌われていたわけではない。どうでもいい存在なら安否など気にされないだろう？」

リズリーは少し考えてから、ルゼの腕の中でこくこくと頷いた。捻《ねじ》くれた性格であれば頑《かたく》なになって否定しただろうが、素直な彼女は素直に考え、彼女なりに納得できる答えを見つけたらしい。やがてにっこりと笑みを浮かべる。

　そんな彼女を見て、ナジカは考える。頑なになって、いいことはあまりない。素直すぎてもいけないが、温かい励ましや慰めに対して『そんなことはない』と否定しか返さないのでは、周りは呆れて、否定の言葉はいつしか本当になってしまう。

　人は、信じて裏切られれば、自分が傷ついてしまうことを知っている。それを警戒して、温かい言葉を信じない人も多いことだろう。

　だが、人間関係――特に恋愛においては、信じることが大切だ。自分のことも、相手のことも信じていなければ、上手くいかない。友達としてでも好きと言ってもらえているなら、それを素直に喜び、受け入れるべきだ。異性の友人から恋人になるのは珍しいことではない。

　リズリーのおかげで、ナジカの卑屈《ひくつ》な気持ちが少し和らいだ。

「リズリーも友達に手紙を書いてみたら？」

　ナジカが提案すると、彼女はびくりと震えた。

「て、手紙？　何を書くの？」

「元気ですとか、働いてますとか、皆が安心するようなことだよ。大丈夫だって別の誰かに言われても、もし変な噂《うわさ》が流れてきたら不安になるだろ？」

　リズリーは頷いた。彼女はエルファの元婚約者に、エルファが売られたと聞かされてこんな遠い国までやってきたのだ。彼女の仲間はその経緯を知っているから、不安がなかなか晴れないのだろう。

「だけど君の直筆の手紙がちゃんとしたルートで届いたら、安心できると思うよ」

「そっか。じゃあ、あたし、手紙を書いてみるね！」

「筆まめのエルファに、どう書けば皆が安心してくれるか教えてもらいなよ。エンベールには地下への出入り口があるから、簡単に送れる」

うんうんとナジカの話に頷くリズリー。彼女のこの素直さは、ナジカが信じられているという証《あかし》でもある。そんな姿を見ていると、少しくすぐったい気持ちになった。

◆◇◆◇◆

エンベールの街は、古い区画と新しい区画とに分かれている。新しい区画は、数年前にこの街の人々が魔物達と交流するようになってから作られたものだ。

魔物達が持ち込む地下の宝石や貴金属目当てに多くの商人が集まり、結果、その商人を相手にする店や宿が建った。働く場所が増えれば、その従業員が住む家も増える。すると必要な食料もまた増えて流通がますます盛んになり、人は集まり、街は成長していった。

そういった経緯で集まった人々や魔物達のほとんどは新しくできた店で働き、新しくできた家々に住んでいる。だから古い街並みに商人や観光客が押し寄せて元の住民が迷惑を受ける、といったことはあまりないらしい。それが、エンベールが観光地としてここまで発展してきた理由だそうだ。元の住人と揉めたせいで、開発計画が流れるというのは、よくあることだから。

「ここから見るだけでも、なんだか違う国に来たみたいですね」

新しい区画の、とある大通りで馬車を降りたエルファは、辺りを見回して呟《つぶや》く。見たことのない意匠《いしょう》の金属製家具が店の外に出ている。それを売る美女は、蝙蝠《こうもり》の翼を持つ魔物、闇族《あんぞく》だ。鋭い目つきをしているが、客と話し出すとそれは柔らかく弧を描《えが》き、印象が和らいだ。

その隣の店では、猫獣族《じゅうぞく》の女の子が置き物を売っている。金属とガラスを組み合わせた品が多く、こちらも見慣れない意匠だが、貴族の屋敷に飾ってあってもおかしくない、趣味のいいものばかりだ。このように珍しい品が売っていると、見ているだけでわくわくする。外は肌を刺すような寒さだが、人々の行き交う大通りは活気があって寒さを感じさせない。

「ここらは魔導具も多いんだ。格安で効果が高いって有名なんだよ」

きょろきょろしているエルファに、いつの間にか隣に立っていたナジカが教えてくれた。

「ナジカさんもここで買ってるんですね。今日もまたたくさん身につけていますし」

「贔屓《ひいき》にしてる工房は、来るたびに新作が出てるからつい買っちゃう。買うと身につけたくなって、それで増えるんだよね」

以前エルファに指摘されたことで最近はつける数を減らしたようだが、しばらくはまた増えてしまいそうだ。

「興味があるなら案内してあげるよ、エルファ」

「あのねぇ。ナジカ、あんたはこっちでしょ！」

エルファの背に手を回したナジカの耳を、パリルが引っ張った。

「エルファは店を見に行かなきゃならないの！　そしてあんたはオブゼークの方々に挨《あい》拶《さつ》しなきゃならないの！　本当に傍迷惑《はためいわく》で恩知らずなやつね」

そう、ここでエルファはエリネ達と別れ、カルパ達と共にフレーメの支店に行くのだ。

「痛い痛い。そんなんだとレイニーに嫌われるぞ」

「黙りなさい。エルファ、ごめんなさい。また後で会いましょう。支店を見たらカルパがオブゼークの屋敷に連れてきてくれるはずだから。落ち着いたら、私のとっておきの店を教えてあげるわ」

「はい。ありがとうございます」

親切にこれからのことを教えてくれたパリルはいい人だ。あんな風にナジカにきつく当たるのも、彼との仲を誤解されないよう配慮してのことだろう。エルファの知ってぃるレイニーというと、エノーラの店で働いているナジカの友人だが、彼と恋仲なのだろうか。

「さ、行くわよナジカ」

「エルファ、また後でね」

ナジカは手を振って、愛馬《ハニー》のもとに向かう。ハニーはここまでパリルを乗せてきた。本当はナジカが乗ってくるはずだったが、彼はリズリーと同じ馬車に乗ってきたのでそうなったのだ。

「さて、俺達は店に向かおうか」

ナジカ達と同様オブゼーク家へ向かうアルザと別れたゼノンは、ごく自然な動きでエルファの荷物を持ってくれた。

「ゼノンは先にお屋敷の方に行っててもよかったんだぞ。師匠を優先させて文句を言うやつはいないからな」

クライトがリズリーの荷物を持ち主ごと抱えながら言う。どうやらオブゼーク家の料理人は、ゼノンの料理の師匠らしい。

視線が高くなったリズリーは、楽しそうに笑っていた。先ほどまで疲れた顔をしていたのに、気持ちが切り替わるのがとても早い。

「半分は仕事のためにこっちに来てるんですから、いいんですよ。しばらくこっちの店の世話になるんだから、挨拶《あいさつ》ぐらいしないと」

「どうせ寮に泊まるから支店の連中には後で会えるのに、本当に真面目だなぁ」

クライトが呆れ半分、感心半分に言う。真面目なゼノンとしては、少しの間でも一緒に仕事するのだから、礼儀として先に挨拶をしたいということらしい。

「あたし達、寮に泊まるの？」

リズリーは首を傾《かし》げた。

「そうだよ」

「そんなに空き部屋があるの？」

自分が住んでいる都のフレーメの寮には空き部屋がないため、驚いたようだ。そんなリズリーに、クライトが答える。

「ああ、こっちの支店はまだ街が発展する前に、オブゼーク家の人が作ったものだから、けっこう広いんだよ。いずれ地下から来る子達のためにってな。だから女の子の分のベッドは問題なくあるぜ。男は雑魚寝《ざこね》だけど」

リズリーはまた不思議そうに首を傾げる。

「どうして女の子はベッドなの？」

「ははは、女性を優先するのは当然のことだよ、リズリー」

クライトの足下でドニーが大きく振り仰《あお》ぎながら言った。彼は無理をしてニケの荷物を持っている。

「みんなドニーみたいなの？」

「私が特別なのではなく、それが普通なのだよ」

「変なの」

「リズリーは女性としての自覚が足りないようだね」

そのやり取りと、断崖絶壁《だんがいぜっぺき》を見上げるように話すドニーがおかしくて、皆はくすくすと笑った。

「んじゃ、行くぞ。初めてのやつははぐれるなよ」

「はーい」

カルパを先頭に、フレーメの従業員一同は歩き出した。

フレーメの支店に到着すると、裏口から中に入った。

建物の造りが違うだけで、中はティールーム本店と似たような雰囲気だった。調理器具も本店同様変わったものはないが、よく磨かれた鍋がいくつも掛けられており、大切に使われている厨房《ちゅうぼう》であることが分かる。

「よ、来たぜ。儲《もう》かってるか」

クライトが手を上げて挨拶《あいさつ》をする。すると厨房にいた従業員が歓迎するように笑みを浮かべた。

エルファの知っている本店と違うのは、明らかに人間ではない者達――つまり魔物の割合が多いことだ。獣族《じゅうぞく》だけでなく、魔族や闇族《あんぞく》、さらには竜族までいる。竜族は直立するトカゲ人間ともいうべき外見で、エルファはこの国で初めて見た。珍しい種族なのではなく、見た目が恐ろしく人々が怯《おび》えるから、地上にはなかなか招けないらしい。

「さっきまで目の回るような忙しさでしたよ。縁起物《えんぎもの》作りもできませんでした」

「お、んじゃあ、いい時間に到着したってことだな」

「本当に残念です。もう少し早ければ、楽できたのに。せっかくだから一緒に縁起物作りませんか？」

「縁起物って、エノーラさんに言われて作り始めた花の砂糖漬《づ》け？」

「そうです。一昨年から始めたばかりで縁起も何もあったもんじゃない気がしますけど、これがエンベールの風習ですって言うと売れるからびっくりですよ。まあ確かに新しい風習ではあるんですが、そのせいで忙しいったらない。リゼンダばあちゃんの孤児院じゃ、昔からの縁起物作りに手が回らなくなったんで、工房で作ってもらってるって話です」

そんなやり取りを聞いて、厨房にいた人々はどっと笑う。

その中に妖族《ようぞく》を見つけて、エルファは首を傾《かし》げた。他の魔物と違って、妖族は生息地がここから遠く、さらに数も少ないから、地上で働くのはリズリーが初めてだと聞いていたのに。

「妖族？　あれ、あの時捕まってた子？」

リズリーはその妖族に覚えがあるらしく、クライトの腕から降りた。

「捕まってたって、ひょっとして、エルファが誘拐された時に保護した妖族か？」

「そうです。その節はお世話になりました」

カルパが問うと、ぺこりと頭を下げる妖族。声や仕草からして男性のようだ。それを聞いてリズリーは目を見開いた。

「え、どうしてここにいるの？　故郷まで帰してもらったんじゃないの？」

「せっかくだからそのまま出稼ぎしてるんだよ。攫《さら》われる前からここの噂《うわさ》は聞いていて、できることなら働いてみたいって思ってたんだ。でも旅費がかかるし、雇ってもらえるかも分からなかったからさ。最終的に旅費も浮いてよかったよ。転んでタダで起きちゃあ男が廃《すた》るってもんだろ」

と、からからと笑う妖族《ようぞく》の彼。誘拐された地で働くことを出稼ぎというのは初めて聞いた。彼なりの冗談だろう。

「そっか。すごいんだね。家族には連絡した？」

「まあ、リュキエス様に手紙を出せって言われたから出したよ。心配されてるとは思えないけどね」

「そんなことないよ。きっと心配してるよ」

「そうか？　ただの家出だと思われてたんじゃないか？　よくあるだろ」

リズリーが心配されたのは、エルファが売られたと聞いてそれを追っていったからだ。だが自己評価の低い彼女は、自分でも心配されたのだから彼も心配されているに違いないと思ったのだろう。そんな純粋なリズリーの目を見て、妖族の彼は気まずそうに肩をすくめた。

彼らのやり取りに、エンベール支店の店員達も集まってくる。

「この子がカルパさんのところで働いてる妖族かぁ。うちのと違って素直そうないい子だな」

「可愛いなぁ。裏表なさそうで、同じ妖族とは思えない。可愛いなぁ」

リズリーは店員達に、やたらと可愛らしい髪型をした頭を撫《な》でられる。馬車の中で何があったのかは語らなかったが、色々とあったのが分かるため、誰も何も言わない。

「お、ドニーもいたのか。おまえは……どうせ楽しくやってるんだろうな」

「もちろん」

女性が多い店での接客業は彼の天職だ。

ほどなくしてカルパが大きな声をあげる。

「さて、話はそれぐらいにしよう。こちらは薬草魔女のエルファ・ラファア・レーネ。明日からエルファの意見を取り入れて新しく加えたメニューのレシピを教える」

「おお。それは楽しみ。久しぶりに大きくメニューが変わったらしいですね」

「もともとこの国の料理は、彼女の故郷であるグラーゼの影響を受けてるから、おまえ達が思ってるほど変わった品はないぞ。つまり……本場の味だ」

物は言いようだ。〝本場〟とつけると、特別に感じられる。

「けれど今日は中途半端な時間だし、もう寮の方に行くよ」

カルパは荷物を持ち直して言った。どうやら寮はこの近所にあるらしい。

「あ、でしたら部屋の案内は、寮で休んでるやつに言ってください」

「ああ、分かった。あと俺達はこの後荷物を置いたら、すぐにオブゼーク家に挨拶《あいさつ》に行くから」

「んじゃあ、夕食はあちらでいただくことになりますかね」

「もうすぐ日も暮れるしそうなると思う。そうでなかったら適当に食べてくるから」

ゼノンに料理を教えた料理人がいるなら、夕食も期待できそうだとエルファの頬《ほお》が緩んだ。この街は変わった家具や工芸品が売っていたから、食べ物も変わったものがあるかもしれない。そう思うと心が弾む。

「あ、行くならこいつも連れてってくれませんか。ルゼ様に直接お礼を言わせないと」

と、先ほどの妖族《ようぞく》の男性が背を押されて前に出てくる。

「そうだな。挨拶させた方がいいな」

カルパが同意すると、リズリーは哀れむように同族の男性を見つめた。その視線に気付いた彼は、戸惑ったように皆を見回す。

「ルゼは……いや、ルゼ様はなぁ、妖族が好きなんだ。基本的にはいい人だから、大丈夫。男だと遠慮なく撫《な》で回されそうだけど」

ルゼの昔馴染《むかしなじ》みらしい従業員が呆れ顔で言うと、妖族の彼は怯《ひる》んだようだ。

「な、撫で回すのか？」

「嫌なら女装していくか？」

「そっちの方が嫌だよ」

「まあ、それでも大丈夫だ。きっと王子様が止めてくださる。媚《こ》び売っとけ」

親指を立てて、妖族の肩をぽんと叩いた。

「あー、んじゃ、こっちだ」

カルパは気の毒そうな顔をしながら、先頭に立って店を出た。


年末年始にこのエンベールを訪れるのは、茶問屋《ちゃどんや》フレーメの従業員の中でもごく一部だけだ。ただしこの街出身のニケと、ここでルゼと出会った魔族のラスルシャ、エンベールに思い入れがあるゼノンは、カルパに毎年ついてきているらしい。その他は希望者が順番で来ているといった感じだ。

カルパの一行はただ寮に向かっているだけなのに、途中の道でひっきりなしに挨拶された。

ニケに全員知り合いかと聞くと、誰かの知り合いだろうとの答えが返ってきた。最近この街にも新しい住人が増え、その上、仕入れ人であるクライトの顔が異様に広いこともあって、ニケにも分からないらしい。

エルファは戸惑いながら街並みを観察する。よく見ると、見覚えのある鳥のお菓子が吊るされていた。ニケの案内によると、どうやら新年に食べる縁起物《えんぎもの》らしい。エルファが買った鳥の木型の意匠《いしょう》とよく似ているが、あれも実はああいった縁起物を作るものだったようだ。

「もうちょっと行くと、街中《まちなか》を巡回してる乗合馬車の待合所があるんだ。そこからオブゼーク家の近くまで行けるのよ。混んでそうだけど」

「へぇ。お屋敷の近くには観光名所でも？」

「ルゼ様の生家が観光名所よ」

つまり、オブゼーク邸を見に来る熱心なファンがいるということか。

「あと、ルゼ様が育った神殿は、今は高級宿になってる」

「そ……そういうのもありなんですか」

「そうみたい。虐殺《ぎゃくさつ》があった場所を聖地みたいに宣伝して、それっぽい雰囲気に改築までして客を泊めるのはどうかと思ったんだけどさ」

「虐殺ですか？」

「小娘達が当時この街にいた癒《いや》しの聖女を始末しようとして、聖女様とルゼ以外を皆殺しにしたんだって。癒しの聖女様は竜族の王族に保護されて、そのままお嫁に行っちゃったんだけど」

「……そ、そんなことが」

そんな話を小耳に挟んだことはあったが、地元で育ったニケの口から出ると印象が違って聞こえた。

「まあ、ゼノンのところの慈善院《じぜんいん》に比べたら可愛いもんだけどさ」

「それよりひどいって、あの施設に何があったんですっ!?」

ニケは、ははははと笑って誤魔化した。二人しか生存者がいなかったという事件を可愛いと言われ、耳を疑った。話を聞いていたリズリーもプルプルと震える。自分もリズリーも、今まであの施設についてよく分かっていなかったらしい。

「あ、そうだ。治安はいいんだけど、スリはけっこういるから気を付けてね」

「ああ、人が多いですものね」

スリは人の多いところに出るもので、治安の良し悪しとはあまり関係ない。リズリーは自分が肩から掛けているポシェットを気にし始める。

「十分に目を光らせてるけど、誘拐しようってやつがまたいるかもしれないから、リズリーは、よぉく気を付けるのよ」

「もう、ニケったら。いっつも言われてるよ。あたしはそんなに忘れっぽくないよ！」

リズリーは可愛らしく唇を尖《とが》らせた。

「頭から抜けないように、何度でも言うわよ。一応言っておくけど、ドニーとジオもよ？」

「もちろん心得ているよ。迷惑をかけないように気を付けるさ」

「まったく、ふてえやつはどこにでもいるもんだ」

ドニーはちゃんと理解しているが、ジオズグライトはいまいち理解している感じがしない。むしろラスルシャを見上げて、彼女を守るんだという姿勢を見せている。その様子に皆は苦笑する。

角を曲がろうとした時、突然リズリーが「あっ」と声をあげた。どうしたとクライトが尋ね、皆がリズリーの視線を追う。そしてその先に、エルファもある男の顔を見つけた。向こうも気付いたらしく、目を見開く。

「エルファ!?　どうしてここにっ!?」

金髪の男がこちらに走ってきた。よく知った、幼い頃から見慣れた——

それに気付いた瞬間、エルファの頭の中が真っ白になった。

「エルファ？」

誰かに肩を揺さぶられ、我に返った時には男がエルファの目の前に来ていた。

「こんなとこで会えるなんて、まさにうんめっぐふぉっ」

男が何かを言い終える前に、エルファは無意識のうちに拳《こぶし》を握りしめ、その頬《ほお》に叩き込んでいた。

「エルファ⁉」

皆が驚いて声をあげる。

「なんであなたが、ここにいるの⁉　アロイス！」

元婚約者――エルファが嫌っていた女と浮気して、地獄の底に突き落とすような思いをさせたアロイスは、頬を押さえて倒れ込んでいた。

◆　◇　◆　◇　◆

頭の中で、色々なことがぐるぐると回る。

嫌なことも楽しかったことも。彼との間には思い出がたくさんある。だからこそ、余計に裏切りが許せなかった。エルファの肩を抱いて慰《なぐさ》めてくれるニケの言葉も、今は耳

に入ってこない。

通りでは迷惑になるから移動しようと言われ、脇道に入ったのを思い出したのは、殴った手がずきずきと痛み出した頃だった。はぁ、と大きく息を吐き、全身の力を抜く。

「エルファ、手は大丈夫かい？」

頬《ほお》を赤く腫《は》らしたアロイスが、自分よりエルファのことを心配する。

「エルファは人を殴ったことなんてないから、痛かったろう？　突き指とかしていないかい？」

昔からこういう気遣いはできる男だった。八方美人でいい加減だが、優しかった。そうでなければ、結婚しようなどとは思わなかった。そうは言っても所詮裏切り者だ。顔を見るのも腹立たしい。

「なんで、アロイスがいるのよ」

口から出たのはひどく低い声だった。エルファは人並みの寛容さしか持ち合わせていないから、とてもじゃないが笑って久しぶりとは言えない。

「エルファ、そんなのとわざわざ話し合う必要あるの？」

と、冷たい発言をしたのはラスルシャだ。氷のような美女に冷たく睨《にら》みつけられても、アロイスはエルファに会えて嬉しいとばかりに図太く微笑んでいる。

「……一応、聞いておきたいことがあるので」

「ありがとうエルファ。君に事情を聞いてもらいたかったんだ」

「私はそんな話を聞きたいわけじゃないわ」

「あれは誤解なんだ」

エルファは自分の頬《ほお》がぴくぴくと震え、ラスルシャに負けないほど冷たい目をしているのを自覚した。先ほどまで春の陽気のように浮かれていた心は、外気と同じほどに冷え切っている。

「浮気だって言われた時は誰も信じてくれなかったからつい認めてしまったけど、彼女と過ごした夜は、酒を飲まされてからの記憶がないんだ」

——白々《しらじら》しいことを。

少し離れたところで壁にもたれていたニケが、舌打ちしながら呟《つぶや》いた。

『彼女』とはアロイスを寝取った隣町の性悪女のことだ。アロイスはなおも言い募《つの》る。

「彼女はいつもエルファに嫉妬《しっと》していたんだ。薬草魔女として立派に生きていこうとする君に。だから君が先に結婚するのが気にくわなかったんだと思う。そんな彼女が、気になる男のことで相談があるっていうから、僕が協力することで、君と彼女との関係が改善されればと思ったんだ」

「ふぅん。それで？」

「信じてもらえないだろうけど、ただ君に真実を知ってもらいたかったんだ。それで都に行こうとしていたんだけど、まさかこんな場所で出会えるなんて。行き違いにならなくて本当によかったよ」

彼の笑顔は、誠実そうに見える。顔立ちからして、ナジカよりも人が好《よ》さそうだ。だが人の内面は、人相では分からない。笑顔が素晴らしくとも、心が綺麗だとは限らない。特に彼はそうだ。

「婚約が破談になった後、君が出会ったばかりの男達とグラーゼを出ていったと聞いて、すごく心配していたんだ」

それは当然だろう。彼はクライトもゼノンも、フレーメのことについては何も知らないのだ。

「僕とまたやり直そうなんて図々しいことは言わない。でも、戻ってきてほしいんだ。皆だって一人で出ていった君を心配している」

エルファは腕を組んでため息をつく。

彼が言いたいことは分かる。だからエルファは何度も故郷へ手紙を書いている。両親と姉、そして親しい友人達にも手紙を書いた。安心してほしい人に、自分が充実している証《あかし》として色々なものを送った。彼はそのことも知らないのだろう。

「一つ聞きたいんだけど」

「何だい」

「どうしてリズリーに、私が売られたなんて嘘をついたの？」

エルファが問うと、彼は不思議そうに首を傾《かし》げた。

「え……なんのことだい？　リズリー？」

エルファは妖族《ようぞく》の男性の背に隠れているリズリーに視線を向けた。身長が同じぐらいなので、大きすぎる人間達の後ろよりもむしろ隠れやすいのかもしれない。

「あの子に、私の妖精さんに嘘をついたでしょ。彼女はそれを信じてしまって、一人でこの国に来たのよ。あなたよりも先に。偶然保護してもらえたから無事に済んだけど」

本当に、彼女に何もなかったからよかったが、下手をすれば心ない悪人に捕まっていたかもしれないのだ。簡単に許せることではない。

「私は今、あなたが浮気したことよりも、そんなくだらない嘘をついたことに怒っているわ」

浮気のことについては、今はもう立ち直った。彼の顔を見ても気落ちしない。しかし今度は別のことで怒りが湧いてくるのだ。

「えっと……ああ、そうか。誤解だよ。売られたなんて言っていないよ。騙《だま》されて売られていないか心配だって話をしたんだ」

「え、違うよ！　売られたって言ったよ！」

リズリーは嘘つき扱いされたと思ったのか、首を横に振った。

「ひょっとしたら、誤解されてしまうような言い方をしたかもしれない。こんな小さな女の子に不安をぶつけてしまって、本当にすまないことをした。恥ずかしいよ」

悔《く》いるように拳《こぶし》を握る姿は、本当に反省しているようにも見える。しかし彼は大袈裟《おおげさ》に振る舞うのが得意なのだ。そんな風に大いに反省としたと見せて、また同じことで叱られる子供だった。

「じゃあさぁ」

いつもハキハキと歯切れよく話すニケが、間延びした柄の悪い口調でアロイスに話しかけた。

「どうしてこんな場所で楽しく観光してたわけ？」

まったく以《もっ》てその通りだった。

「いや、噂《うわさ》に聞いたことがあったから、どんな場所かと思って寄ってみたんだ。あと、珍しい小物があればエルファに買っていこうと思って。君は昔から小物が好きだったろう？」

　さすが幼馴染《おさななじ》みだけあり、エルファの好みをよく知っている。

「婚約してた時は、何もくれなかったのによく言う」

　知っていても、その知識が活用されることは滅多《めった》になかった。

「やだ、釣った魚には餌《えさ》をやらない系？　最悪」

「テルゼよりも質《たち》が悪いわね」

　ニケとラスルシャがひそひそと囁《ささや》き合う。

　テルゼのように誰にでも贈り物をする男性を恋人にした場合も、女性は不安になることだろう。しかし自分だけが一方的に尽くす関係よりはいいかもしれない。婚約していた頃は、エルファばかりが尽くす側だった。

「それは誤解だよ。僕らの村のような田舎《いなか》だと、手作りでもしないとエルファの好みのものはなかったろ？　ほら、僕はどうしようもなく不器用だから」

　田舎というのはそういうものだ。作れるものは自分で作り、親しい間柄では金銭のやり取りよりも物々交換の方が多かった。

「確かにアロイスは何を作っていても不器用すぎて、見ていられずについ手を出した記憶はあるけど」

「僕は幼い頃からそんな君が大好きだった。僕の一番だったんだ。ここで出会えたのは、きっとすれ違った恋人同士を哀《あわ》れに思った運命の女神のお導きだよ」

彼は人懐《ひとなつ》っこい笑みを浮かべている。目元が優しげで、見た目だけで人に好印象を与えることだろう。行動もするからこそ人に好かれるナジカとは、そこが大きく違う。アロイスは人にさせてばかりで、自分では何もしないから。

「運命ねぇ……」

運命と聞いて、マゼリルの顔が思い浮かんだ。そして彼女の友人が、予知能力者であることも。

「この国には聖女がいるだろう。きっと祝福されているんだよ」

「それはない」

アロイスの夢見がちな言葉に、フレーメの皆が同時に突っ込んだ。あまりに揃っていたため、エルファは思わず彼らを振り返ったが、気を取り直してアロイスに向き直った。

「私は……」

「おや、フレーメの皆さん」

エルファが口を開いた時、誰かが声をかけてきた。その声には聞き覚えがある。

「カイルさん……」

振り返ると、鍔広《つばひろ》の帽子をかぶり顔上半分を仮面で覆《おお》った青年がいた。彼はエルファに名を呼ばれると唇の両端を持ち上げ、両手を広げて楽しそうに近づいてくる。

「このあたりで痴話喧嘩《ちわげんか》があったと聞いてお使いの途中に見に来たのですが……まさかのエルファさんですか。ということは、それが噂《うわさ》の浮気男」

「ど、どうして、カイルがここにっ!?」

ゼノンがカルパを庇《かば》うように前に出て、どこに仕込んでいたものか、短剣を構えた。

「フレーメの皆さんに危害を加える気は、基本的にありませんよ」

そう言いながら、彼はいつの間にか小脇に抱えていたジオズグライトを見せつけた。危害は加えないが、人質は取るようだ。ジオズグライトは手足をバタバタさせているが、可愛らしいだけで抜け出せそうにはなかった。ラスルシャが顔を引きつらせる。

「危害を加えているじゃない！　ジオズグライトを離して！」

「まあまあ。ただ荷物のように抱えているだけじゃないですか。ルゼ様がお気に入りの可愛い小動物を殺したりはしませんよ。僕も小動物は嫌いではありません。基本的に」

ルゼのお気に入りだから殺さないというのは、下手な釈明よりも説得力があった。

「お声をかけたのは、ただちょっと気になったからです。女性を裏切る男は、個人的に許せませんしね。ほら、僕の周りって女性が多いでしょう？　だから浮気する男は許しがたいんですよ。もしお嬢様の旦那様になる方が浮気などしたら、殺してくれと言われても殺してなんてやりません」

彼は間違いなくそれを実行するだろう。彼は彼なりに、マゼリル達を大切にしているのだ。

「エルファさんはお嬢様のお気に入り。昔の男がしゃしゃり出てきてかき回すなんて、あまり愉快な話ではないですね」

彼はカルパ達の目など気にせず、ずんずんと歩いてエルファに並んだ。

アロイスは仮面を付けた怪しい青年を胡乱《うろん》な目つきで見た。

「本当に好きなら、相手の成功を祝って立ち去るものじゃないですか。少なくとも田舎《いなか》にいたら手に入らないものを、彼女は都でたくさん手に入れているんだ。君と田舎に帰ったからといって、エルファさんを満足させられるとは到底思えないですが」

フレーメの皆も、今日ばかりはカイルに味方するように頷く。アロイスは不利を悟って顔を引きつらせた。カイルはその反応を見て、ふっと鼻先で笑い、空いた手でエルファの肩を抱く。

その指には、大粒のルビーの指輪がはまっている。よく見れば他にも高そうなものをさりげなく、それもたくさん身につけていた。ナジカのように柄が悪いと感じないのは、間違いなく趣味の違いだ。

「今エルファさんは仕事中です。邪魔して悪いとは思いませんか？　これから皆さんは領主のオブゼーク家に挨拶《あいさつ》に行くんですよね？」

「ええ、まあ」

「オブゼークの方々を待たせるのはよくありません。彼の主張を聞いていましたが、だいたい『誤解だ、君しかいない、戻ってきてくれ』という言い訳の見本市のようなものなので、これ以上話す意味もないでしょう。話を聞いてあげるフレーメの皆様の善良さには感心しますが、こういう時ははっきりと言ってさし上げる方がよろしいのではないでしょうか」

確かに、とエルファは頷いた。

「アロイス、悪いんだけど忙しいからもう行くね。私は今の仕事が楽しいし、友人にも恵まれているから帰るつもりはないの。ごめんなさい」

エルファは謝罪してカルパに視線を移した。するとカルパは、場を収めるべくカイルに向き直る。

「というわけで俺達は行くから、カイルはお使いを済ませて早く帰れ」

「ああ、つれない。ええ、そうしますよ。あまり待たせてしまうと、お嬢様の機嫌を損ねてしまいますからね」

カイルはエルファから離れる。

「お嬢様はよくこの街に来ているので、どうぞお構いなくと、ルゼ様にお伝えください」

わざわざそんな伝言を残し、少し離れたところでジオズグライトを放す。ジオズグライトは着地し切れずぺたりと倒れた。

「うわぁ、思った以上に間抜け……」

カイルはそう呟《つぶや》くと、そのままひらひらと手を振ってどこかに去っていった。

彼の姿が完全に見えなくなったところで、カルパはエルファの手を握り、ラスルシャもジオズグライトに駆け寄った。

「急いでルゼ様のところに報告して避難しよう。たぶん偶然だと思うが、もしものことも考えられる」

「もしも？」

「つまり、小娘達がこの街で何か事件が起こると予知して、物見遊山《ものみゆさん》気分でここにいる可能性だ」

実にありそうな話だった。エンベールは隣国との国境に接していて、国境に近づくほどに森も深くなるらしい。何かあってもおかしくはない環境だ。そして今は年末ということもあって人が多い。

「また……ルゼ様を困らせてしまいますね」

「今回は俺達が悪いんじゃないし、むしろあいつが出てきてくれたから小娘達がいると早めに知ることができた」

彼の言う通り、たまたま騒ぎを聞きつけて出てきただけなら、そうなる。しかしわざと姿を見せつけたのなら……そんな予感が二人の頭を過《よ》ぎったが、それは後だ。

「さあ、狙われそうな俺達はさっさと行こう。オブゼーク家に世話になるかもしれないから、荷物はこのまま持っていこう」

「なら、俺は一旦寮に行って伝えてくるよ。ついでにあいつらの件を伝えといた方がよさそうなところを回ってくる」

「クライト、頼む。寮で休んでいるやつがいたら使え」

「分かった」

エルファは思わぬ展開に、思わずため息をついた。

「今日はついてないです」

「まあ、こんな日もあるさ。人間、諦めが肝心だ」

慣れているのか、カルパは悟ったように言った。

◆
◇
◆
◇
◆

食べ物に触れられないというのは、切ないものだ。

ナジカは目の前に並ぶアップルパイを陰鬱《いんうつ》な目で見つめた。

彼は一人でまともな食事をすることがなかなかできない。美味《おい》しいものを知ってから、自分の力で汚染されたものを食べる勇気はなくなった。子供の頃は比較的マシだったが、大人になってからこの力は強くなった。強くなるなら他の力であってほしいのに、一番伸びたのがこの力だった。切ないにもほどがある。

ルゼも同じ力を持っているが、ナジカよりも効果が弱い。味は多少変わるものの、手で摘まんだり、フォークで刺したりして食べることはできる。飲み物のカップだって手で持ち続けられる。ナジカはそれすらできない。

目の前に美味しそうな菓子があるにもかかわらず、手を出せない。専用の手袋をすれば何とか食べられるが、この場でそれをするのは空気が読めていないと叱られそうだった。

「お忙しいのにわざわざおいでいただき申し訳ございません、アーレル様。今年もお邪魔いたします」

エリネはわずかに頭《こうべ》を垂れて、春の日差しのような微笑みを浮かべた。すると、目の前の男性、この地の領主であるアーレル・オブゼークは首を横に振る。

「いえいえ、ちょうど仕事も終わったところです。いつものように我が家だと思って、どうぞおくつろぎください」

先ほどまで街で仕事をしていた彼は、エリネが来たと聞いて急ぎ帰宅し、この離れまでやってきたのだが、そんな様子は欠片《かけら》も見せない。

現在ナジカ達がいるのは、オブゼーク邸のすぐ隣にある離れだ。ここはエリネとその護衛の聖騎士達が宿泊できるように建てられた、堅牢《けんろう》な屋敷だ。ほぼエリネ専用であるため、彼女の家と言っても過言ではない。今この居間には、エリネの他、ギルネスト一家に侍女のカリン、そして都から来た傀儡術師《かいらいじゅつし》達が入っている。先ほど別れたカルパ達も、エルファを連れてやってくるだろう。

「しかし、エリネ様の笑顔を見ると疲れが取れますな」

「おじいさま、おつかれ?」

リゼが祖父を見上げて可愛らしく首を傾《かし》げた。

「リゼが帰ってくると思って、あまり疲れないようにお仕事をしていたから大丈夫だよ。

あとでお祖父様とお話してくれるね？」

「はい」

他人から見ても可愛い孫の笑顔に、アーレルは相好《そうごう》を崩す。ルゼの父親だけあって、いつも知的で穏やか、それでいて何か腹に一物《いちもつ》持っていそうな雰囲気なのだが、孫を目の前にするとただの一人の祖父になってしまう。

「アルザ達もよく来たな。ゼノンと正式に婚約したそうじゃないか」

「は、はい。アーレル様には直接ご報告しようと思っていたのですが、既にご存じだとは」

「ははは、君は人気者だからね。あっという間に噂《うわさ》が届いてくるんだよ」

アルザは照れたように頭を下げた。

「お祝いをしなければねぇ。何か希望があれば言ってくれ」

アルザは少し悩んだ。

「もしよければ、何か揃いの食器を」

「そうだね。希望がなければ私もそうしようと思っていたんだ。君達は料理が好きだし、料理の映《は》える食器がいいね」

「ありがとうございます。私達のことをお考えいただいていたなんて、とても光栄です」

「当家では君達のことを昔から見守ってきたからね。しかしまさか、あの小さな子供達がこんな形で収まるとは思わなかったよ」

アーレルは朗《ほが》らかに笑う。アルザは恥ずかしそうに頭を掻《か》いた。

「ところでゼノンがいないが、先にフレーメに行っているのかい？」

「はい。ですが、もうそろそろカルパ達と挨拶《あいさつ》に来るはずです」

アルザはちらりと窓を見た。ここに来てから短くない時間が過ぎているので、そろそろ彼らがやってきてもおかしくはない。

「そうか。ゼノンはずいぶんと評判がいいようだね。うちの料理長が喜んでいたよ」

「はい。カルパさんと薬草魔女のエルファのおかげです」

「エルファさんか。リゼがずいぶんと懐《なつ》いているそうだね」

エルファがどのような女性か分からないせいか、アーレルは少し不安げだった。するとアルザが言い添える。

「はい。エルファは実りの聖女様の子孫に相応《ふさわ》しく、物知りで優しい女性です。遠く離れた地から妖族《ようぞく》の少女が心配して迎えに来るほどですから、人柄は間違いありません」

「そうだったね。用心深く皮肉屋の多い妖族がそこまで懐くのだから、リゼが慕《した》うのも無理はないか」

と言って、アーレルは隣に座る孫の頭を撫《な》でた。

アルザは傀儡術《かいらいじゅつ》の才能を疎《うと》まれて捨てられた孤児だったため、本当の出身地は分からない。けれど本人の希望とエンベールの人々の厚意で、この街の出身ということになっている。そのためアーレルと対面する時は、いつもこうしてナジカ達傀儡術師を代表して話している。

アーレルも〝地元出身〟の娘で、なおかつ自分の娘《ルゼ》に憧れて成功したこの女優を好意的に見ているので、何かと優遇してくれる。今日も、エリネのおまけでついてきたにもかかわらずちゃんと菓子が出てくるほどだ。

「アルザ、そろそろナジカに食べさせてやったらどうだろう。ゼノン達が来るのを待つには、少々可哀想な顔をしている」

「申し訳ございません。意地汚くて」

アーレルが朗らかに笑う。その傍《かたわ》らに、執事がそっと近づいた。

「旦那様、フレーメの皆様が到着なさいました」

「ああ、お通ししなさい」

「はい、あと何か問題があったようです」

執事はアーレルの耳に口を寄せ、何かを報告した。するとアーレルはリゼを見て笑みを浮かべる。

「リゼ、今夜は晩餐会《ばんさんかい》だから、お部屋で着替えて準備をしてきなさい」

「え？　でも、エルファおねえさまがいらしたんでしょう？」

「彼女達も長旅で疲れているだろうから、まずは休憩してもらおうと思ってね。ラント」

ラントは頷いて、リゼの手を引いた。

「馬車の中で昼寝したんだろう。髪が乱れてるから、直してもらおうな」

「えっ!?」

リゼは頭を押さえ、立ち上がった。女の子なので、そういうところが気になるようだ。

素直にラントと出ていく微笑ましい様《さま》を見て皆はしばらく気を緩めていたが、足音が聞こえなくなった頃にアーレルが表情を引き締めて言った。

「道中で小娘一派のカイルに会ったらしい」

ルゼがうわぁと声を出した。

「ナジカ、エルファはこの前もカイルに絡まれたんだろう？」

ギルネストに問われて、忌々《いまいま》しい男のことを思い出す。

「はい。予知能力の方の小娘が男児を産んだとかで」

ナジカ達の前に現れる時、カイルはいつも顔を隠すか、仲間の力で顔をぼかしたり認識させなかったりしている。が、見た目がよいことは間違いないだろう。ナジカよりも背が高くすらりとしていて、普通は着こなすのが難しい洒落《しゃれ》た装《よそお》いも上手く着こなしている。最近それがむかつくようになった。

「布の買い付けに付き合わされたんだったな」

「はい。それに関しては本当のように思えました。エルファは偶然巻き込まれたと言っていましたが、その点についてはどうだか……。それにあいつ、エルファには素顔を見せてましたし」

犯罪者が、善良なエルファに堂々と近づくのが腹立たしい。エルファはそんな犯罪者にも普通に接している。医者が、犯罪者だからと差別せず治療するのに似ているだろう。罪は罪だが、それを裁くのは医者ではない。救いを求めてきた命は平等である――それは尊《とうと》い精神だ。そうしておいた方が安全なのも理解している。それでもむかつくものは仕方がない。

やがて複数の足音が近づき、フレーメの皆が入室した。代表してカルパが前に出て挨《あい》拶《さつ》をする。

「お邪魔いたします、アーレル様。先日はドニーを紹介していただきありがとうございました。お客様にも好評で、とてもよくやってくれています」

「それはよかった。よく来たね、フレーメの諸君。大変だったようだな」

「大変というか何というか……困った感じでした」

カルパの曖昧《あいまい》な感じからして、カイルは前回同様、偶然だと言ったのだろう。小娘達はよく都やエンベールに来るのでたまたま出くわしてもおかしくはないが、ここまで偶然が続くのは不自然だ。

「色々と複雑な状況で声をかけられまして。助け船だったと見てもいいような状況です」

カルパは少しの間、何と言っていいものか迷う素振りを見せたが、やがて口を開く。

「実はこちらのエルファの元婚約者が、エンベールに来ておりまして」

「はっ!?」

ナジカの口から声が漏れていた。その思わぬ大きさに我に返ったナジカは、恐る恐る問いかける。

「それって、アロイスとかいう?」

「そう、そいつ。そいつがエルファを連れ戻そうとしたのが気にくわなかったらしく、カイルが口を出してきました」

浮気をしてエルファを傷つけ、リズリーを騙《だま》した最低の男。

当のエルファを見ると、うんざりした顔をしていた。喜んでいるような気配は一切ない。ナジカと目が合うと苦笑した。顔色は悪くないから、倒れたりはしなかったようだ。

「本当にただの通りすがりか、何か意図があって監視されていたのか判断に悩み、急ぎご相談に上がりました」

「確かに難しいな。その男とエンベールで再会したのは、偶然だろうか？」

「本人は運命だとか言っていましたが……小娘は洗脳ができますので、あるいはそのアロイスも」

「他人のいざこざを見て楽しむつもり……というのもありえるか。何か企《たくら》んでいるにしても、規模の大小があるからな。この前のように大きな事件が絡んでいなければいいが」

エルファの元婚約者を探し出し、そそのかしてここまで誘導する——

エルファの故郷が近いならともかく、小娘達が住む四区《しく》からはずいぶんと遠い。そこまでするほど面白いことになるとは思えなかった。

「それで、その男の様子はどうだったの？」

ルゼに問われると、カルパは肩をすくめた。

「エルファは意外と面食いですね」

「放っといてください」

エルファは頰《ほお》を赤らめて抗議した。

「金髪で、ルゼ様が好きそうな雰囲気でしたよ。女の子受けする甘い顔立ちと、柔らかい口調。エルファへの縋《すが》り方も上手くて、接客をさせたら女性客が増えそうな……でも女性問題を起こしそうな雰囲気でしたね」

「べ、別に顔で選んだわけじゃないですよ。子供の頃から一緒に遊んだ幼馴染《おさななじ》みなんですから！」

エルファが焦ったように首を横に振った。

「普段からあんな感じとのことですので、操《あやつ》られているかどうかは分かりませんでした」

「そんな風に元々人をたぶらかせる人は、誰かに操られてもボロを出さないから分からないのよねぇ。嘘が下手な人は操られると言動に齟齬《そご》が出てくるけど、嘘が上手い人はそういった齟齬を自然に誤魔化しちゃう」

ルゼの言葉に、エルファは肩を落とした。

「たぶらかすというか、誰にでもいい顔をするというか……ずる賢いのは確かですが、悪い人ではないんですよ」

「エルファ、ダメよ。そういう質《たち》の悪い男に捕まる女の子って、皆そう言うの！」

「いえ、幼馴染みとしての意見です。それに、やりたいことがあると我慢できなくなる質《たち》で、誰かが止める役をしなければならないんです」

それをしていたのがエルファだと思われる。浮気はしたが、本命がエルファだったというのは本当だろう。だから恥ずかしげもなく、グラーゼからこんな場所まで来たのだ。

ナジカも、自分がアロイスを必要以上に貶《おとし》めているという自覚はあったが、それを抜きにしてもエルファにとっていいことだとは思えなかった。カルパ達の反応を見れば、その考えが間違っていないことが分かる。彼らはナジカほど、アロイスに悪意を持っていないはずだから。

「カイルが出てくるほどだから、なんかむかつくようなことを言ってたんでしょ？」

ルゼが皮肉げに言うと、エルファが頷いた。

「浮気は誤解だ、無実だとか言ってましたね」

カイルが腹を立てたのも理解できた。事実かどうかなどどうでもいい。女性を傷つけたことが問題なのだ。今さらそんなことを言いに来たアロイスに改めて腹が立つ。

「カイルの気持ちが理解できるとかそれはそれで、我ながらむかつく」

思わずそんな言葉が漏れる。何もかもナジカを苛立《いらだ》たせる状況だ。

「まあ、無実かどうかなんて、今さらどうでもいいんですけど」

当のエルファは呆れた調子で言った。その口調の軽さにナジカは驚き、逆に不安を覚えた。

エルファは、一度は結婚しようと思ったほど、アロイスのことが好きだったのだ。怒りが冷めて情が湧いたのではないかと一抹《いちまつ》の不安が過《よ》ぎる。それが胸の内に広がって、堪《たま》らなくなった。

「どうでもいいの？」

意外そうにニケが問う。

「だって、婚約してるのに尻軽で有名な女と飲むのが間違ってるんです」

「そりゃそうだ。下心がありそうな状況を作るのがそもそも裏切りだよね」

突き放すようなエルファの言葉に、今度はほっとする。確かに普通なら、誤解が生まれないよう二人きりで会うのは避《さ》けるものだ。下心がなければそんな馬鹿なことはしない。

「まあ、こんな遠くまで一人で迎えに来てくれたことには、ちょっと感心しましたけど」

「だからダメだって」

「だって、今までは絶対に一人で遠出なんてしなかったんですよ。それなのにこんな遠いところまで」

「エルファ、意外と情けない男が好き？」

「違います。やればできたのかと、呆れているだけです」

エルファはぶすっとして顔を逸らした。

「エルファが甘やかしすぎたんでしょ」

「エルファは世話を焼くのが好きだもんなぁ。そこがいいところではあるんだけど、心配だよ」

カルパが言うと、皆も納得したように頷いた。

「そうそう。うちのリゼのことも、鬱陶《うっとう》しがらずにずっと相手してくれるものねぇ」

「子供の〝なぜなに〟に付き合うのは、親でも大変だからな」

「確かにねぇ。ナジカの食事にも付き合えるんだから、世話好きじゃないとキツいわよね」

ルゼ達夫婦は、ここにはいない娘の扱いに何げに苦労しているようだ。

ナジカは食事の手伝いを嫌がられていないと改めて言われたような気がして、胸のもやもやが少し晴れた思いだった。が、不安は解消されない。

「それでカイルが邪魔をしたのなら、小娘達はエルファに帰ってほしくないってことだから、あの男が操《あやつ》られているって線は薄くなるか」

ギルネストは逡巡《しゅんじゅん》し、アップルパイに手を伸ばして二口で食べてしまう。それから再び口を開いた。

「考えても仕方ない。もしそのアロイスとやらが洗脳されているのだとしても、疑いだけで他国の者にあんな劇薬を飲ませるのも不味《まず》いし、そこまでして洗脳を解いてやる意味もない。その男のことはとりあえず何かしでかさないか監視する程度にして、後は小娘達に備えて警備を強化しよう」

「警備の強化でしたら、既に手配をさせております」

「さすがだな、アーレル。あと、この離れにエルファとカルパの部屋を用意してくれないか。ないとは思うが、万が一この二人が狙われた時に、フレーメの誰かを巻き込んでは大変だ。エリネ様のために準備したこの離れは、街で一番安全な場所だからな」

「はい、そのようにいたします。誰か、手配を」

アーレルが声をかけると、控えていた使用人が部屋を出ていく。

「さて、後は何をすべきだろうか……」

考え込むアーレルにカルパが声をかける。

「警邏《けいら》の詰め所など、対応が必要そうなところにはクライトが報告に行っています。そこから指示を仰《あお》ぎに来るでしょう」

「手際がいいな、カルパ。では、このぐらいで十分か。しかし来て早々災難だったな。もし他にここへ残りたい者がいれば部屋を用意させよう」

「ありがとうございます、アーレル様」

「君にはずいぶんと世話になっているからな。遠慮なく頼りなさい」

彼らの真剣なやり取りを見て、ナジカはため息をついた。こんな大変な時に自分の頭の中を占めているのが、〝エルファが本当はアロイスをどう思っているか〟なのだから、我ながらその脳天気さに呆れてしまう。悪いのはいつも脳天気な小娘達なのだけれど。

ナジカがエルファを見ると、彼女は首を傾《かし》げた。そしてぽんと手を叩き、納得したように頷く。

「ああ、お菓子を食べたいんですか」

「エルファはこの雰囲気で俺がお菓子のことを考えているとっ⁉」

「違うんですか？　アップルパイを食べるギルネスト殿下を真剣に見ていたので……」

「それは違うよ。君を心配して、どうしようか悩んでたんだよ」

「そ、そうですか。てっきりあの方達に呆れるあまりお腹が空《す》いてきたのかと」

そういうどうでもいい部分を深読みされて、ナジカはふてくされた。

「確かに小娘達には呆れてはいるけどさ、だからってお腹空いたとか言わないよ？　真剣に考えてるからね？　アロイスとかいうやつには注意してよ？」

嫉妬《しっと》していることも理解してほしい。そう思うのは我儘《わがまま》だろうか。

「ああ、大丈夫ですよ。故郷《くに》に戻るつもりは一切ありませんから」

「リズリーみたいにそいつもこの国に残るとか言い出したら？」

するとエルファの顔が引きつった。

「すごく迷惑ですが……本人が決めたなら仕方ありません。ただ、そうなると都会の綺麗な女の人に目移りして、私のことなんて忘れるんじゃないですか？」

エルファは女性としての自己評価がやや低めだ。彼女は都会でも十分可愛いと言われる女の子である。そして結婚するなら文句なしの女性だ。垢抜《あかぬ》けた都会の女性が新鮮で目移りすることはあっても、それに飽きればまた戻ってくる可能性は高い。

そういうところを、彼女は理解していない。ナジカは彼女のそんなところに、ドキドキハラハラしてしまうのだった。

◆◇◆◇◆

ルゼの父との挨拶《あいさつ》の後、エルファは使用人に離れの中を案内されつつ、用意してもらった部屋にやってきた。共にここに残ることになったリズリーとニケ、ラスルシャも一緒だ。

そこはいくつかの部屋が続き間になっている、広い部屋だった。元々この離れに泊まることになっていたパリルは自分の荷物を部屋に置くと、エルファの部屋に入ってきて先ほどの使用人よりもさらに詳しく部屋と屋敷の説明をしてくれた。非常時の避難経路の説明が分かりやすかったのは、職業柄だろう。

「ふわふわ、ふわふわっ！」

説明が終わるとリズリーがベッドに腰かけ、身体を弾ませて遊び出した。いつものベッドよりもずっと高価なものなので、寝心地は抜群だ。はしゃぐリズリーにニケが声をかける。

「エリネ様のために用意した別宅だから、威信をかけて贅沢《ぜいたく》な家具を揃えてるそうよ。特にこの部屋は、普段ルゼ様達が使う部屋なんだって、執事さんが言ってたわよ。まさかそんな部屋に泊まれるなんてね！」

本日ルゼはリゼを本邸に泊まらせ、自分はこの離れのエリネの部屋に控えるらしい。

「そっか！　エリネ様とルゼ様はすごいんだね！」

彼女は跳ねるのをやめて、ベッドに転がる。そのすごさを理解しているのか疑問が残るはしゃぎぶりだ。

「しっかし、ナジカがすごい拗《す》ねてたわね」

パリルがおかしそうに笑う。

「可愛いですよね」

エルファは先ほどのナジカを思い出す。美味《おい》しく食べさせてもらえるはずのお菓子を前に、不愉快な話を聞かされて拗ねてしまっていた。

「エルファ、本当に世話が焼けるタイプがいいわけ……？」

パリルは信じられないとばかりにエルファを見た。

「べ、別にそういうわけでは……。クライトさんやゼノンさんみたいに、何でもできて一緒にいるだけで勉強になるような方は尊敬できますし」

決して自ら世話を焼きたいわけではないのだ。

「んん、エルファも可愛いねぇ」

ニケがエルファの背後に回り、にやにやしながら肩を揉んできた。こういった話題で盛り上がるのは、ずいぶんと久しぶりだった。本当に大丈夫だと判断されたからこそ、このようにからかわれているのだろう。

「何だったら、その男の言ってることが本当か嘘か見てあげましょうか？」

パリルはゆったりとソファに座って問いかけてきた。

「あ……ええと、それは遠慮しておきます」

「え、どうして？」

「なんというか……本当でも嘘でも嫌な思いをするのには変わりませんし。彼にどんな事情があったとしても結果が一緒なら、知らない方がいいかなって。はっきりさせなければ、これ以上嫌な思い出にしないで済みますから」

アロイスが、エルファを敵視する嫌な女とわざわざ隣町へ行き、一緒にお酒を飲んでいた、というのは事実だ。そこが変わらないなら、他の部分をどう取り繕《つくろ》っても意味がないのだ。

「……そっか。そういう考え方もあったわね。言われてみれば、嫌な事実をはっきりさせないで済ませるっていうのは、憧れるわ。私には曖昧《あいまい》なままにするって選択肢がないから」

パリルは人の心が読める。その力を封じていても、触れれば嘘をついているのが分かるらしい。

「……私がヘタレなんです。お仕事以外で、嫌なことは考えたくないって」

パリルの羨望《せんぼう》に、エルファは目を伏せて答える。

「それは当然じゃない。私だって仕事以外では犯罪者と関わり合いになりたくないし、心を読んで厳しく締め上げたりしたくないわ。なのに、たまに変な男が下僕《げぼく》にしてくれって言ってくるのよね」

エルファはぎょっとして彼女の顔をまじまじと見つめた。彼女は気が強いが、見た目は小柄でとても可愛らしい女性だ。

「それは……大変……ですね」

「そうよ。私は仕事だから厳しくしているだけなのに、人を何だと思っているのかしら。同僚からやられるとほんと嫌ね」

まったくまったくとニケとラスルシャが頷いた。

「その点、カルパさんはそういう変な男が近づかないよう目を光らせてくれるから気楽だわぁ」

「そうそう。おかげでフレーメは生きてきた中で一番居心地がいいのよね」

「ラスルシャ、故郷でもそうだったんだ……」

彼女の美貌は種族的なものではなく、白魔族の中でも珍しい部類のもののようだ。てっきり彼女のような美しい人々がペンギンのような自称猫と暮らす、とても幻想的な場所だと思っていたのだが、本当に幻想でしかなかったらしい。考えてみればこうして家出してくる者がいるのだから、そんなに素晴らしい場所ではないのだろうが。

「ところでジオは？」

ラスルシャは相棒である川猫獣族《かわねこじゅうぞく》の姿を探して見回す。

「ルゼ様に連れていかれたわ。本邸でリゼ様のご機嫌取りをしているのではないかしら。リゼ様はあれでけっこう人見知りだから」

「ええっ!?　人見知りっ!?」

エルファは声をあげて驚いた。その様子に、ニケが笑いながら説明してくれる。

「あのお二人のご息女なだけあって、嫌な相手にも笑顔で接することはできるけど、下心から近づいてくる人には懐《なつ》かないわよ。フレーメの皆はリゼ様が生まれる前からルゼ様と親しくしているし、商売で接客してもそれ以上の利益を得ようなんて思ってないでしょう。だから信頼されてるのよ」

「そうだったんですか」

ジオズグライトは根っから子供好きな、可愛い猫獣族だ。子供の相手を嫌がったことはないし、子供目線で一緒に遊ぶこともある。リゼが懐くのも当然だ。

「エルファはクライトさんが連れてきた聖女様の子孫で、見るからに裏表がないから懐かれたのね」

「そうだったんですか」

そう思ってもらえるのは嬉しいが、単純そうだと言われている気もして複雑な心境だった。

エルファは、枕を頭にかぶりつつ話を聞くリズリーの首筋をつついた。こういう女の子だけの会話には慣れておらず緊張しているようだが、興味津々《きょうみしんしん》だ。

「あーあ、明日は女の子だけでエルファを案内しようと思っていたんだけどなぁ。どうしょう」

　ニケは椅子に深く座り、つまらなそうに足をぶらぶらさせた。

「女の子だけってのは無理だけど、護衛ならいくらでもいるから観光ぐらいは問題ないでしょう。小娘達だって、真っ昼間の観光地で何かするほど馬鹿じゃないわよ」

　不満げなニケに、パリルが答える。それにはエルファも同意見だ。

「そうですね。マゼリルさんが何かしてきたとしたら、理由があってのことでしょうし。必要もないのに、自分の好きな場所でわざわざ問題を起こしたりはしませんよ」

「それってつまり何かされるとしたら、あの小娘にとっての必要性——つまり面白い事件が起こるって意味よね？　ルゼ様に伝えるように言ったってことは、何かある可能性が高いってことじゃない？」

「さあ。その辺は彼女達の対策をされている皆様に判断を委《ゆだ》ねるしかないでしょうね」

　エルファはリズリーと並んで、ベッドにころりと横になる。ふわふわとした感触に、このまま眠ってしまいそうだ。しかし聖女を招いての晩餐《ばんさん》が待っているから、ちゃんと着替えなければならない。

　最悪の場合、観光は諦めてここに滞在させてもらおう。このベッドがあれば、きっと苦痛はない。

第六話　食べ比べ

翌日、エルファは朝からナジカ達やフレーメの皆と街の観光をしていた。リゼやエリネも一緒である。そして護衛としてルゼやギルネスト、複数人の聖騎士達。ラントはオブゼーク邸で、アーレルの手伝いをしている。

「どうせ何かあるなら、一緒にいた方が安心だからね。エリネ様も買い物を楽しみたいとおっしゃっているし」

そう話すルゼの計らいである。ニケの言う〝女の子だけでの観光〟は叶わなかったが、これはこれで楽しい。リゼも、皆と一緒に買い物ができると大喜びだった。

街の警備には、ナジカの友人の傀儡術師《かいらいじゅつし》など実力者が多いらしく、普段はスリと痴漢《ちかん》と釣銭詐欺ぐらいしか犯罪がない場所らしい。特にリゼは地元でとても愛されているため、近くに不逞《ふてい》の輩《やから》がいないか街の人々が目を光らせている。その下心のない愛は、店を覗いたリゼへのやたらな値引きやおまけといった形でも現れていた。

「リゼ様のおかげで、私まで安くしてもらえてとても助かりました。あんなに素敵な銀食器が、あんな値段で買えるなんて！」

「おねえさまのおやくに立てて嬉しいわ」

リゼのおかげで、エルファも珍しい銀食器や小物を安く買うことができた。

「たくさんお買い上げでしたが、家族へ贈るんですか？」

裕福な町娘を装《よそお》ったエリネが、いつもより少しハキハキとした口調で尋ねた。馬車の中の時のような、まったりとした雰囲気もやや取り払っている印象だ。

「はい。家族と、あと妹弟子や姉弟子にです。妹弟子にこういうものを贈るのは、薬草魔女にとってとても大切なことなんです」

「大切、ですか？」

「先輩がこういうものを買えるくらい上手くやっていたら自分も頑張ろうって気になりますし、弟子のうちは師匠も厳しくしますから、その分、姉弟子が物で釣って甘やかしてあげるんです」

「なるほど。目標となる素晴らしい先輩がいれば、修業にも励めますね」

「はい。そう思ってもらえるように、珍しくて実用的で、見栄えのいい贈り物はないかといつも悩むんです」

エリネがいたく感心したように頷くと、ルゼが声をかける。

「エリネ様、なんだか妙にエルファに関心がありますよね」

「ええ。大変勉強になります」

エリネは真剣な顔で頷いた。

「え？　今のが何か参考になりましたか？」

エルファは思わず聞き返してしまう。

「はい。私の神殿にも、最近は見習いの巫女《みこ》達が出入りするようになったので、どうやって接すればいいのか悩んでいるんです。やっぱり人を育てるには厳しいだけじゃだめですよね！」

「そういうことでしたか。巫女様達にとっては、お仕えする方の笑顔だけでも嬉しいでしょうが、何かいただけたらきっと飴玉《あめだま》一つでも宝物になるでしょうね」

エルファがその巫女達の立場なら、家宝にしてしまうかもしれない。

「ですから、ちょっと珍しいお菓子を、こっそり食べさせてさし上げるのはいかがでしょうか。私にもそういう気の利く姉弟子がいるのですが、あれはとても嬉しいものです。しかしあまり高価なお菓子だと遠慮してしまうでしょうし、特に私の国では、神に仕える者への過度な贈り物は控えるべきとされていたそうです。ですから特別なことがない限り、食べ物や石けんなどの消え物が一番無難だと思います」

彼女はかつての聖女を参考にしたいからこそ、エルファに興味を持っているのだ。ならば綺麗事に包み込んで曖昧《あいまい》に答えるよりも、知っていることをそのまま伝える方が彼女の意に沿うだろう。

「聖女ラファルタ様の言葉にこのようなものがあります。『贈り物を値段で判断してはいけません。感謝がこもっていれば、一輪の野花でも宝物と同じように笑顔で受け取りなさい』と。これは身分の高さを鼻にかけ、人々を見下し追い払った巫女に対する言葉です」

「巫女頭《みこがしら》から聞いたことがあります。だから巫女達には、そのような醜《みにく》い心を捨てるようにと話していました。ラファルタ様のお言葉だったんですね」

「私の国の聖職者達には、一日一つ、ラファルタ様のありがたいお言葉を復唱する習慣があるので、こういった言葉についての本が多いんです。巫女頭様はそれをご覧になったのではないでしょうか」

エリネはうんうんと頷いてから、はっと顔を強張《こわば》らせる。発言を纏《まと》められて本にされるというのは、彼女にとって〝明日は我が身〟のことなのだ。

「聖女って大変だねぇ」

リズリーが手を繋いでいるリゼに囁《ささや》いた。

「そうよ。とってもたいへんなおたちばなのよ」

子供と並んでいるせいか、リズリーも同じ子供のように幼く見えた。地上のことに疎《うと》いリズリーに、あれこれ話して聞かせるリゼは愛らしくて微笑ましい。

そうこうしている間に、古い街並みを抜けた。その先にはこれから見学する予定の工房がある。ナジカがその建物を指して言った。

「ここ。ここが前から言ってた、俺の魔導具を作ってくれてるじいちゃんの工房」

「私の仕事に使えるアクセを作ってくれている宝飾品の工房よ」

ナジカの言葉に、パリルがかぶせるように言う。するとルゼも続けて言った。

「私が子供の頃、悪さをする魔物を退治するための武器を与えてくれた、とても腕のいい武器職人の工房よ。元は代々続く有名な魔剣鍛冶《かじ》の家の当主で、歴代随一と言われるぐらい腕のいい職人だったんだけど、跡目に工房を譲《ゆず》ってからこの街に流れてきたの。こんな田舎《いなか》にどうしてってギル様が驚くくらい、有名な人だったらしいわ」

ルゼの説明が一番分かりやすかった。

「今は、ここも弟子達が切り盛りしているのよ。その中の一人に宝飾品専門の人がいるの。ナジカ、武器職人にもお世話になっているんだから、ちゃんと感謝しなさいよ。あ、にいちゃん久しぶりぃ」

ルゼは工房の外で作業している青年に声をかけた。すぐ傍には露店が出ており、青年は何かを作りつつ、それを売っているようだ。

「ん、ルゼ……ギル様にエリネ様も!? ああ、リゼ様、少し見ない間に大きくなって！」

青年は手にしていた木の枝を置いて立ち上がる。

「今日はお忍びだから、普通にしてていいよ。今日は武器職人のにいちゃんには用ないし」

「ひでぇなおい」

ルゼが兄と呼んだ職人は顔を引きつらせた。

「今日はただの観光だから許せ。ところで、何をしてるんだ？」

ギルネストは青年が持っていた枝を見て首を傾《かし》げた。

「えっと、リゼンダばあちゃんの代わりに新年の縁起物《えんぎもの》を作ってます。これを神殿に納めて、年が明けたら皆に配るんです。この地方の庶民の習慣でして」

と、矢に似た飾りを見せた。先を尖《とが》らせて、反対側に布を結びつけている。そういえばフレーメの支店で、昔ながらの縁起物作りを工房に頼んだ孤児院があったと聞いた気がする。

「ああ、悪魔を突く矢に見立てたやつ」

「そうそう。悪魔に見立てた菓子の生地《きじ》にぶっ刺して火あぶりにするんだ」

ナジカの言葉に彼は笑顔で頷いた。都では悪魔の形のビスケットを頭から丸かじりだったが、ここでは突き刺して食べるようだ。

「ルゼ……様はお嫌いだから、殿下はご存じないかもしれませんが、まあ昔からある習慣です」

「だって美味《おい》しくないじゃん」

「おまえは昔っから好き嫌いが激しいよな。普通は甘けりゃいいんだよ。庶民に甘味は貴重なんだ」

ルゼとは幼い頃からの付き合いらしく、近所の知り合いに話しかけるような気軽な口調だった。

「それより師匠に会ってけよ。休憩入ってるはずだから。殿下とエリネ様を立ちっ放しにさせるわけにはいかんし……ん、見かけない女の子がいるな？」

「薬草魔女のエルファよ。実りの聖女様の子孫」

「おお、噂《うわさ》に聞く薬草魔女！」

「こんなところにまで噂が届いてるの？」

「ああ。この街には都から来る人が多いし、それにその子、フレーメで働いてるんだろ。支店があるから、噂は聞いているよ。ちょうどいいや。師匠を見てやってくれよ」

「そういえば肩痛めてたっけ。それとも腰？」

「両方。関節痛だな。まあ、もう歳だし、そろそろ指導に専念して身体を労《いたわ》ってほしいんだけどさ。身体が動く限りは仕事するって聞かなくてさ」

職人なら身体を酷使《こくし》するだろう。その上高齢なら、身体が痛むのは当然だ。

「構いませんよ。私もこちらの工房にはお世話になっているみたいですし」

エルファはそう言って、首に掛けていた鎖を服の中から引き出して見せた。ナジカからもらった指輪型の魔導具だ。彼の贔屓《ひいき》の工房なら、これを作ったところだろう。案の定、青年は納得したように頷く。

「ああ、それか。あんたも傀儡術師《かいらいじゅつし》なのか？」

「いいえ？　狙われているかもしれないから、居場所を知るために持っていてくれって」

それ以上は聞かされていなかったので、青年の唐突な質問にきょとんとする。

「へぇ。変わった使い方してるんだな。てっきり傀儡術師が互いの力を共有しやすくするために使うもんだと思ってた」

「違うよ。私とギル様の指輪――あの、二人で魔術を共有できるやつを真似て作ったものだから、傀儡術師は関係ないよ。普通の人だと再現し切れないから、傀儡術師しかまともに使えないってだけ」

ルゼが代わりに答えると、彼はへぇと言いながら作った矢を纏《まと》めて抱え、それをナジカに押しつけた。

「これ、倉庫に運んどいてくれ。俺はさすがに商品放っといて店離れるわけにはいかんし。その子の案内はルゼがしてくれるんだろ？」

そう言ってエルファをちらりと見る。

「にいちゃん、これ失敗作じゃないの？」

「見映えが微妙になっただけで、それでも高く売れるんだよ」

「そっか。ま、頑張って」

そう言うルゼの誘導で、エルファ達は工房内に入った。

◆◇◆◇◆

それから少しして。工房ではナジカがまた新しい装飾品を手に入れて、幸せそうな顔をしていた。エルファの視線に一瞬気まずげな顔をしたものの、目立たない大人の雰囲気の腕輪を頼んだのだと言って誤魔化していた。確かに今まで付けていたものよりは目立たないので、装飾品を減らせないのであればそうするしかないのだろう。

工房見学後は孤児院やエリネの建てた神殿に行った。すると噂《うわさ》を聞きつけて集まったご老人にエリネと一緒に拝まれた。自分は聖女の子孫なだけで聖女ではないと止めたのだが、ルゼに「嬉しそうだから好きにさせてやってくれ」と言われ、仕方がないので後日ちゃんと荷物を持ってまた訪問するからと約束してその場を辞してきた。ご老人ばかりなので、健康についての相談を受けることになるだろう。

彼らとほんの少し話して感じたことだが、ここの人々は都の人々よりも聖女に対する信心が深いようだ。都と違い、実りが生活に直結する農村地帯に住んでいるからだろう。人々に慕《した》われて悪い気はしないので、何となくご機嫌で観光を終える。そして休憩がてらにティールーム・フレーメのエンベール支店に入ったのは、昼を少し過ぎた頃だった。

そこでエルファはよく知っている顔を見つけ、同時に彼のことをすっかり忘れていた自分に呆れた。昔から嫌なことはできるだけ忘れるようにしていたのだが、ここまで忘れられたことに驚いた。

よく知っている男、アロイスは、混雑する店内で女性と相席《あいせき》して楽しげに語っていた。相席は理解できるが、それにしても親しげに見える。

じとっと見ていると、その視線に気付いたアロイスと目が合う。彼は一瞬硬直した後、誤魔化すように微笑んだ。

「あ……やあ、エルファ。君が来るだろうと思って待っていたんだ」

彼は立ち上がり、両腕を広げて親しげに近づいてきた。

「アロイス……まだいたの」

「当然だよ。昨日は君がすぐに行っちゃったから、話が有耶無耶《うやむや》になってしまったし」

カイルが危険人物だと知らない彼からすれば、唐突な展開だっただろう。

「ご迷惑をかけて申し訳ありません」

エルファは近くにいたエンベール支店の従業員達に謝罪した。

「え、いや、注文してくれて相席も大丈夫だったから、迷惑じゃなかったですよ」

愛玩用《あいがんよう》のネズミに似た、黒いつぶらな瞳を持つ獣族《じゅうぞく》の男性が首を横に振る。

改めて見回しても働いているのは魔物ばかり。人型もいるが、どう見ても魔族だった。

「君のおばあ様から聞いていたけど、この店は本当に変わっているね。予想以上にいい雰囲気だ。都の店も素敵なんだろうね。君が帰りたくないと思うのも無理はないと思う」

自分達の田舎《いなか》と比べているのだろう。都やエンベールは華やかで、何でもある。しかしそういう意味で帰りたくないのだとは、決して気付かないだろう。いや、目を逸らしているのだ。目を向けたくないことに目を向けないのは、彼の特技である。エルファも人のことは言えないが。

「こりゃ、店で休むのは無理だな。ルゼ様、よろしければ寮の食堂に行きますか?」

「そうだね。そちらの方が落ち着くでしょうし」

カルパが問いかけるとルゼはちらりとエリネを見てから、後ろにいたナジカを振り返った。

「彼と話をするにしても、ここじゃあ何だしね。ナジカも色々と言いたいことがあるでしょう?」

ナジカは先ほどまでの上機嫌から一転、いかにも不機嫌そうな顔をして頷く。ここでアロイスを突き放して有耶無耶《うやむや》にするというわけにはいかないようだ。それにアロイスも、このままだといつまでもエルファに付き纏《まと》うだろう。

エルファは少し悩み、ちらりとゼノンを見た。

一つ、試してみたいことがある。

ゼノンなら協力してくれるだろうと確信し、エルファはまず上司であるカルパに声をかける。

「あの、カルパさん」

「ん、気にしなくていいよ。不安なら皆一緒にいるから」

「そうでなくて、あの、寮に厨房《ちゅうぼう》はありますか?」

「もちろん」

「貸していただけませんか？　あと、できればゼノンさんにも協力を」

「え、どうするんだ？」

「料理をします」

「別に構わないけど」

こういった面倒そうな頼みも受け入れてくれるカルパは、本当にいい雇い主だ。エルファはそれに感謝しながらアロイスに向き直る。

「アロイス、私、数日に一度は料理を作ってあなたに食べさせてあげたわよね」

「ああ。だから、君の笑顔を見ながら君の手料理を食べられない日々が、どれだけ味気なかったか」

その言葉を聞いて、エルファはため息をついた。

「だったら、試させてちょうだい」

「試す？」

「あれだけ食べてきたんだから、私の家の――レーネ流薬草魔女の味、分かるでしょ？　私とここにいるゼノンさんが同じ料理を用意するから、食べ比べて当ててみて」

それだけ言うと、エルファはきびすを返して店を出た。

薬草魔女の基本。

それは薬草や薬酒の使い方。健康についての理念。他にも守るべきことは色々あるが、それでもやはり各流派の味というものがある。調味料の量や入れる順番で、似たような料理でも味に差が出る。

◆◇◆◇◆

アロイスは肉が好きで野菜が好きでないという、典型的な〝困った子供〟だった。肉を買えない貧しい家ならともかく、彼の家は地元でもっとも裕福だったため、それで困ることはあまりなかったようだけれど。

だが、偏食《へんしょく》はよくないと思ったエルファは、薬草魔女として工夫して、彼のために野菜が美味《おい》しく食べられる料理を作った。人の世話を焼くのは嫌いじゃないから後悔はしていない。しかし当時から、彼に対して思うところはたくさんあった。

「んー、いい匂い」

外から帰ってきたニケは、厨房《ちゅうぼう》には入らず匂いを嗅《か》いでエルファに声をかける。

「戻ったよ。ナジカ達ももう帰ってきてる」

「ああ、もうそんな時間ですか？　ちょうど出来上がって、ゼノンさんが盛りつけてるんです。もう入っても大丈夫ですよ」

今回の食べ比べに参加するのは、アロイスの他、今回巻き込んでしまった都のフレーメの面々に、ナジカ達傀儡術師《かいらいじゅつし》。彼らには調理中、外に出ていてもらった。アロイスがこっそり厨房を覗いて答えを知ろうとするかもしれないから、公平に全員出ていかせたのだ。

エリネは、お忍びとはいえこれ以上外出するのは憚《はばか》られるので、オブゼーク邸へ。ルゼとギルネストはリゼの強い希望で食べ比べには参加するようだが、リゼがちょうど昼寝の時間だったので、護衛の聖騎士と共に寮でくつろいでもらっている。今回の料理は、貴人の彼らには馴染《なじ》みのないものなので、万が一調理過程などを見られても当てるのは難しいとの判断もある。ちなみにカルパも、ルゼ達の接待をするため寮に残っている。

それはともかく、ニケやナジカ達が戻ってきたということは、約束の時間が迫っているということだ。出来上がった料理を見て、ニケが納得したような顔をする。

「あ、それにしたんだ。確かに見た目で分かりにくいけど味の個性が出やすいし、美味しそう！」

「これが、あまり野菜の好きではない彼が一番食べてくれていた野菜料理です」

「あいつに合わせたんだ。野菜嫌いなんてお子様ねぇ」

ニケは呆れたように言う。嫌いというわけではないが、彼女からしたら嫌いの内に入ってしまうのだろう。

「でもさすがに分かるんじゃない?」

「さあ、どうでしょう? 分かってくれたら嬉しいですが」

その会話を聞いて、せっせと皿に盛りつけていたゼノンが苦笑した。そんな彼に、ニケの後ろから姿を見せたアルザが問う。

「ん、何か意地悪したの?」

「してないよ。味付けはそれぞれ自分流。ただ、同じぐらいの大きさで同じように作って、全部俺が盛りつけてるって意味では、意地悪かもね。見た目って判断材料としては大切だから。人は目隠しすると豚と牛の区別もつかなくなることがあるし」

それはエルファが頼んだことだった。見た目で判別させても意味がない。

エルファは二人が話す間にも、他の料理を作っている。

「あ、そうだ。ナジカがルゼ様達にお出しした料理をせがんでるよ。何か口に入れるものないかな」

アルザが問うと、ゼノンはため息をついた。くつろぐルゼ達には菓子やつまみを出していたのだが、それを欲しているようだ。

「ほんと、見境ないな！　ニケ、今エルファが用意した料理持ってって。これはただの夕食の一品だから。暇ならアルザはエルファを手伝って」

「いいよ。それを切ればいいい？」

「お願いします」

アルザはゼノンと料理修業をしたこともあるので、ルゼ達に出すものでも安心して任せられる。

「さあて、追い込みがんばろうか。もしあいつが間違えたらぶん殴ってやろうっと！」

店にいる調子でゼノンが張り切った声を出した。

◆◇◆◇◆

ナジカは不機嫌を顔に出さず、笑みを浮かべる。

食べ比べだからと、ルゼ達と彼女達の接待をするカルパ以外は寮から追い出された。そこでフレーメの皆と、エリネとは一緒に行きにくい下町を歩いたりして時間をつぶしていたのだ。最近地上に来てフレーメの支店で働き始めた魔物達も何人か寮にいたので、人間についての勉強と街の案内がてら連れていった。昨日会った妖族《ようぞく》もいたが、人見知りのリズリーはまだ少し緊張していたようだ。彼女はまったく違う種族の方が緊張しないらしい。ちなみに支店の魔物達も話の流れで食べ比べに参加することになっている。

そしてお腹がぺこぺこになるまで遊び、指定された時間に寮に帰ってくると、ちょうどアロイスもやってきた。

ナジカは誰かを嫌うということがあまりない。が、さすがにアロイスの顔を見ているとむかむかした。エルファが面食いだと言われる程度には、顔立ちがいい。女好きそうだが、こういった甘い雰囲気に夢中になる女性は多そうだ。しかも彼はダメなところを見せて、世話焼きのエルファに構ってもらっていたのだ。そういうダメな男にのめり込む女性も案外多い。

この男は良くも悪くも、エルファの心の中にずっと居座り続けるだろう。消えるとしても、もっとずっと先になる。それでも完全に忘れることはないのだ。

互いの家の事情で別れなければならなかった、などの理由があるなら別だが、エルファの心に傷を残すような別れ方をした男が、のこのこと姿を見せてまた彼女を傷つけるのが許せない。こんな男と関わるのは、これで最後にしなければ。

ナジカはそろそろこの男を見るのが耐えがたくなり、ルゼとギルネストへと視線を向けた。

「美味《おい》しそうなもの食べてますね」

二人の前にはお茶と菓子、そしてワインとつまみがあった。菓子はフレーメで売られているものだ。ギルネストは既にワインに手をつけている。

「エルファが用意してくれたものだ。欲しければ欲しいと言え」

「欲しいです！」

素直に申告すると、ギルネストはため息をついて取り分けてくれた。

「これから夕食だというのに、本当に食欲の権化《ごんげ》だな」

「お腹が空《す》いていると何でも美味しく感じるので、これからの食べ比べのための下準備です」

そのやり取りに、お茶の準備をしていたカルパは手を止めずに口を挟んだ。

「ギル様、ナジカは無視してけっこうですよ。ニケ、何か食べられるものがあれば持ってきてくれ。ルゼ様、うちの従業員を撫《な》で回さないでください」

くすくす笑いながらニケが厨房《ちゅうぼう》に行き、アルザも何か手伝おうとしてかそれに続いた。

いつの間にかナジカ達と一緒に帰ってきた妖族《ようぞく》と獣族《じゅうぞく》を撫で回していたルゼは、不服そうに席に戻った。

「ごめんなさい。おかあさまったら、たまにこどもみたいなの」

リゼは魔物達に謝罪して、リズリーに被害が行かないように自分の隣へ座らせた。子供心に、母を暴走させてはいけないと理解しているらしい。

「皆さんはエルファとはどのようなお知り合いなのですか？」

微笑ましい光景を見て和んでいると、聞きたくない声に邪魔された。外面《そとづら》の良さそうな男は、いかにも身なりのよいルゼとギルネストに笑みを向けている。思い返すと誰一人、彼に名乗っていない。代表してルゼが口を開く。

「そちらにいるエルファの雇い主のカルパとは、昔から親しくしているの。エルファは娘がとても懐《なつ》いているから、特別に贔屓《ひいき》にしているわ」

さすがに王族だとは名乗らなかったが、それでもアロイスは愛想よく相槌《あいづち》を打つ。

「ああ、エルファは昔から年下の女の子に好かれるんですよ」

「そうでしょうね。面倒見がいい子だもの」

ルゼは女性らしく微笑んでいた。今日は女装だが、動きやすさにも配慮されたドレスで、スカートの中には武器も携帯しているはずだ。それを感じさせない、普通の女性のような態度である。

「エルファがよくしてもらえているようで安心しました」

「彼女はどこでだって上手くやっていけるし、大抵の人に好かれるから、男なら放っておかないわ」

アロイスは雇い主であるカルパに視線を移した。その瞳には、少し不安の色が浮かんでいる。

基本的に、フレーメでは恋愛のいざこざは禁止である。従業員同士の交際がだめというわけではない。揉め事の元になる遊びの交際を禁止しているのだ。交際するなら結婚前提のつもりで真剣に付き合う。もし浮気などして騒動を起こしたら首らしい。

カルパがそういった取り決めをする人物だと知らないアロイスが、彼を疑うのも無理はない。その視線にむっとしたのは、十代前半にして、カルパの未来の嫁と意気込んでいるクララだった。彼女はつんと澄まして言い添える。

「うちの店は高級店だから裕福なお客様が多いのだけど、エルファはそういう方々から息子の嫁にってよく言われているわ。彼女は実りの聖女の血を引いていて、身元もはっきりしているからね。この国ではとても歓迎されているのよ」

エルファが望めば、いくらでも玉の輿《たまのこし》を狙えるのは確かだ。彼女に縁談をちらつかせる人々には、商人もいれば貴族もいる。基本的に貴族は貴族と結婚するが、由緒正しい実りの聖女の末裔《まつえい》ともなれば話は変わってくる。もちろんエルファは堅苦しい貴族の生活など望んでいないのだが。

「そうですか……エルファは器量も気立てもいいから、そうですよね」

と、アロイスは切なげに笑う。自分の容姿がいいと知ってのことだろう、女性が放っておけないような哀愁《あいしゅう》を漂《ただよ》わせている。

ちらりと同僚のパリルを見る。いつもならこういった気障《きざ》な男を見れば喜々として心の内を暴く凶悪な性格をしているのだが、今日は大人しい。叩きのめす権利は、エルファのものだからだろう。

ナジカは食べ比べの時を待たずに、以前はそういった話題だけで動悸《どうき》息切れの発作を起こしていたんだぞと、責め立ててやりたかった。だが、エルファがそれほど婚約破棄に傷ついていたことを、この男に教えてやるのも癪《しゃく》だった。だから食べ比べを通して、エルファがどれほど魅力的な女性なのか、自分がどれだけ愚《おろ》かなことをしたのか分からせることが報復になるのだと自分を抑え込んだ。

そのピリピリとした空気を感じ取ったのか、彼は顔を曇らせた。

「空気を悪くしてしまい、申し訳ありません。今さらだとは、分かっているのですが……」

こういう態度を取れば、同情されると分かっているのだろう。分かっていても、それに流されてしまう女性は多い。どれだけ周りが言っても、相手に殴られても、浮気されても、最後には元の鞘《さや》に戻ってしまう女性が多くて困る。エルファはそういう優柔不断な女性ではないが、気の強い女性がそのような現象に見舞われる例を知っているから、不安は消えない。

「お待たせしましたぁ」

緊張を孕《はら》んだ空気を払い除けるようにニケの明るい声がした。続いて食堂に料理が運ばれてくる。

「こちら、うるさいナジカの腹を黙らせるためにエルファが用意してくれた前菜です。殿下、ワインの追加はもう少し待ってくださいね。食べ比べですし。すぐにメインが出てきますから」

「ああ、そうだな。酔って舌が鈍《にぶ》くなったらいい笑い物だ」

「私は酔ってなくても分からない自信があるけどね」

日頃からいいものを食べていて味に厳しいと自負するギルネストと、食事が好きではないがために自虐的《じぎゃくてき》なルゼ。そんな二人の言葉を聞いて何か主張せねばと思ったのか、リズリーはきょろきょろと皆の顔を見回して言った。

「あたし、エルファのお菓子がすき！」

「というか、お菓子以外のエルファの料理を食べ始めたのは最近だろ。リズリーは分からなくても仕方ないよ」

ナジカは苦笑する。

「んー」

「でも、当てような」

「うん！　まけないよ！」

「勝負じゃないからな。皆で正解することだってできるんだ」

「そっか。じゃあナジカ、食べさせてあげるよ！」

「ありがとうな」

リズリーの言葉に甘えて彼女の隣に座る。するとリズリーの尖《とが》った耳がぴくぴくと動いた。思わずその耳をつつくと、彼女は耳を押さえてナジカの指に噛みついた。もちろん甘噛みだ。それが面白かったのか、リゼも反対側から彼女の耳をつついて遊んだ。その様子をルゼが指を咥《くわ》えて見ており、先ほど構われていた魔物達はこれ以上被害を受けないようにと、ルゼとは離れた席に着く。一番危険なのはルゼだと察した彼らは賢い。

「エルファの妖精さんは、本当に純粋だね」

アロイスに話しかけられて、楽しげだったリズリーの表情が凍った。

「あの時は当たり散らしてしまって本当にごめんね」

謝られても、なかったことにはできない。昨日は嘘つき扱いされて腹が立ったとリズリーは言っていた。誰だってもっともだと思うのだから、言った本人もよほどの馬鹿でなければ彼女の怒りに気付いたはずだ。だからこそ懐柔しなければならないと思ったのだろう。

アロイスの謝罪に、リズリーは少し戸惑い、それから舌を出した。

「……べーっだ！　あんたなんかよりも、ナジカの方がずっとずっといいやつで、いい男なんだよ！　エルファも言ってたもん！」

予想外の言葉に、ナジカの心臓が跳ね上がった。『いい人』は、そのままの意味で言ったのだろう。だが『いい男』というのはどういう意味なのか、そもそも本当に言ったのか、リズリーにじっくりと問いかけてみたかった。

リズリーの反応を見て、アロイスは初めてナジカに意識を向ける。

「……エルファは誰にでも分け隔てしない子だからね」

「ナジカはリョクサなんだよ。ケーサツカンなんだって。服装はダメダメだけど、お堅い職業なんだよ！」

リズリーからも服装にダメ出しされて、こんな時だがナジカは反応に困った。

「何でも美味《おい》しいって言って食べるし、ちゃんとエルファの言うこと聞いて覚えてるし、えらいんだよ！　世話は掛かるけど、エルファは食べさせがいがあるっていつも嬉しそう！」

リズリーはナジカの腕にしがみついて、額をこすりつけた。

「あんたなんか嫌いだもん。あの子を泣かせるやつは嫌いだもん！　あんなに泣かせたやつなんて、大嫌いだもん！」

リズリーはナジカ以上にアロイスが許せないようだった。一番泣いていた時のエルファを見ていて、その上ひどい嘘で騙《だま》されたのだ。

アロイスは懐柔するどころではなくなったのか、動揺で顔を強張らせた。

「あんたなんかより、ナジカの方がエルファ好みの誠実でいい男なの！」

ナジカはリズリーの頭を撫《な》でた。エルファの親友に認められたことはともかく、彼女がこれほど傷ついているのが可哀想だった。

「ええ。ナジカがおねえさまにふさわしいかはともかく、ナジカのほうがずっとイイ男！　リズリーはよく分かってるわ」

リゼはぷりぷりと怒りながら、ナジカを真似てリズリーの頭を撫でた。ナジカも何か言うべきかと言葉を探す。あれだけ言いたいことがたくさんあったのに、本人を目の前にすると子供の前では口にできない罵詈雑言《ばりぞうごん》しか思いつかなかった。その時、思わぬ方向から反応が返ってきた。

「リ、リズリー、リゼ様、何を言ってるんですっ!?」

ナジカが言葉を見つけるより前に、エルファ本人が食堂に入ってくる。エルファの頬《ほお》が赤いが、どういう意味で赤いのか分からない。自分の恋愛について大っぴらに言われたから、というだけのような気もする。

「もう、リズリー、リゼ様に変なこと教えちゃダメでしょ！」

「えへへ」

ぷりぷり怒るエルファに、リズリーは笑って誤魔化した。リズリーの目元は少し赤くなっていたが、涙はナジカの袖に吸い込まれていたから、泣いていたことには気付かれていないだろう。

「そんなことよりも、さ、料理が冷めないうちに食べてください」

と、二種類の皿が置かれていく。それぞれの皿にはロールキャベツが盛られていた。

◆◇◆◇◆

「ああ、エルファが昔からよく作ってくれたね」

エルファがアロイスの前に皿を置くと、彼は気まずい雰囲気を取り払うように明るく振る舞った。

気まずくなったのは彼が何かしたからだというのは、エルファにも予想がつく。リズリーなど騙《だま》されてこんな遠いところまで来てしまったのだ。もっと言動に注意すればいいのにと意地の悪いことを考えながら、皮肉を言う。

「だってあなた、好き嫌い多いんだもの。そのせいで出せる料理の幅が狭かっただけよ」

甘え上手だから気にならなかったが、普通の人に比べると面倒くさい男だった。ナジカの、一人で食事ができないなどという難点が可愛らしく思えるほど、面倒くさい男だった。ナジカは多少口に合わなくても、食べ物を粗末にできないと言って完食する男だ。

「だからこれにしてあげたのよ。材料もすぐに手に入るし」

「でも嬉しいな。僕が一番好きなものを覚えていてくれたんだね」

「忘れるわけないでしょう。どれだけ苦労したか」

そのおかげで、子供に野菜を食べさせる技術が磨かれた。苦労して頑張ったことが身になったのだ。

「エルファ、これなぁに？」

「ロールキャベツよ。具材をちりめんキャベツで巻いて煮たの。二つの違いは中の具と味付けだけ。リズリーに違いが分かるかしら？」

「おいしそう！」

リズリーはフォークを手にして身を乗り出す。そんな彼女の前には、ニケが皿を置いた。ゼノンも離れたところに座る魔物達に声をかけつつ、二種類の大皿を置いた。

「人間の家庭の味を食べてみてよ。君らはどっちが好み？」

皿にはロールキャベツが山盛りになっている。魔物達から感嘆の声が上がった。一つだけだと上品だが、積み上げられるとそれはそれで食欲が湧くものだ。

「よかった。こういうのなら肉でも食べられるよ」

安心したように言うルゼに、エルファは答える。

「もちろんルゼ様の好みも考えて作りました。お肉と甘いものはお好みでないと聞いていましたので」

「ああ、そうなんだ。ありがとう」

「どうぞ召し上がってください」

ゼノンが最後の一皿を運ぶと、皆は食事を始めた。

エルファもゼノンの作ったものを食べる。ロールキャベツ自体は、材料を巻いてスープで蒸し煮にしただけの、何の変哲もないものだ。見た目はそっくりで、いかにも美味《おい》しそうに仕上がっている。器《うつわ》だけ、白い皿と青い縁取《ふちど》りのある皿を使い、区別がつけられるようになっている。

「こちらの青い縁取りの皿がエルファのだろう。肉が控え目で、さっぱりしている。こちらの無地の皿は肉汁が出て男性らしい味だね」

食べ比べて早々にアロイスは言った。ずいぶんと得意げな様子だ。

「この青い皿、美味《おい》しいわね。すごく身近な感じがする」

「僕は白い皿が好きだな。こう、特別な深い味わいがする」

ルゼとギルネストはそれぞれ気に入ったものが違ったようだ。他の皆もそれぞれ食べ比べて、どちらが好きかと意見し合う。エルファは両方とも味見したが、青い皿のロールキャベツは野菜が多めで、柔らかく口の中で蕩《とろ》ける。白い皿は肉汁がじゅわりと出て、食べ応《ごた》えがある。どちらも美味しく仕上がっており、どちらが好きかは好みによるだろう。

そんな中、エルファはナジカに目を向けた。彼はリズリーに食べさせてもらっているので食べ終わるのが少々遅いようだ。食べさせるリズリーもまだ半分くらいしか食べていない。その様子を見てアロイスは顔をしかめた。

「君はどうして妖精さんに甘えているんだ？」

珍しく不快感をあらわにしている。事情を知らなければ当然だろう。

「ナジカは呪われてて自分で食べられないだけだから、甘えじゃないよ！　仕方がないの！」

「呪われてる？」

リズリーはぴしゃりと言ってから自分も料理を口にした。ナジカを庇《かば》いはするが、アロイスの疑問に答える気はないらしい。徹底的に嫌われていると知って、アロイスは空笑《そらわら》いする。

「リズリーとリゼ様は分かった？」

ナジカに問われて、リズリーとリゼは首を傾《かし》げながらも答える。

「んー。どっちもすごく美味しいよ。ねぇ、リゼ様」

「はい。どちらもとてもおいしいです。わたしはしろいお皿がすきですけど、あおいお皿のほうがふとりにくそうです」

「じゃ、一斉に料理を指をさして答えようか」

「うん！」

ナジカの提案が気に入ったらしく、リズリーは挑むように袖をまくった。リゼも頷いて皿を見比べる。

「じゃあ、せーの」

と、指をさす。ナジカは青い皿、リズリーとリゼは白い皿。

エルファはその瞬間、肩を落とした。だが、ナジカは顔を上げてゼノンを見る。

「間違いなく、これはゼノンの味！」

ナジカは目を輝かせ、親友に主張してみせる。

「よく分かったね」

「だってゼノン、仕事以外で作る時はケチって野菜ばっか入ってるの作るだろ。それにゼノンはこっちの白い皿みたいに色々入れない。ギル様も深い味だって言ってたけど、こっちはいろんなハーブとか香辛料が入ってるし、肉もゼノンに比べたら多めで、野菜を入れつつも男が喜びそうな感じに作ってる。ゼノンはこんなの作ったことない」

ゼノンは満足そうに、餌付《えづ》けし続けてきた親友を見つめた。

「俺はエルファの味がすべて分かるほど食べさせてもらってないけど、ゼノンの味なら間違えない！」

「そっか。俺の味を一番知ってるはずのナジカを、殴らずに済んでよかったよ」

どうやら先ほど『ぶん殴る』などと言っていたのは、ナジカのことだったらしい。

エルファは二人の信頼関係を見て、ため息をついた。互いに信頼している、理想の幼馴染《おさななじ》みだ。

それに比べて、アロイスは自分が間違ったと知って呆然としていた。本当に分からなかったのだ。エルファは淡々とした声で言う。

「アロイス、一応言っておくけど、これは別にいつもより肉を増やしたわけじゃないから。私の料理は野菜ばかりって思い込みがあったから、肉の少ない方って思ったんでしょうね」

こうなるだろうと思って、ゼノンには店に出さない賄《まかな》い用のレシピで作ってもらったのだ。

「本当に、ほんっとうに、あなたってどうしようもない味音痴《あじおんち》！」

前々から思っていたことをぶつけた。彼はどんな味付けをしたかよりも、味が濃いか薄いかが大切だった。味が濃ければ美味《おい》しくて、薄ければ好みではないという、典型的な昔の成金富豪《なりきんふごう》のような舌の持ち主なのだ。

「舌の肥《こ》えたナジカさんはともかく、リズリーや幼いリゼ様でも分かるのに、あなたはどうして分からないのっ!?　今までの私の努力を何だと思ってるのっ!?　普通愛があれば、改善したり覚えようとしたりするでしょうっ!?　なんでそんなに変わらないのっ!?」

エルファは今までの、頭が沸騰しそうなほどの憤《いきどお》りをアロイスに叩き付けた。思い出すと、浮気を抜きにしても腹の立つことがたくさんあった。恋をしていた頃は目を背けていた数々の腹立たしい出来事が、頭の中を駆け巡る。

「エ、エルファ?」

「料理の作りがいがないにもほどがあるわ! 隠し味まで当ててほしいなんて贅沢《ぜいたく》は言わないから、最低限、私の話を聞き流さず、ちゃんと味わってくれる人に料理を作りたいの!」

ぜいぜいと肩で息をしながら、妙に腹の中がすっとしたのを感じた。今までそこに溜めていたどろどろが、全部言葉と一緒に出ていったかのようだった。

そう、ずっと言いたかったのだ。

婚約破棄の時には余裕がなくて言えなかった、浮気以前からのもやもやを。

「ああ、言いたいことを言うって、こんなにもすっきりするものなんですね……」

言わないからしこりとして残るのだ。悩みというのは口にすれば楽になるものが多い。

自分の悩みもその手のものだったらしい。アロイスが縋《すが》るような目で見つめてくる。

「エルファ……久しぶりで混乱していたんだ。も、もう一回」

「無理よ。こんな分かりやすいのでダメだったんだもの」

絶望的なほど、無理だ。

「私、料理が好きなの。その料理を食べてもらうのも好きなの。それで美味《おい》しいって言ってもらえるだけで満足だと思っていたけど……フレーメに誘われて、味の分かる人達と働いて、理解し合えるって大切なことなんだと分かったの」

ナジカにはこれからたっぷりと食べてもらって、ゼノンの味ではなくエルファの味を覚えてもらうという楽しみがある。アロイスには、そんなささやかな楽しみすら持てないとはっきり分かった。

「食事に興味がない人と一緒になっても、上手くいかないと思うの。だから本当にあの時のことが誤解だったとしても、戻ることはできないわ。迎えに来てくれたのは嬉しいけど、ごめんなさい」

エルファはアロイスに頭を下げた。

ただ突っぱねただけなら、アロイスのことだ、なかなか諦めてくれないだろう。だからこうしてはっきりさせようと考え、食べ比べなどしてもらったのだ。あまりに予想通りの結果になってほんの少し、悲しかった。

「そんなっ、困るよ！」

アロイスは切羽《せっぱ》詰まったような顔で立ち上がり、エルファの肩を掴《つか》んだ。

「困る？」

「そうだよ。ね、帰ろう？　皆も心配しているしさ」

「どうして困るの？」

「えっと……それは」

「旅費を全部使い切ったの？　それともすられたの？」

彼は人の多い都市に一人で出たことがないから、隙だらけだったのかもしれない。

「お金がないなら貸して……いえ、旅費ぐらいならあげるわよ」

「そうじゃなくて……」

彼は口ごもる。

「じゃあ何なの？」

そういえば、どうして彼はエルファがグラーゼを出てすぐではなく、旅するのが厳しい冬に入ってから追ってきたのか。そこまでする理由は思いつかない。浮気のことで他の女の子達にそっぽ向かれたのだとしても、昔の彼なら秋のうちに往復できる時期に出発するか、春まで待った。しかも理由を付けて、誰か友人を連れてきたはずだ。彼は人一倍寂しがり屋だから。ならば普通の理由ではないはずだ。

「おい、エルファに触るな」

様子がおかしいのに気付いたナジカは、アロイスの手を引っ張った。鍛《きた》えているナジカの力に勝てるはずもなく、アロイスはいとも簡単にエルファから引き離される。

「は、離せ。君には関係ない」

アロイスは腕を引いて抵抗したが、ナジカの手はあまり力が入っていないように見えて、びくともしなかった。

「関係なくはない。俺はエルファの友達だし……エルファがよければ、結婚を前提にお付き合いしたいと思ってるんだからな！」

アロイスは目を見開き、ナジカを睨《にら》みつけた。ナジカは真意を探るようにアロイスの反応を見る。

「君に、エルファの何が分かるんだ」

「少なくとも、あんたよりは分かってると思うけど。一緒にいた時間が長いってだけのあんたよりもな」

ナジカはアロイスを睨み返す。いつもは笑って誤魔化している鋭い目元には迫力があり、アロイスはたじろぐ。ナジカは彼の腕を掴《つか》んだまま振り返り、同僚であるパリルに目を向けた。

「パリル。こいつ、なんか隠してるだろ」

「そうねぇ」

傍観していたパリルは、組んでいた足を解き、ゆっくりと立ち上がる。

「エルファ、分かったところでいいことはないけどさ、これははっきりさせた方がよくないかしら?」

パリルの右手が、左手首の腕輪に触れている。それが彼女の力を制御しているものだとすぐに分かった。

「……そうですね。パリルさん、よろしくお願いします」

「了解。手っ取り早くいきましょう」

パリルはゆっくりと二人に歩み寄ると、唇を舐めてアロイスの手を握った。アロイスは華奢《きゃしゃ》な女の子にまで手を掴《つか》まれて戸惑う。

「さて、お兄さん、どうしてエルファを連れて帰りたいの?」

「もちろん好きだからだよ。周りにも散々責められたけど、やっぱり好きだったから」

「好きだってのと、責められたってのは本当みたいね」

エルファにはそれすら意外に思えた。実は大して好かれていなかったのではと考えていたのだ。

「でも他に何かあるでしょう」

「色々と、あったさ。エルファをさらに傷つけるんじゃないかって、悩んだりもしたけど。それでも僕にはエルファしかいないんだ」

アロイスはエルファを見つめて言った。

「それも本当ね。でも違う。何を言われたの？　そう……自分を支配し……恐れている人に……そう、父親に言われたでしょう？」

アロイスははっとしてパリルに視線を戻した。その目には恐怖の色が宿っている。

「君は……何なんだ」

アロイスは声を震わせて問いかけた。ナジカはパリルの視線を受けてアロイスの腕を離す。しかし二人の一挙一動を注視し、いつでも動けるようにと警戒しているようだ。

「私はただの尋問官《じんもん》よ。……そうね、ただの尋問官であるはずがないわね。どうして自分の思ってることが分かるんだって？　ふふふ。だって顔に書いてあるもの。人の顔ってとても感情が表れるの。ぴくりとも表情が動かない人間なんていないわ。嘘を付くと瞳孔《どうこう》が開いたり、閉じたり。面白いのよ」

パリルはくすくすと笑い、今度は耳に付いた魔導具に触れる。彼女はナジカのように複数の魔導具を使い、表情も見つつアロイスの心を読んでいる。

「分かるわけないって？　分かるわよ。だってね、こういう場合の理由なんて限られてくるのよ。だから、当ててあげましょうか？」

蠱惑的《こわくてき》に歪《ゆが》んだ微笑を浮かべるパリル。誰かがおっかないと呟《つぶや》いた。

「だ、黙れっ」

アロイスはパリルの手を振り払った。その時彼の手が偶然パリルの頬に当たり、ぱちんと音を立てる。元婚約者の思わぬ振る舞いにエルファは目を見開いた。

「僕だって、好きでこんなことをしているわけじゃない！　エルファを連れ戻さないと縁を切るって、父さんがっ！」

彼ははっと口を押さえ、それから頬を押さえるパリルを見た。

「ご、ごめん。殴るつもりなんてっ」

アロイスは信じられないとばかりに、自分の手を見た。当のパリルは気にした様子もなく、一歩後ろずさって震えるアロイスを観察する。

「薬草魔女は地元の有力者。その薬草魔女の一族を敵に回してしまい……父親に追い出されたってところかしら？」

パリルの指摘を受けても、彼は自分の手から視線を外さなかった。様子がおかしい。

ナジカがパリルを庇《かば》う位置に立った。

「どうしたのアロイス」

エルファが問いかけるも、アロイスは返事をしない。ただ呆然としていた。

「アロイス？　女の人を殴った自分に驚いてしまったの？」

エルファが問う。すると彼は首を横に振った。

「違う。こんなことがしたかったんじゃない。ちゃんと謝って、気長に説得して、帰ってきてもらおうと……こんな……」

パリルは手を伸ばし、もう一度彼に触れた。

「おかしいわね。すごく混乱してる」

「ええ。アロイスは自分が殴られても人を殴れないんです。女の人の手を振り払うことすらできません」

「そうじゃなくて……」

パリルはしばらく考え込み、アロイスに優しく問いかけた。

「ねぇ、あなた。最近十四、五歳の女の子と話をしなかった？」

「え……なぜそんなこと？」

「話をしたかどうかだけ教えてほしいの」

「昨日の夜と……さっき、エルファが料理をしている時に、女の子と……あれ？」

彼は首を捻《ひね》った。

「どんな子だっけ……いや、その前にも……あれ？」

パリルはため息をついた。

「まさかとは思ったけれど……アロイスさん、ちょっと座って」

アロイスはパリルに言われるがまま、先ほどの席に腰かけた。

「あなた、質《たち》の悪いのと会ってたみたいだから教えてほしいの。最初にその子と出会ったのは？」

「えっと……この国に入って……最初の街」

「ラグロア？」

「そう、そこから直接エルファが働いている店に行こうと思ってたら……どうしてこんな街に来たんだっけ？」

エルファはぼんやりするアロイスを見て、ナジカを見上げた。

「……私もこんな感じだったんですか？」

そのような自覚は一切なかったが、本人は正常のつもりでも端《はた》から見るとおかしいということはよくある。

「いいや、あの力の影響は人によって違うから。エルファはそんなにおかしくなかったよ」

「そうですか」

考えられる可能性はただ一つ。ルゼと敵対し、以前エルファを攫《さら》ったマゼリルの洗脳の力だ。

「マゼリルさんは、どうしてアロイスが私の知り合いだと知ったんでしょう？」

「もう一人の小娘の方が予知で見たとか？」

ナジカは腕を組んで首を傾《かし》げた。

「いいえ。おそらく、本当に偶然出会ったのではないですかねぇ？」

そんな偶然があるのだろうか——と思うと同時に、今の声は、ここでは聞こえてはいけないものだと気付いた。

「カイルさんっ!?」

声がした方に顔を向けると、仮面を付けた青年が、片手を上げながら和やかに食堂に入ってきた。

「どうもお邪魔いたします」

彼は帽子を外して、大仰《おおぎょう》に一礼する。

「お邪魔してんじゃねえよ！」

ナジカは噛みつかんばかりにカイルを睨《にら》みつける。

「まあまあ。お嬢様が何か面倒くさいことをしているようなので」

「おまえが絡んでいるんじゃないのか？」

「まさか。エルファさんに恩はあれど仇《あだ》のない僕が、こんな嫌がらせじみたことはいたしませんよ」

「恩?」

「可愛がっている妹みたいな子に、色々と世話を焼いていただきましたからね。あの子が以前よりも上を向いて歩くようになったので、とても感謝しています」

舞台役者よろしく大袈裟《おおげさ》な身振りをする彼を警戒しつつも、傀儡術師《かいらいじゅつし》も騎士も、誰一人襲いかかることはない。上手い具合に、テーブルとフレーメの者達を盾《たて》にする位置に立っているのだ。その中の一人であるニケがジリジリと後退するが、カイルの視線を受けてびくりと足を止める。

「ですから、お嬢様なりに何か親切のつもりで、このようなことをしたのだと思います」

「は? 親切?」

ルゼが眉間にしわを作ってカイルを見据えた。スカートに手をかけ、カイルに見えないように護衛の聖騎士達に合図を送り、彼らを動かす。

エルファはそちらを見ずに、カイルを見た。彼は余裕の笑みを浮かべて、皆の反応を楽しんでいる。

「ええ、気に入った相手には何をなさるにしても、だいたい善意でやっているのです」

「確かにそうですね。あの方がこんな地味な嫌がらせをするとは思えません。アロイスをけしかけてもルゼ様の役に立つことはありませんし、何か善意のつもりなのかもしれません」

とんだ善意があったものだと思いつつ、エルファはカイルの言葉を肯定した。

「ですが、その方を見つけたのは本当に偶然ではないかと。さすがのお嬢様もエルファさんのご実家まで行くほど暇ではありませんし。そちらの方が自分からぺらぺらと話したのではないですか？　いかにも口が軽そうですからね」

カイルの指摘に、アロイスは言葉を詰まらせて考え込む。

「やはり何か心当たりが？」

「確かにエルファが働いている店が有名だっていうから、何人かの人に話を聞いて……自分の事情を話した」

寂しがり屋のアロイスは、道中誰かと話したかったはずだ。だからフレーメのことはいい話題になったのだろう。

「その中に僕達の仲間がいたのでしょう。面白い話題をお嬢様に提供するのは、僕らの義務です。そこからさらに面白い話に発展することもありますから」

「それでカイルさんは、そんなことを言いにわざわざここまで来たんですか？」

「お嬢様に命じられた買い物帰りではありますが、近くまで来て先日の男のことが気になったので寄らせていただきました。この男の一件が僕らの嫌がらせと勘違いされては大変ですからね。一番の被害者であるエルファさんに、誤解を受けるのはとても悲しいので」

マゼリル達を嫌わないでやってほしいという意味かと思ったが、彼を見ているとそうではない気がした。

「実は今回、お嬢様は僕にも内緒にしたいようで、わざわざあなた方とかち合うように適当な理由をつけて僕をこちらに送り出しているんですよ。何か企《たくら》んでいるのは薄々気付いてましたが……」

彼は自分も被害者だと言いたげに首を振る。

「何をなさりたいのか、今回ばかりは僕にもさっぱり分かりません」

「は？　そんなの話の流れからして、一つしかないでしょう」

今まで黙っていたルゼが呆れたように言った。

「ルゼ様には何か心当たりが？」

「あんた、エルファのことを気に入ってるんでしょう？　だから引っつけようとしたんじゃないの？」

「は？」

「つまり、仲を取り持とうとしてたってことよ」

カイルは顎《あご》に手を当てた。仮面で顔は見えないが、やけに真剣に考え込んでいる。

「いや、まさか、そんな馬鹿なこと……」

「馬鹿なのはいつものことでしょう。今回の件だって、いかにもあの小娘がしそうなことだと思うけど？　お気に入りのエルファを無理やり誘拐するのは不本意だけど、自分から嫁に来るなら丸く収まるとか思ってそうじゃない。今回は私が絡むことの方が想定外だったんじゃないかしら」

指摘を受けて、カイルははっとした。

「いや、しかし。お嬢様は今まで僕に必要以上に女性を近寄らせなかったんですよ」

「自分のお気に入りとだったら引っつけたいと思ったんじゃない？　あなたってあの子らにとって『何でも言うことを聞いて便利に使える弟』みたいなもんじゃない」

カイルはついに納得したのか、大きく頷いた。

「なるほど、なるほど。それはありえます。さすがは人妻！　無駄に結婚なさったんじゃなかったんですね！　以前のルゼ様からは出てこない発想ではないでしょうか!?」

「失礼だな。あの小娘達のお花畑な乙女思考に振り回されていれば、いやでも分かる。分からない方がどうかしている」

「僕が女性に近づこうものなら、いつも邪魔をしてばかりのあのお嬢様に、そのようにお花畑な思考回路があったとは！　いつもなら王子様の母君など比べものにならないほど、悪意なくいびっていびっていびり倒すあのお嬢様が！」

「あんた……なんでエーメルアデア様のことを。っていうか、そんなことされてんの。なんでそこまでされてあの小娘を慕《した》ってるのよ」

「それはあれですよ。旦那様に対する恩と、お嬢様の斜め上の思考から繰り広げられる、想像を絶する愉快な展開とかが見ている分には面白く」

「誰の思考が斜め上で愉快な展開よ!?　さっきから好き勝手言って！」

ごす、と音がした。すると今まで大仰《おおぎょう》なほどに感嘆していたカイルが、後頭部を押さえて呻《うめ》き出した。

彼の後ろに突然、ヴェールで顔を隠した少女が現れる。手にはカイルを殴ったと思われる日傘を持っている。その彼女を守るように、覆面をした三人の人間が周りを取り囲んだ。

「まったく、主《あるじ》の思いやりを無駄にするなんて！」

「いてて。お嬢様、本人に伝わらない思いやりは、世間では嫌がらせと取られるんですよ。地獄への道は善意で舗装されているとも言いますし」

「地獄だなんて失礼ね」

「だって来てみたら食べ比べの最中だったんですよ。お嬢様がこれ絡みで何か企《たくら》んでおいでなのは分かったので、とりあえず終わるまで待ってみましたが、夕食前の空腹時に料理を見てるだけなんて地獄のようでした。いい匂いがしてお腹が空《す》くんですよ」

「それもそうね」

マゼリルは納得して頷いた。相変わらず人騒がせな少女だ。

「でも、思ったよりも使えなかったわね、その男。もう少し引っかき回してくれると思ったのに」

マゼリルは青ざめているアロイスを睨《にら》みつけた。

「あなた、この女の子で間違いない？」

パリルが問うと、アロイスは首を傾《かし》げた。顔を隠しているのもあるが、洗脳のせいで混乱しているのかもしれない。

「ほんと、情けない男。好きならがむしゃらになればいいのに、苛々《いらいら》するわ」

「お嬢様が考えているよりも、善人だったということですよ」

「善人？　この浮気男が？」

「それとこれとは別ですよ。聖人君子と呼ばれた方が、煩悩《ぼんのう》を捨てるために思い切って女性と同衾《どうきん》したとかいう話もありますし、人の性欲と人格の良し悪しは関係ないかと」

「そいつ女を何だと思ってるのよ」

敵対しているルゼ達の前でじゃれ合う二人。その傍《かたわ》らにいる護衛の一人は、以前エルファがニキビの手当てをしたミイルのようだ。彼女の後ろの護衛は、こちらを牽制《けんせい》しているのか掌《てのひら》の上に炎を生み出して遊んでいた。炎は時折天井近くまで噴き上がり、円を描《えが》くようにして下りてくる。いつでも建物に火をつけられると言わんばかりだ。これでは簡単に手が出せない。

彼らがそんな余裕を見せつけている間に、皆はルゼ達の後ろに下がり、ナジカはエルファを庇《かば》うような位置に立った。

「でもこいつ、親に勘当《かんどう》されかけてようやくエルファを迎えに来たひどい男なのよ。だから勘当阻止のためにもっと色々とやってくれると思ってたのに、がっかりだわ」

「そんなヘタレに何を求めてるんですか」

「……」

マゼリルも思うところがあったようで、ふいに考え込んだ。

ヘタレと言われたアロイスは、否定せずに俯《うつむ》いた。言われても仕方がないとばかりに落ち込んでいる。昔のエルファなら、可哀想になって慰《なぐさ》めていただろう。だが今それをするのは、逆に残酷だ。

「それに、この男が引っかき回して上手く僕がエルファさんに近づいたとしても、彼女の興味は僕には向きませんよ。洗脳でもしない限りは無理です。自分が親しくすべき人間か否《いな》か、そういう線引きは、はっきりされている方ですし」

と、彼は言葉を切ってナジカに視線を向けた。

「何より、食べ物への執着でナジカに勝てる者などそうはいません。彼女は美味《おい》しいと言ってもらえるだけでは物足りないと思っているはずです。何がどう美味しいのか分かってもらえなければ満足とは言えないでしょう。僕やお嬢様には、そこまでの舌も食欲もありません。もし彼らよりもそういった傾向が強ければ可能性はあったでしょうが、フレーメの方々は下手な貴族よりもいいものを食べて、それを必死に自分のものにしようと努力されていますからね。ただ運ばれるものを何となく美味しいと思って食べている僕らとは、意識が違います」

エルファがフレーメという店に好意を持ったのは、舌の確かな人が多いからだ。だから互いの料理が美味しくなくなったら指摘し合うことができる。理由を一緒に考えることもできる。ナジカは、料理どころか自分で食事することすらまともにできないのに、彼らに交じって語り合うことができるのだ。彼には食に対する強い執着があり、だからこそ親しみを覚えてしまう。

「そうですね。カイルさんのことは嫌いではありませんが、男性として興味を持つことはありませんし、どれだけ助けられても感謝や友情以上のものは芽生えないかと思います」

彼は悪人なのだ。エルファは悪い男に憧れないし、振り回されてときめくような乙女心も持ち合わせていない。

「私は善良で、甘え上手な男性が好きです」

エルファは今までそういったことを口にしたことはない。だから、はっきりさせてみようと思った。皆の視線がエルファに集まる。手と背中にはびっしり汗をかいていた。

以前、舞台に立って話をさせられたことを思い出す。アルザはそれが当たり前の世界で生きているが、プロポーズを受けた時は、実は少し恥ずかしかったのだそうだ。

だからエルファが緊張するのは当たり前。上手く言えなくても仕方がない。気にすることはない。

そう自分に言い聞かせると、自然と言葉が続いた。

「あと、甘えるばかりではなく、たまには甘やかしてくれる男性がいいです。作ったものに文句を言わずによく食べて、それに、片付けを手伝ってくれたりするのも大切です」

緊張のあまり、この場では必要のないことを色々語ってしまったが、言いたいことは言えている。

「僕は〝善良〟の時点で脱落してますね」

と、カイルは嬉しそうに頷いた。彼は最初から分かっていた。分かっていなかったのは、マゼリルと嫉妬《しっと》していたナジカぐらいだ。

「は、はい。私、ナジカさんが好きですから」

エルファを背中に庇《かば》っていたナジカの手から、ナイフが落ちかけた。

「えっ!?　ええっ!?」

反射的にナイフを空中で拾い上げたナジカは、首だけ後ろに向けてエルファを見つめる。

「そ、そんなに驚くことですか？　いえ、いきなりだから、驚きますよね」

彼は身体も半回転させて、目を白黒させながらエルファを見下ろした。

「あの、そろそろ……と思っていたんですけど、ここではっきりさせないと、後々また面倒なことになりそうな気がしたので。こんな時にすみません」

雰囲気も何もない。抱き合って喜ぶなんて以《もっ》ての外《ほか》という状況だ。

出会った頃に空気を読まない告白をしたナジカは、エルファの唐突な告白に戸惑い、ただ手の中でナイフを弄《もてあそ》んでいる。ルゼの後ろに避難している皆の視線が背中に突き刺さる。マゼリル達も口を閉ざしてじっと二人を見守った。

「そ、その、本当に？」

そんな周りの様子が見えていないのか、彼はそわそわと尋ねた。頬《ほお》は赤らみ、目は潤《うる》んで、頬がぴくぴくと引きつっている。エルファはそれが可愛らしいと思った。

「ええ。私でもその気のない相手と、毎週のように出かけたりしませんよ。なのに何も言ってくれないから、ちょっと拗《す》ねていたんです」

「ご、ごめん」

「いいんですよ。私のためでしたし」

もし再び本気で告白されていたら、素直に頷いていただろう。しかし彼は告白してこなかった。それはきっと、自分が振られることよりもエルファの心の傷に触れるのを恐れたからだ。なので責めるのは間違っているのだが――拗ねるぐらいは許されるだろう。

彼もよく拗ねていたから。

「あの……本当に……好きって、友達としてじゃなくて？」

ナジカはまだ信じ切れないようだ。

「この期《ご》に及んでそれってどんな悪女ですか。さすがに怒りますよ？」

「ごめん。信じられなくて……夢じゃないよね」

「じゃあ、眠気覚ましにナジカさんが苦くしたお茶でも飲んでみたらいかがですか？」

「ん、夢じゃないね」

彼は自分の力で汚染されたお茶を飲むことなく納得し、ナイフもちゃんと持ち直した。

「あ、後で、ちゃんと、話をしよう」

「そうですね。気持ちははっきりさせることができましたので、後でもう少し落ち着いたところで話をしましょう」

ナジカはしきりに頷いた。その途端、背後の仲間達から拍手が起こり、マゼリルも頷いた。

「まあ、これもありね」

「お嬢様、いいんですか？　ナジカみたいな呪われた体質の方がエルファさんの相手で」

カイルはあっさりと引いたマゼリルに問いかけた。すると彼女はふふんと鼻先で笑う。

「調べたんだけどね、ナジカとカルパの力は同じ分類に属するものなのよ。方向性が違うだけ。つまりナジカのような人間の中で、ちょっと毛色の違った存在がカルパなの。ナジカほど極端な力を持つ人間の血を引いていたら、ひょっこりまたカルパみたいなのが生まれるかもしれないわ。そうなったら面白いし、いいんじゃないかしら」

まだ告白したばかりなのに、遠い未来の話を、それも赤の他人にされ、エルファは恥ずかしくなってナジカの背に隠れた。

「か、かかかか、勝手なことをっ！」

ナジカもどもりながらナイフをマゼリルに向ける。

「一口惚《ひとくちぼ》れしてその日に求婚した男の言葉とは思えないわね」

「どうして知ってるんだよ!?」

「この話ってけっこう有名よ」

ナジカが頭を抱えた。マゼリルはいかにも呆れたように言う。

「はぁ。まったく、こんなのに負けるなんて、カイルもダメねぇ」

「ははは、しかしどうしてお嬢様はこんなことを？　確かに彼女のことは僕も気に入ってますが、その程度の女性であれば今までもいなかったわけではないでしょう？　今になって、息子の交際に散々反対した挙句に婚期を掴《つか》ませ損《そこ》ねた親のごとき真似をなさる理由が分かりません」

妙に具体的な例を出して問いかけるカイル。

「うーん。あれはきっとカイルの子だって言ってたのよねぇ」

「サリサ様は、またどんな夢を見たとおっしゃっていたんですか？」

どうやら予知能力者は、またも予知夢《よちむ》を見たらしい。

「サリサの娘と、ルゼ様似の男装の美少女！　男装の子の方はカイルの子だって」

「どうして男装している女の子が僕の娘だと思ったのかとか色々気になりますが、それ以前にサリサ様のところは男のお子様だったじゃないですか」

「でも可愛い子だから、女の子の服が似合うわきっと。男装の美少女は、カイルにもちょっと似ていたらしいの」

カイルは口元を歪《ゆが》めながら、顔を仮面の上から手で覆《おお》った。

「……それは、ただの夢で、サリサ様の願望です！　僕の子のことも！　手っ取り早いところで無理やり正夢《まさゆめ》にしようとしないでください！　しかも相手をこんな風に用意しようとするなんて！」

カイルは強い調子で言い切った。

マゼリル達がこんなことをしたのは何か理由があってのことだと思っていたが、カイルが語っていたように、想像を絶する理由だった。マゼリル達の部下というのは思っていたよりずいぶん大変そうだ。彼らの背後にいる護衛達も初めて聞いたらしく、呆れたように肩をすくめている。

「エルファさん、想像の斜め上どころか斜め下の理由で巻き込んでしまい、まことに申し訳ありませんでした」

「いえ……まあ、その……大変ですね」

「ええ。傍観してるだけなら愉快なのですが、巻き込まれると大変なんですよ」

エルファは最近立て続けに巻き込まれたため、それは承知していた。

「ところでカイルさんって、恋人がいらっしゃるんじゃないですか？」

エルファの唐突な質問に、カイルの動きが一瞬止まった。

「ははは、いやだな。なぜそう思うんです？」

彼はすぐにいつもの声で笑いつつ首を傾《かし》げた。

「一緒に買い物した時に思ったんですが、女性の扱い……主人にするはずのない、恋人のような距離感での扱いにも慣れていらっしゃいましたから」

マゼリルは愕然《がくぜん》とした様子でカイルを見上げた。顔は見えないが、雰囲気で気持ちが伝わってくる。しばらくすると、カイルはやれやれと肩をすくめた。

「……さすがですね。素晴らしい観察力です」

「普通の女性なら、大体気付きますよ」

普段からああいう扱いをされるような美貌か身分を持っていない限りは。

「なるほど」

納得するカイルの袖を、マゼリルはがしりと掴《つか》んだ。

「知らないんだけど⁉」

「旦那様なら僕の女性遍歴をすべてご存じです」

「どうして私よりもパパと親しげなのっ⁉」

「もちろん僕の周囲にいる数少ない同性ですし、主《あるじ》としても、男性としても信頼いたしておりますので、女性には話しにくい悩みも相談させていただいております」

「じょ、女性って、ど、どこの誰よっ⁉」

「素直に申告したら、いびりませんか？」

「パパが認めている女に、私がそんなことするはずないでしょう⁉」

カイルは信用ならないとばかりにマゼリルを見る。

「しかし、まさかエルファさんに暴かれるとは。お嬢様の今回の企《たくら》みに対して、ある意味最も有効な手であるのは確かですが」

「やっぱりこういうのは言っておいた方が、後々面倒なことにならなくて済むと思いましたから」

これでエルファが巻き込まれることはないはずだ。彼らも身内のことは身内で解決すべきである。

「で……それだけのために、わざわざあんたまでここに乗り込んできたの？　しかもそんな物騒なやつらを連れて」

ルゼがテーブルに頬杖《ほおづえ》をついてマゼリルに尋ねた。物騒とは、主に火遊びしている男だろう。

「あぁら、捕まえようとなさらないんですか？」

「住宅街にあるこの寮で、火を操《あやつ》る危険人物と戦えるわけないって分かってて言ってるでしょ」

「うふふふ」

住宅が密集している地域のため、火事があれば大きな被害となることだろう。

「本気で二人を引っつけるためだけに姿を見せたわけ？　まさかね」

「ええ、もちろんです。それだけのためにルゼ様の前に現れるなんて、そんな失礼なことはいたしませんわ。さすがはルゼ様」

ルゼはため息をついて、先を促《うなが》すように顎《あご》をしゃくった。

「うふふふ、答えを導き出すために必要な情報は、既に揃っておりますのよ」

「情報？」

マゼリルはくすくすと小悪魔のように笑い、身体をくねらせる。

「ルゼ様、この度はエンベールで問題が起こるため、忠告に参りました。あんな悲惨的な出来事が起こるなんて、私も避《さ》けたいところですから」

「悲惨？」

「ほら、前にエルファを連れていったところに悪い連中がおりましたでしょう？　彼らの仲間を全員は捕まえられなかったのではないですか？」

ルゼが目をすがめた。

「そいつらがうちの領地に何かすると？」

「ええ。エンベールにはここ最近、この周辺地域の人や物流が集中していますでしょう？　この流れに乗れる商人は恩恵にあずかれますが、古いやり方に固執《こしつ》する者達は恨みを持っています。そしてここに悪評が立てば、利益がまた自分達のもとに戻ると信じておりますの」

「悪評……わざわざあんたが出てきたんだから、悪い噂《うわさ》をばらまくだけとか、そんな可愛い方法ではないんでしょう？」

「ええ、そんな回りくどいものではありません。たくさん人が死にます。そんな大きな事件があれば、人は離れていきますわね」

「……どんな方法？」

「それは、皆様がお考えください。ここまでは、私からの日頃の感謝と善意の証《あかし》です」

ルゼが小さく舌打ちした。

「ふふふ、ここを乗り切れば近いうちに解決するでしょう。乗り切ることができなければ、食い荒らされますわね。皆様のご活躍を期待しておりますわ」

彼女はころころと笑い、すっと後退した。と同時に、ミイルが遠慮がちにエルファに手を振ったので、思わず笑みを浮かべて手を振り返す。

「では、ごきげんよう」

マゼリルが言い終える瞬間を見計らい、ミイルが少し力《りき》むような仕草をしたかと思うと、彼らは瞬時に消え失せた。

◆◇◆◇◆

「ちっ、今回もまた、言うだけ言って安全なところから高みの見物か」

彼らが消えた寮の食堂で、ギルネストは舌打ちをして冷めたお茶を飲み干した。彼女達は前回もルゼ達を利用して、邪魔な魔物売買組織をつぶさせたのだから無理もない。

「まったく、自分の身の安全の確保だけはどんどん上手くなって嫌になる。小娘が無防備だと思ったら、後ろでちらちらと火を見せて、嫌味ったらない」

ルゼも苛々《いらいら》とテーブルを指で叩く。

「しかもやり口が巧妙《こうみょう》になっているな。口が上手くなったというか、ちゃんと予知を利用するようになったというか。単なる予想を予知に混ぜてこちらの思考を誘導するように話す」

「ですが、子供の悪戯《いたずら》気分でやっていた頃に比べれば、意図が分かりやすくてまだ対処しやすくなったのでは？　ルゼ様に対処していただくためにやってるのですから、当然と言えば当然ですが」

カルパがため息交じりに言う。子供の無邪気さは時に大人の理解を超えるが、それも大人になるにつれて、鳴りを潜《ひそ》めるものだ。マゼリルも以前に比べれば大人になったと言いたいのだろう。

「今回はエルファを巻き込んでいるから、あいつの言ってた『情報』はエルファ関係とも考えられるな。あ、カルパ、温かいお茶くれ。目が覚める濃い紅茶」

ギルネストはカップを持ち上げてカルパにお茶を要求した。エルファは首を傾《かし》げる。

「私関係ですか？」

「最近、都でカイルにも会ったんだろう？　あと占い師だったか？」

「占い師の方は……関係ないと思います。先ほどギルネスト殿下がおっしゃっていたように口が上手くなっているのだとしたら、単に研究をしているせいかと。占いの基本は話術と観察です。引き出した情報から予想を立てて、あたかもすべて理解しているかのように振る舞います。彼女はただ、話術などによる思考の誘導と、自身の洗脳の能力を組み合わせる実験をしているだけではないでしょうか。まさか、あの時の占い師さんが何かしでかすとも思えませんし」

もしそうなら、人の命に関わるような大した事件にはならないと思う。だが、先ほど彼女らは『たくさん人が死ぬような』と言っていた。

「何が予知で、何が予想なのか。敵対する組織を調査して分かったことなのか、誰かを操《あやつ》って事を大きくさせて、そいつを私達に始末させようとしているのか……」

「何にしてもその様子を見て楽しむつもりなのは間違いない。まずは予知かどうか考えるより、このエンベールがどう狙われているのかを考えるのが先だ。僕達に考えさせる方向に投げてきたから、考えれば糸口があるのだろう。連中の思うつぼだが、かといって動かず、事件が起こるのを待つのは本末転倒《ほんまつてんとう》だ」

ギルネストの意見に皆は頷いた。

「では、何があるんでしょうか？」

「魔物売買組織の話を出していたから、武力行使、無差別殺人などの犯罪？」

「武力行使って、ここにある戦力を考えるとそれは難しいのでは？」

「じゃあ殺人か？　僕らの親しい誰かが殺されるとか？」

「あいつらはたくさん人が死ぬようなことを言ってましたよ」

「どこか人が集まる場所に規模の大きな魔術攻撃をするとか。ちょうど明日は年明けの祭りですし」

「それだと防ぐのは難しいな」

彼らが思い思いに意見を出し合う中、エルファは考えた。

彼女達は考えろと言っていたのだから、考えれば答えが出る。そのための情報は揃っている。

最近、カイルとよく顔を合わせたエルファがそれを持っている可能性は低くない。それを思い出さなければならない。エルファが持っている情報で、特殊なもの……

「………マンドラゴラ」

ぼそりと、エルファは呟《つぶや》いた。

「地下のマンドラゴラ？　治癒術《ちゆじゅつ》とかを効きやすくする効果があるんだっけ？」

ナジカが首を傾《かし》げた。

「それと魔物の王族の方が持ち歩くほどに強力な、毒消しの効果が」

「ど……毒っ!?」

食堂にいた半数近くが椅子から立ち上がった。口に出すとそれが答えてあるような気がして、エルファの身体からもどっと汗が噴き出した。ルゼも何か思い出しながら言う。

「そういえば、お父様も四区王《しくおう》からマンドラゴラを分けてもらえそうだから、暗室《あんしつ》と常夜灯《じょうやとう》を作って育ててみようとか言っていた。というか、今お父様が手掛けている工事がまさにその施設造りよ」

その言葉に、皆は震えた。

「おかあさま」

「大丈夫よ、リゼ」

ルゼは立ち上がり、怯《おび》えるリゼを抱き上げた。

「毒という線はありえるな。新年で人が集中する今ならより多くの人間を殺せるし、今僕達が考えれば阻止もできる。もしもの時も、手持ちのマンドラゴラを使えば僕らが死ぬようなことはない」

栽培しようとしているのだから、アーレルも薬となった状態のマンドラゴラを持っているのだろう。だから彼女達が好きなルゼは死なない。だからあんな余裕を見せていたのだ。

「でも毒って、どこにでしょう？　水源？　井戸？」

「水だとすぐに発覚して、人がたくさん死ぬというより、長期にわたって水が使えなくなるという被害になりそうだ。それだとあいつらが好きなフレーメも長期間経営できなくなるから、考えにくい」

確かに水が毒で汚染されていると、飲食店は店を開くこともできない。

「ああ、小娘達の好みから展開を考えるってのは、いいかもしれませんね」

ナジカがギルネストの意見に納得して考え込む。

「毒で何かあるってのは、小娘好みですね。あいつらはどんな形でもお祭り騒ぎが好きだから」

誰かを拷問《ごうもん》するような残虐《ざんぎゃく》さはないが、他人がいくら死のうと笑い話にできる残酷さを持っている。そして賑《にぎ》やかなのが好きだ。毒で騒動が起これば、街は新年などとは比べものにならないほどの大騒ぎになるだろう。マゼリル達は自分のお気に入りさえ死ななければいいのだ。

「毒なら食べ物でしょうか？」

エルファが意見を出すと、皆が頷いた。

「買ってその場で口にするものではないですね。持ち帰って食べるものの方が、被害が広がります。買った人間がこの街に泊まるとは限りませんし」

　パリルが出した仮定は、ぞっとするようなものだった。

「この街で、新年の祝いに何か定番の食べ物はありませんか？」

　エルファは地元民のルゼに尋ねた。

「うーん。何かあったかなぁ。被害がそんなに拡大しそうな食べ物は……規模を考えると、私が知らないような無名なものではないだろうし。悪魔のお菓子を食べたりはするけど、大半は自分の家で作るしさ。観光客向けに売るものなら、まず売る側が味見するから騒ぎは大きくならないし」

　その通りだ。皆が手にするものでなければ、マゼリルの気を引くほどの騒ぎにはならない。

「食べ物とは限りません。経口摂取《けいこうせっしゅ》……手にするものに毒が塗ってあれば。土産物《みやげもの》のカトラリーとか」

　エルファは自分で言っていて、嫌になりそうになった。

「特に家に帰ってから触れるものだと、家族にも被害は広がります。エンベールを疎《うと》ましく思っているなら、この土地特有のお土産でしょうか。観光客が減るような、最悪の嫌がらせの方法が何か……。どこか大きな商店からあちこちに卸《おろ》されて売られるものって可能性も」

皆は顔を引きつらせた。

「いや、恨まれるとしたら、商店よりもエリネ様だ。そんな大きな商店だと卸《おろ》す前に従業員が確認する。……そうだ、エンベールの神殿はエリネ様の名で建てられたもの。神殿で配るものが怪しい」

ギルネストは立ち上がり、カルパに視線を向けた。

「何人か人を走らせてもらえないか。義父《アーレル》と一緒にいるラントにも意見をもらいたい。人間が知らない魔物達特有の毒を使われたら判断が難しい」

「はい、分かりました。この建物内にいる従業員は、どうぞ好きにお使いください。皆も他人事《ひとごと》ではありませんから、可能な限り協力してくれるはずです」

カルパが視線を向けると、ニケが寮の階段を上がり、クライトは寮の外に出た。ニケは休んでいる従業員を呼びに、クライトは支店で働いている従業員に声をかけに行ったのだろう。

「私は街の青年団のところに行きます。地元民ばかりの彼らが、一番頼りになりそうですし」

「パリル一人だと危ないから、俺もついていくよ。アルザは危ないからここにいて」

パリルがギルネストの返答を待たずに立ち上がり、ゼノンもアルザに一言かけてからパリルについて出ていった。

「俺は神殿に行ってみますが、殿下、エルファを頼みます」

ナジカはちらりとエルファを見た。

「もし事態が上手く収まったら、後でルゼ様やエルファのところに小娘達が答え合わせに来た、なんてこともあるかもしれませんので」

エルファは顔を引きつらせる。焦っていたので思いつきもしなかったが、その可能性は低くない。マゼリルは目立ちたがり屋だから、誰かに真相を語りたいだろう。憧れのルゼや、お気に入りのエルファにならなら特に。

「それは、確かにねぇ。分かった。私とエルファは屋敷に戻って大人しくしているよ」

ルゼは肩をすくめて、抱き上げていたリゼを下ろした。

「エルファとリズリー……と、例の魔物売買の現場で捕まっていた子達は、私が責任を持って預かるから。あそこを運営していたやつらが犯人なら、また狙ってくるかもしれない。ナジカは私の代わりに犯人の相手をお願いするわ」

「はい。お任せください」

ナジカは敬礼してから、もう一度エルファを見た。真剣な目で何か言おうとして、しかし思いとどまるように頭を掻《か》く。

「……あー、エルファ、今夜は遅くなりそうだから、何か夜食でも用意してくれると嬉しいな?」

いかにも彼らしい言葉に、エルファはくすりと笑った。

「ええ、もちろんそのつもりですよ。どうせナジカさんはお腹が空《す》いたって、愚痴《ぐち》を言いながら戻ってくるんでしょうし」

『お腹が空いた、何か食べる物ない?』とねだってくる彼の姿が目に浮かぶようだ。

「さすがエルファ。じゃあ、行ってくる」

ナジカはそれだけ言うと、食堂を出ていった。

◆◇◆◇◆

ナジカは愛馬の背に跨《また》がり、年明けの準備で夜も賑《にぎ》やかな街を走った。

明らかに警備の者が多かった。ちょうどフレーメの従業員が街の自警団に指示を出しているのが目に入る。パリルだけではなく、おそらくクララあたりが手の空いている者達を動かしたのだろう。そういうとっさの人員配置は、クララの得意とするところである。現に警備の者は多いが、適度にばらけていて、外から来ている人々に警戒を与えるほどではない。確かに現時点で必要以上に騒ぎ立て、混乱に陥《おとしい》れる意味はないだろう。この街の印象を悪くしては元も子もないのだと、皆がよく理解していた。

だからナジカは、目につきやすい場所は彼らに任せて、エルファの指摘で思いついた場所を、優先順位をつけつつ確認することにした。

最初に調べた倉庫の中に獣用の鳴子縄《なるこなわ》があったため、ついでにそれも設置していく。暗いので、悪人どもも引っかかりやすいだろう。周囲にいた見回りの青年達に、もしもの時は子供だろうが迷わず捕まえろと伝えて、次の場所に向かう。

そんなことを繰り返すこと五回、ナジカはルゼが世話になっていた孤児院へと辿《たど》り着く。彼女は実はここで育った孤児であり、訳あってオブゼーク家の養女となったのだ。

当然極秘の話ではあるが。

「ハニー、また確認してくるから、合図をしたら来るんだぞ」

ナジカは愛馬に語りかけて、足音を殺しながら歩いた。彼が向かったのは孤児院の裏。神殿の酒蔵や貯蔵庫とは違って、食べ物も置いてない小さな倉庫だ。ナジカも昼間に鍛冶屋《かじや》で話を聞いていなければ、見に来なかっただろう。

確か武器職人の彼は、『リゼンダばあちゃんの代わりに、新年の縁起物《えんぎもの》を作っている』と言っていた。ルゼと同じ孤児院出身の彼が話す『リゼンダばあちゃん』とは、ここの院長のことだ。そのため、彼が作っていた矢がここの倉庫にあるはずだ。そしてその矢は、悪魔の形をした菓子を突き刺すのに使われる。

自警団やフレーメの皆は真っ先に酒や食料が置かれた貯蔵庫などを確認し、街の警備も強化して怪しい者がいないか探っている。確かにそうすることで、敵が食べ物に毒を仕込むのを諦める可能性がある。

だが、その程度で解決するなら、小娘はわざわざ知らせに来ない。むしろ面白くないからと自分達で始末していただろう。だから悪人達はそれ以上の何かする可能性があるのだ。

酒や食料の貯蔵庫がこれだけ警戒されているのだから、悪人達も毒についてはバレたと気付いているだろう。その場合、自分がそいつらならどうするかを考えたら、答えは一つしかなかった。

食べ物以外で毒の経口摂取《けいこうせっしゅ》が可能なもので、新年に出回るもの。あの矢はまさにそれにあたる。

ナジカが本気で気配を探るまでもなく、ごそごそと何かが動く音が聞こえた。

複数だ。ちゃぽんと液体の音が聞こえる。

この周辺にある水といえば、雨水を溜めておく大瓶ぐらいだ。それが勝手にこのような音を立てるはずもない。

誰かがナジカと同じことに気付いて見回りに来た可能性もある。その場合、気配を殺していれば、ナジカが不審者だと思われるだろう。だからナジカは闇に潜《ひそ》んだまま、気楽な調子で声をかけた。

「そこで何してんの？　ここは祭りの日に配る矢を置いてある倉庫だぞ？」

「え、あ、いや。悪戯《いたずら》されていないか確認を」

知らない声だ。連中もナジカの声を知らない。孤児院なのに、案内の子供もいない。

その上、妙に体格がいいのが星明かりだけでも分かる。どう見ても怪しい。

そして向こうは、姿を見せずに声をかけたナジカに誰何《すいか》することもない。普通はこんな声のかけ方をしたら、怪しむはずだ。なのに彼らは怪しんで問いただすどころか、むしろナジカの警戒心を解こうとするかのような態度を取っている。

ナジカは足音もなく忍び寄り、懐《ふところ》にあった袋から光石《こうせき》を取り出して足下に投げつける。光石は刺激を受けて強く光り、男達の姿をさらけ出した。例の占い師が持っていた粗悪品と違い、正規品はこれほどの光を放つのだ。

やはり知らない顔。そして地元民ではなさそうな服装。

彼らは慌てて手にしていた縁起物《えんぎもの》を後ろの倉庫に放り投げ、足下に置いた瓶《かめ》を己《おのれ》の身体で隠した。

「悪戯《いたずら》しようとしているのはそっちに見えるけどな？」

怪しすぎる行動に、ナジカは彼らを指さしながら首を傾《かし》げてみせた。

彼らの目には、ナジカは武装もしていないひ弱な男に見えるはずだ。皆にはチャラそうなどと言われるが、実は敵に油断してもらえて都合がいいと思っている。

「ちっ、殺せ」

ナジカを通りすがりの住人とでも判断したのか、男達は取り繕《つくろ》うことなく襲いかかってきた。

「ありがとう」

とぼけたりせず、こちらが罪を暴く手間を省いてくれたことに、ナジカは感謝した。

彼らがもしカイルぐらい強ければ、もっと慎重に行動していただろう。こうして襲いかかってくるということは、ナジカの強さを察することができないという証拠だ。

「おまけに、新しい魔導具の実験台になってくれるなんて、本当に感謝するよ」

ナジカはにやりと笑って、今日手に入れたばかりの新作の腕輪に触れた。

今まで複数の魔導具に分散させていたたくさんの効果を、一つの腕輪に纏《まと》めてもらったのだ。大半は魔術の制御に関係する効果で、集中力を高め、精神を安定させる効果も一部入っている。そんなに必要なのかとよく聞かれるが、動きながら繊細《せんさい》な魔術の制御を求められる、戦闘系傀儡術師《かいらいじゅつし》には実際必要な効果なのだ。こういったものを使わずどんな時でも安定して戦えるのは、ナジカに力の使い方を教えてくれたルゼぐらいだ。

「何か持ってるぞ、油断するな」

「分かってるよ」

男達は警戒しながらナジカを囲い込む。相手は三人のようだ。

新しい魔導具は、以前持っていたものより出来がいいらしく、視界に入らない右後方に立つ男の動きまで手に取るように分かった。男はナイフを一本取り出して、投げようとしている。

ナジカはそのナイフが男の手から離れた瞬間に、軽く右へ重心を傾けた。横を通り過ぎたナイフにほんの少し干渉して、勢いを殺さない程度に軌道をずらす。

「うわっ⁉」

紙一重で避《よ》けたナイフは、ナジカの真ん前に立っていた男の腕に突き立った。我ながらまるでルゼがやったように、綺麗な干渉だった。

「う……腕っ、腕にっ!?　なんでっ!?」

予想もできなかった展開に、男は混乱する。

傀儡術師《かいらいじゅつし》に求められるのは、いついかなる時でも冷静に状況を判断すること。上手くいったと浮かれて敵を侮《あなど》るのが一番愚《おろ》かである。それが、ルゼの教えだ。

ナジカは左後方から切り掛かってきた男の剣をナイフで受ける。それから油断せずに次の動きを確認する——が、男は突然驚いたような顔をし、不可思議な動きでナジカの足に蹴りを入れてきた。

「うおっ!?」

ナジカは咄嗟《とっさ》にその蹴りを足で防いだ。慣性《かんせい》を無視したような、ありえない、それでいてよく知っている動きだった。

「傀儡術師か!?」

そこまで口にして、先ほど男が驚いた顔をしていたのを思い出す。こいつは違う。誰かが男の肉体を操《あやつ》っていた。

ナジカは距離を取るかどうか悩む。だが身体は、勝手に動いていた。

操られた男がナジカの目をつぶそうと手を伸ばしてきた。その手首を掴《つか》み、捻《ねじ》るようにして地面に引き倒す。日頃の訓練のありがたみを感じながら、最初にナイフを投げた男に目を向けた。

「ひっ」

実力の差を感じ取ったのか、男は迷わずきびすを返した。ナジカは近くにあった石を拾い、逃げる背中へと全力で投げる。

「ぐぎゃっ」

男はカエルのつぶれたような声をあげて倒れる。石は足を直撃した。かなり魔力を込めたので、骨ぐらいは砕けているだろう。三人の中では一番強そうだったが、これで動きは封じたはずだ。腕に仲間のナイフを受けた男は、勝手に倒れて痙攣《けいれん》し始める。刃に毒でも塗られていたのだろう。

ナジカは引き倒した男を持っていた紐《ひも》で縛り、今度は新しい魔導具ではなく、昔から愛用している耳飾りに意識を集中させる。そこから意識の糸を網《あみ》のように広げ、生き物を探す。対象は、先ほどおかしなちょっかいを出した人間。

やがて、ある気配を見つけた。

「ああ、見つかってしまいましたか」

予想していたが、またカイルの声だった。

「何なんだよ。おまえ達、こいつらと敵対してるんじゃなかったのか？」

「敵対しているから手を出したんですよ。そいつらが返り討ちにされても痛くもかゆくもないので。僕は他人を操《あやつ》るのが苦手ですけど、君があまりに余裕すぎてつまらなかったですし」

カイルというのは、そういう刹那主義《せつなしゅぎ》なところのある男だ。彼は、男達が侵入しようとしていた小屋の後ろから姿を見せる。

「そんなところに隠れるなんて、俺達が見落とした時のために何かしてくれるつもりだったのか？」

ナジカは嫌味を言いながら、どう動くか考える。カイルは強い。ナジカはルゼと同じで、念話《ねんわ》や周辺の探査もできる傀儡術師《かいらいじゅつし》だ。万能と言えば聞こえはいいが、悪く言えば器用貧乏である。対してカイルは、ナジカのような便利な小技はほとんど使えない。その代わりに戦うことに特化した、純粋な戦闘系傀儡術師である。接近戦は不利だ。

「まさか。僕は干渉しようとしたわけではありません」

カイルは首を横に振ると、ふいに帽子を外して一礼した。

「おめでとうございます」

「……は？」

ナジカは突然の祝いの言葉に戸惑った。

「……何が、めでたいんだ？」

ひどく嫌な予感がした。

「おめでとうございます。これで一つ悲劇の芽をつぶしましたね」

カイルはゆったりと身体を起こし、芝居がかった動きで両手を広げる。

「これで……一つ？」

「はい、一つです」

それだけ言うと、カイルの隣にミイルが現れた。

「次の祝いは、すべてをつぶした時になるでしょうね。では、ごきげんよう」

カイルが楽しそうに言い終えると、ミイルは手を振り、カイルとともにまた消えた。

つまり、街にはまだまだ騒動の芽があるから残さずつぶすようにという、マゼリルの、いわゆる『善意』の使者であるらしかった。

◆◇◆◇◆

その少し前――フレーメの寮の食堂から皆が出ていった後、エルファ達はギルネスト夫妻によってオブゼーク邸へ連れていかれた。

アロイスには自分の宿に帰ってもらった。故郷以外では二度と会いたくないと告げ、彼の父親にもとりなしの手紙を書くと言ったから、大人しく帰るだろう。

食後で家族とまったりしていたアーレルは、ギルネストの話を聞くと、長男リュキエスとともに使用人や警備の者達に指示を出し、屋敷を出ていった。屋敷の警備が薄くなったが、それは屋敷に残ったルゼとギルネストに対する信頼の証《あかし》だ。

ルゼ達はアーレルに代わって屋敷の中を取り仕切り、上がってくる報告を聞いたり指示を出したりしていた。特にルゼの姿はとても凛々《りり》しくて、いかにもできる女といった雰囲気だった。

珍しくぐずっていたリゼは、エリネとリズリー含むフレーメの可愛い魔物達が相手をした。性格が悪いと言われていた妖族《ようぞく》も、子供が相手なので捻《ひね》くれたことは言わず、皆でそれぞれの郷《さと》に伝わるおとぎ話を聞かせたりと、良くしてくれていた。

エルファはその間に、大量の夜食の用意を始める。ナジカの分だけでなく、報告に訪れる人々の分もだ。もちろん一人で作るのではない。アルザとその師匠である料理人も一緒だ。料理人は、エルファが協力をお願いしたら、自分にもできることがあるのは嬉しいと快く引き受けてくれた。

まずは食材の確認をし、身体を温める効果のある生姜《しょうが》を利かせたスープと、他に何か腹に溜まるものを作ることになった。包丁使いは得意だというアルザにスープの具材を切るのを任せ、エルファはこういう時の定番であるドーナツを作り始める。料理人は塩気のあるものや肉が食べたい者もいるだろうと、明日の朝に食べる予定のパンを使い、ベーコンサンドを作っていた。

自警団の人々に差し入れをすることも考えて、食材は惜しまず、できるだけのことをした。有事に領主が食事を手配するのは当然のことであるため、その采配《さいはい》は料理人に任されているのだそうだ。

ある程度作り終えた後、料理人には朝早いからと先に休んでもらい、エルファとアルザは誰かが報告に帰ってくるたびに、スープを出し、差し入れを持たせた。

ナジカ達が帰ってきたのは、夜明け頃だった。アルザは、ゼノンがまだ馬車のあたりで話していたと聞くと、眠い目をこすって外に出ていき、エルファとナジカは談話室で二人きりになった。

「ああ、疲れたよ。まぁたカイルまで出てくるし」

ナジカは手袋を食事用のものに付け替えてテーブルに着くと、温かいスープを飲んでから、大きくため息をついた。

「おめでとう、とか言われたんですか？」

エルファはナジカの前にドーナツとベーコンサンドを並べながら言った。他の者達も一緒に戻ってきたはずだが、なぜか誰も入ってこない。

「よく分かったね。そうだよ。しかもその後、一つ悲劇の芽をつぶしましたねって。まだあるのかよって、結局一晩中走り回ったよ。ほんとクソむかつく野郎だよ」

彼は唇を尖《とが》らせて愚痴《ぐち》を漏らした。カイルはいかにも彼らしい言い方で、的確にナジカの怒りを引き出したようだ。

「それで、全員捕まったんでしょうか？」

「ああ。高みの見物を決め込んで優雅に酒飲んでた闇族《あんぞく》を捕まえたし。そしたらリュキエス様に小娘から祝いの言葉が書かれた矢文《やぶみ》が届いたらしいから、たぶんそいつらが黒幕。その後リュキエス様は心労で倒れたらしくて神殿で休んでるって」

「まあ、お身体の弱いリュキエス様がそれほどの無茶を？」

「人の命がかかってるから、緊張してたんだと思うよ。捕まえた闇族達はパリルが尋問《じんもん》してる。それでまた何か出てくるかもしれないけど、エンベールに関してはたぶん大丈夫」

その口調には、パリルに対する強い信頼があった。

「あの人達の目的って、何だったんですか？」

「単純に逆恨みだね。この街は儲《もう》かってるから、それに乗り遅れた周辺地域の連中から恨まれている。そういった連中に、今回捕まえた闇族——魔物売買組織の残党が声をかけたみたいだよ。魔物と組んで儲けてるエンベールを見ているから、自分達もと思って騙《だま》されたんだろうね。目の前に大金を積まれると、大体頭がおかしくなるし」

普段は恐ろしくて絶対にできないことでも、大金を見た後にはできてしまう、ということは多い。

「じゃあ、ひとまずは安心できるということですね。ナジカさん、お疲れ様です」

エルファはナジカの隣に座ると、労《ねぎら》いの意味も込めて彼が好きなドーナツを口元に運ぶ。それはたった二口で彼の胃袋の中に消えてしまい、エルファは思わず笑った。相変わらずいい食べっぷりだ。

「んー、労働の後の甘いものは格別だなぁ。張り込みとかでもドーナツ食べる人って多いんだよな」

「どうしてでしょうね。やっぱり腹が膨れて食べやすいからでしょうか？」

「みんな甘いものが好きなんだよ。甘いものを食べると、頭も働くし」

ナジカはそれから二つもドーナツを食べて、目の覚める濃いめの紅茶を飲んだ。

「食べたら、少しお休みしてください。部屋も用意してもらっていますから」

「エルファもね」

ナジカはじっとエルファを見つめた。

「私は座ってうとうとしていたので、大丈夫ですよ。リズリー達が起きたら代わってもらいます」

二人きりというのを意識しながら、エルファは彼の視線を受ける。

「ねえ、エルファ」

「はい」

「昨日のこと、覚えているよね？」

どきりとして肩が跳ね上がった。

「勘違いとか、やっぱなしとか、ないよね？」

「な、ないですよ。だいたい、ナジカさんの解釈で、合っているはずです」

すると彼は笑みを浮かべ、椅子に座ったままエルファに抱きついた。

「こういうことをしても、いいってことだよね？」

「こ、これぐらいなら」

平気ではない。予想していなかったことをされて、動悸《どうき》が激しくなり、おかしくなりそうだ。

「嬉しいなぁ」

「そ、そうですか？」

「そうだよ。夢のよう」

彼はエルファの側頭部に頬《ほお》を擦《こす》りつけて、上機嫌に言う。

「睡眠を取って眠気を覚まして、夢ではないって確かめてください」

「なるほど。夢だったらどうしようって心配するより、現実だからこうして確かめられるんだと思えばいいのか」

そんな心配をしてたのか。普段は前向きな彼でも、このことに関しては妙に後ろ向きだ。

「ねぇねぇ。そういえばね、久しぶりに色んな人に会ってあれこれ話したんだけどさ」

「はい」

「魔導具鍛冶《かじ》職人のにいちゃんが、結婚指輪は任せておけって」

エルファはナジカの胸を押して、身体を離した。

「どうしてそんなことになるんです？」

「うん、なんかもう知れ渡ってた。ごめん」

エルファは額に手を当てた。

「あ、いや、でもそういう意味の指輪はまだ早いって、断ったんだけどさ」

「……」

無言でいると、ナジカは気まずげに視線を揺らした。踏み込みすぎたと後悔しているのだろうか。

「な、なんというか、エルファはなんか色々と巻き込まれ体質だから、結婚指輪とかじゃなくて、普通に自衛のための魔導具として受け取ってくれると……その、嬉しいな」

彼は焦って言い訳するように、やや上擦《うわず》った声で語った。

「……まあ、いいですけど。パリルさんが仕事でしている感じの実用的なものなんですよね？」

「いいの!?　もらってくれる!?　お、怒ってない!?」

「どうして……その、こ、恋人が指輪をくれるのに怒ると思うんですか。わ、私はそんなに短気じゃ、ありません！」

ナジカを恋人だと言うのが、少し恥ずかしかった。まだ実感がないとはいえ、少しずつ慣れていかなければならないのだけど。

ナジカを見ると、彼は目を見開いた後、へにゃりと相好《そうごう》を崩してもじもじと身をよじった。

「えへへ、なんか、恥ずかしいな」

今まで恥ずかしげもなく恥ずかしいことをしてきた彼が照れている。その姿にエルフアもますます恥ずかしくなり、堪《こら》え切れず顔を逸らした。

「それにこういう話をしていても、本当に平気そうでよかった」

告白されてひっくり返った過去があるので、彼が慎重になるのも仕方がない。

「大丈夫だって言ったじゃないですか。そこは信じてください」

「うん。でも無理はしてほしくなかったから」

ナジカはもう一度エルファに抱きついた。かと思うとずるずるとずり下がり、エルファの膝に頭を乗せる。

「少しの間、このまま仮眠しててもいい？」

「……ナジカさんらしい図々しさですね」

「だ、ダメ!?」

慌てて起き上がろうとしたので、エルファは彼の額に触れて押しとどめる。

「構いませんよ。ナジカさんが変なところで図々しいのは、最初から分かってますから」

そして変なところで遠慮深いのも彼らしい。

「おやすみなさい」

「おやすみ」

それからナジカは、顔を隠すように横を向いて目を閉じた。

◆◇◆◇◆

「なぁにが『後はこちらでつぶしておきます』だ」

ルゼは談話室の机に手紙を置いてため息をついた。一晩中動き回っていたオブゼーク家の人々と、フレーメを代表して来たゼノンやクララ、そしてナジカにパリルは、疲れた顔でその手紙を見る。

手紙には、これ以上は目障りだから主犯は責任を持ってつぶしておく、と書いてあった。もちろん基本的に杜撰《ずさん》で迂闊《うかつ》な彼女達の予想など信じられないので、警戒と捜査は続けなければならない。

「何にしても、ひとまず解決してよかったよ。今夜までかかってたら、年明けの祭りは中止になっていたかもしれないからね」

リュキエスは熱いお茶を飲みながら言う。

年明けの祭りは今夜。悪魔を刺す矢を配るのは明日の朝から。本当に危なかった。

「万一のことを考えて、質《たち》の悪い流行病《はやりやまい》が広まっているそうだから食事の前の手洗いは徹底的に、という感じで勧告を出すのはいかがですか？　今からなら間に合います」

クララの提案にリュキエスが頷いた。昨夜、フレーメの従業員を通して自警団の人々を動かしていたのはやはり彼女だった。彼女は舞い込んでくる報告を纏《まと》めて、効率よく人を動かしたのだそうだ。だから全体の動きを一番よく知っているのは、彼女である。

まだ十代前半の子供だが、彼女の分析力は大人達よりもずっと高い。それをフレーメの者や、街の一部の者達が知っていたため、彼女が采配《さいはい》を振るうことができたのだが、普通の街では子供は休んでいろと追い出されていただろう。

「なるほど。そういうのもありだね。考えてみよう……ふぁ」

リュキエスはあくびをして目をこする。それにつられてナジカもあくびをした。

「指揮を執《と》ってたリュキエス様が眠いのは分かるけど、できたばかりの恋人の膝枕で幸せそうに仮眠とってたナジカさんがなんで眠そうなの？」

クララが呆れたように棘《とげ》のある言葉を投げかけてきた。

ナジカはあれから日が昇るまでエルファに膝枕をしてもらっていたのだが、それを報告にやってきたクララとパリルに見られてしまったのだ。迂闊だった。

「そんなの……緊張して眠れるわけないじゃん」

「じゃあなんであんなことしてたのよ」

と言ったのは、クララ以上に言葉に棘があるパリルだ。その裏には『私が働いている間に』という不満が見え隠れする。

「冗談でお願いしたら、やってもらえたから……」

ナジカは照れくささを覚え、身悶《みもだ》える。

あの時寝たふりをしていたら、エルファはこの髪を切ってしまいたいとか真剣に呟《つぶや》いていたから、ナジカが起きていたことには気付かなかったのだろう。だから、緊張して眠れないとは言えなかった。髪は短くしすぎると変な風にはねるので、できれば切りたくはない。が、エルファがどうしてもというなら考える。

「ナジカ、付き合い始めた翌日に恋人から膝枕って……俺でもしてもらったことないのに」

付き合った翌日どころか結婚を控えているはずのゼノンは、恨みがましくナジカを睨《にら》んでいた。

「いや、そのぐらいしてもらえばいいだろ。アルザならノリノリでやってくれるさ」

「そ、そうかな？」

むしろアルザはもっと甘えてもらいたい、触れ合いたいと思っているはずだが、ゼノンには通じていないようだ。ナジカも人のことは言えないが。

「はぁ、いいなぁ。私も好きな人とお付き合いしたいわぁ」

クララがため息をついた。

「クララは……まだ無理だろ。おまえの年齢的に、付き合おうとする男がいる方が引く」

「そうなんだけどさぁ……早く大人になりたい」

彼女はまだ幼く、成長途中だ。彼女が慕《した》うカルパは大人の男で、子供には興味がない。そのカルパは、エルファと同じく今は寝ている。彼もフレーメを拠点にして、エルファのように温かい料理を振る舞ったりと昨夜さんざん働いていたので、ベッドに押し込まれたのだ。

「まあ、立場的には一番有利だから、気長に待つしかないね。クララは頭がいいだけじゃなくて見た目も可愛いし、何よりフレーメにはなくてはならない存在だからね」

クララは、憧れのルゼの褒め言葉を聞いて目を輝かせた。

「そうですよね。私、頑張ります」

ルゼは希望に満ちたその反応に、うんうんと頷く。そして懐《なつ》かしむようにギルネストを見て言った。

「あの時の子供達が、恋に悩んだり、結婚を考えたりするなんて、時が経つのは早いですね」

「そうだな。そのうちリゼもと思うと……相手の男が憎くなる」

「でもそういうの、女の子は早いですよ? 子供相手に変なこと言わないでくださいね?」

妻の忠告に、ギルネストはむっとする。リゼには既に好きな男の子がいることに、ギルネストは気付いていない。実はリゼが父の反応を予測して、常に警戒しているからだ。リゼのそういう要領のいいところは母親似らしい。

「後は僕らがやっておくから、恋人や婚約者ができた二人は、捨てられないように気を使え。特にナジカ。せっかくこの国に来てくれた薬草魔女だ。逃がすなよ」

ギルネストはニヤニヤと笑いながら言う。

「は、はい」

「もしご両親に挨拶《あいさつ》する時は僕が手紙を出してもいいし、必要なら身元保証もしよう。纏《まと》まった休みも必要だな。彼女の故郷は雪深いようだから、冬は避《さ》けないと」

「あり、ありがとうございます。まあ、まだ先の話なので、その時によろしくお願いします」

ナジカ以上に先のことを気にかけるギルネストに、何とかそれだけ答える。こんなことがエルファの耳に入ったら、呆れられてしまう。

「だけどたぶん、ベナンドさんで済むと思います。ギル様だと大袈裟《おおげさ》になってしまうので」

一国の王子様から手紙をもらったら、彼女の両親は驚くだろう。緑鎖《りょくさ》の上司であるベナンドあたりが妥当《だとう》だ。

「そうか？　説得の材料は強力な方がいいと思うが」

「分かりやすい権力を背負っていきたくはありませんから」

「自分個人を認めてほしいというわけか。だったら……チャラそうに見える髪は、切った方がいいんじゃないか？」

「ギル様までっ⁉」

「エルファに言われても切らないのか、おまえ」

「切ると変な癖《くせ》が出て大変なんですよ」

「癖が出ないほど短くしたらどうだ？」

「それはそれで柄が悪くなりそうな」

「チャラそうなのよりマシじゃないか？」

「そんなっ⁉」

ギルネストにまで否定されて、ナジカは肩を落とした。

「まあ、髪を撫《な》でつけるとか、方法は色々あるし。エルファとよく話し合って決めればいいよ」

ルゼに慰《なぐさ》められ、少し前向きになれた。

「ナジカは元々人相が悪いんだから、髪型なんて二の次だし」

「ひどいっ！」

人相があまりよくないという自覚はあるが、まさかルゼにまでこのように言われるとは。

王族二人の意見を受けて、パリルも口を挟む。

「エノーラお姉様に誠実に見えるようにしてくださいってお願いすればいいでしょ」

「今さら？　エノーラさんだって何も言ってなかったのに」

「あんた、なまじ顔は悪くないし、服は派手でも似合ってるから、特に口出しすることもないって言われてただけだから」

単に放置されていただけということか。見た目で判断されてしまうとは、せちがらい世の中だ。

「ナジカ、眠れなかったんならちゃんと寝てきたら？」

「ルゼ様が起きているのに、自分だけ寝に行くのは……」

するとルゼは、追い払うようにぱたぱたと手を振った。

「せっかく恋人ができて、初めての行事なのよ。寝不足な顔で行って彼女を不快にさせたらどうすんの。二人きりにしてあげるから、しっかりと案内してあげなさい。さすがに小娘達もエンベールにはもう何もしてこないでしょうし」

ナジカはきょとんとしてルゼを見た。彼女はにたりと笑っている。

「あ、ありがとうございます……」

この借りは、高くつきそうな気がした。

それでも恋人と過ごす、初めての特別な日だ。賑《にぎ》やかな街を歩き、美味《おい》しくない悪魔を食べて、伝統があるふりをした新しい縁起物《えんぎもの》を買って。腕を組んで歩けたら……

――よし、頑張ろう。

終話

ラフーアのホールには、白い布と赤い紐《ひも》で作った飾りが垂れ下がっていた。入り口にはウサギのぬいぐるみ。その他、披露宴に相応《ふさわ》しく、華やかな飾り付けが施《ほどこ》されている。

そう、今日は結婚式があったのだ。とても新鮮で、素晴らしい結婚式だった。

幸せそうな新郎新婦は、ラフーアの料理長と、都の人気女優。そんな二人の式は、オブゼーク慈善院《じぜんいん》の小さな神殿で挙げられた。

幸せそうに笑う新婦のアルザは、いつにもまして美しく、見ているだけでため息が漏れた。幸せは女性を美しくする。心を軽くし、喜びに満ち溢れた日々を送れば肌の調子はよくなると言われているが、こうして見ると本当に効果があるのだ。

この美しさを引き出した新郎のゼノンは、慣れないことに緊張している様子だった。それでも腕を組む花嫁の美しさに鼻の下を伸ばしていた。

ナジカやパリルをはじめ、慈善院にいたことのある人々は涙ぐんで友人達を祝福し、エンベールから招かれた二人の知人達は、幼かった二人の成長に父兄のごとく感動していた。式が感動的なのは、どこの国でも同じだ。

誓いの儀式が終わると新郎新婦のもとに次々と人が集まり、祝福の言葉を述べる。

この近辺では、参列者が各自祝いを新郎新婦に渡し、その返礼として新婦が作ったお菓子を配る。そのお菓子は、薬草魔女のレシピに一工夫加えたオレンジのビスケットで、ラフーアの皆が新婦に手を貸して作ったものだ。

だが、大量に用意していたそれもあっという間になくなってしまい、それでも贈り物だけは集まるという状況。参列者の列を整理していた子供達はてんやわんやだったそうだ。

次に、披露宴のために各々《おのおの》ラフーアに移動した。裕福な人や、有名な人達は礼装から盛装に着替えてから店にやってくる。いずれ劣《おと》らぬ華やかさだが、エノーラやルゼのドレスは特に見事だった。

エルファ達はと言えば、給仕に徹《てつ》するためにいつものラフーアの制服に着替えていた。着替えていないのは、子供達の相手をすることになっていたリズリー達、見た目の可愛い魔物達ぐらいだ。リズリーは約束通り、可愛い服を用意してもらい、楽しそうに式の手伝いをしていた。服はいかにも妖精らしい、不揃いな裾をふんわりとさせた若草色のワンピースで、人間受けもよく、彼女はたくさんの人に話しかけられていた。リズリーとしては、疲れはするけれど楽しいらしい。

主役の花嫁と花婿は着替えず、いつもエルファが立っている、店内を見渡せる位置に立つ。

「皆さん、今日はありがとう」

花嫁のアルザは力強く手を振り、女性達はきゃあきゃあと黄色い声をあげる。特にアルザの熱狂的なファンである、エルファの友人のイリアーセとシェリアは熱烈に拍手をしている。彼女達はこの披露宴に出るために、私達友達でしょうと言って、寄ってたかってゼノンに頼み込んだのだ。聞くところによると、緑鎖《りょくさ》のお偉いさんである父親の権力もチラつかせたらしい。そんなことをしなくても、普通にお願いすれば招いてもらえただろうが、調子に乗るからそんなこと言わなくていいとナジカは言っていた。

アルザが言葉を続ける。

「ルゼ様、何もなかった私達に夢と希望を与えてくださってありがとうございます。私はルゼ様のおかげでゼノンと出会い、夢を持ちました」

何もなかった。

それは、ナジカにも当てはまっていたのだろう。彼は今、席に着いてしんみりした顔をしている。

彼らのルゼに対する感謝の念の大きさは、エルファには想像することしかできない。

一方、いきなり感謝を述べられたルゼは、リゼと一緒に魔物達に接待されながら、困ったように笑っていた。

「ウルバさん、今日は司式《しき》を引き受けてくださってありがとうございます。聖騎士の皆さん、皆様のおかげで私達は何事にも動じないほど、心が強くなりました」

祭服を身につけたウルバと、その友人らしき男性達は顔を引きつらせた。強くなった理由は聖騎士達のおかげというより、あの施設のおかげだと知っているからだろう。

「そしてフレーメの皆さん。皆さんのおかげで、素晴らしい式になりました。本当に感謝しています。披露宴会場の提供と、美味《おい》しそうなお料理をありがとう」

堂々と、けれど少し恥ずかしそうに礼を言う。

彼女は、相手が消極的なゼノンだから、こんなに早く結婚できるとは思っていなかったと言っていた。だから今、本当に嬉しいのだろう。

アルザは、横で黙って頷いていたゼノンの肩を叩く。すると彼は慌てて背を伸ばし、口を開いた。

「あ、えっと。今日の料理は私とアルザが丹精《たんせい》を込めて仕込み、ラフーアの皆が仕上げてくれた特製料理です。ど、どんどん食べて、どんどん飲んでください」

口下手な花婿が言い終えると盛大な拍手がおき、披露宴は始まった。

エルファにとって、この国で初めて参加する結婚式と披露宴だ。風習や手順など、今日は見て覚えなければならないことがたくさんあって、それがとても楽しい。

「エルファも席に着いてちょっと飲みなさいよ。ナジカさんが切なそうにしてるじゃない」

エルファが楽しく働いていると、イリアーセ達に声をかけられた。

「ダメですぅ。私は今日の料理の責任者なんですよ。ナジカさんも色んなものを代わる代わる食べさせてもらって幸せそうに見えますが」

誘い込もうとするイリアーセに、エルファは舌を出した。彼女も以前はナジカを慕《した》い、エルファに敵意を向けていたが、今はもう吹っ切れたとばかりにこうやって二人の仲を深めようとしてくる。

「真面目ねぇ。もう料理は作ってあるんでしょ?」

「私、そんなにお酒に強くないんで、飲んだらデザートが出てきませんよ」

実のところ、それも準備は整っているから、後は厨房《ちゅうぼう》から出して振る舞うだけだ。なので今のエルファがすることと言えば、空いた皿を下げて料理を追加するぐらいだが、それはクライトがどんどんやってくれている。なので少しなら飲んでも構わないのだけれど、足がもつれて転んだら洒落《しゃれ》にならない。飲まない方がいい時は飲まないに越したことはない。

「んー、本当に真面目で困った人ね」

「いいから、何か言いたげなナジカさんのところに行ってらっしゃい」

シェリアに言われて、エルファは首を傾《かし》げてナジカを見た。いつものように友人のタロテスに食べさせてもらっている彼は、エルファの視線に気付くとびくりと震えた。

「ナジカさん、どうしたんです？　朝から私と目が合うと妙にそわそわするんですけど」

もしかしてあれが『切なそう』と捉《とら》えられたのだろうか。

「式だからってのもあるでしょうけど、式が終わったらあなたにお話があるらしくて、機会を窺《うかが》っているみたいなのよ」

「そういえばここ最近、式の準備で忙しくて、二人で会う機会もなかったんですよね」

「あら、じゃあお友達の幸せな姿を見て、余計に寂しくなったのかしら？　気持ちは分からなくもないわね」

「なるほど」

気の強いシェリアが言うのだから、甘えたがりなところのあるナジカがそう思っても仕方がない。エルファは礼を言って、恋人の方へ足を向けた。すると彼は、尻尾を振る犬のごとく嬉しそうにエルファが来るのを待った。

「楽しんでいますか？」

「もちろん」

ナジカはそう言って勢いよく立ち上がる。

「あ、じゃあナジカ、俺、ゼノンさんとこいってくる」

「えっ!?」

ナジカに捕まっていたタロテスは、手を上げてそそくさと去っていった。ナジカが驚いて手を伸ばすも、タロテスは気にも留めない。周囲の人も目を逸らし、おしゃべりに花を咲かせる。みんなナジカ思いのいい人達だ。

「ナジカさん、少し手が空いたので、お庭に出ませんか？」

エルファが誘うと、彼は目を丸くした。

「綺麗な花が咲いてるんですよ。見に行きません？」

「あ、ああ。行こう！　うん、行こう！」

ナジカに手を引かれ、エルファは庭に出た。エルファが食用も兼ねて育てている植物達は、綺麗に花を咲かせている。

「可愛いね。いい匂い」

「菫《すみれ》の花は食べられるんですよ」

「もちろん知ってるよ。エノーラさんに砂糖漬《づ》けを食べさせてもらったから」

「そういえばそうでしたね。食べられるもののことをナジカさんが忘れるはずありませんでした」

「あ、デイジーも咲いてるね！」

「デイジーも知ってるんですね、まあ、これも食用ですけど」

「そ、それだけじゃないよ」

花について一生懸命語ったり、こうして言い訳したりする彼がおかしくて、エルファは思わず笑った。

「あのさ」

「はい」

ナジカがようやく話を切り出したので、エルファは笑うのをやめた。

「あのさ……そろそろ、その敬語をやめてくれると嬉しいかなって、思うんだ。お付き合いして、もうけっこう経ってるしね」

エルファは驚いて彼を見上げた。年末から付き合い始めて、今は春。確かにもう少し歩み寄る時期だろう。

「ほ、ほら、エルファって、アロ……いや、リズリーには普通に話すだろ？　いつまでも敬語だと、寂しいなって」

「そうですか？　敬語で定着しちゃったんですけど……どうしてもというなら努力してみま……るわ」

「ありがとう」

ナジカは頬《ほお》を緩めた。いきなり敬語をやめろと言われても難しいが、お付き合いをしている以上、いつまでも他人行儀だと寂しいという気持ちは理解できる。

「でも、いきなりどうして？　それが言いたかったんですか？」

友人が結婚したから、もう一歩踏み出したいと思ったのだろうか。お付き合いをしていると言っても、出かける時に手を繋いだりするだけで、進展というほどのことは何もなかったのに。

「うん。その……実は」

ナジカはズボンのポケットに手を入れ、何かを取り出した。

「約束していた指輪が届いたんだ。式の準備で忙しそうだったから、終わった後にって思って」

彼は小さな袋から指輪を取り出した。花のデザインの指輪だった。

「可愛い……これ、デイジーですか？」

デイジーのような花の形をした銀の土台に、いくつもの宝石がはめ込んである。とても可憐な指輪だ。

「そうなんだ。デイジーをモチーフに作ってもらったんだ。派手すぎないし、可愛いだろ。魔導具に見えないように細工してくれてるんだ。外に行く時に、つけてくれると嬉しい」

だからデイジーを見て喜んだのだ。育てているのだから、嫌いなわけがないと思って。

エルファの全身が燃え上がるように熱くなる。

「すごいで……すごいね。とてもすてき」

高いのでは、という言葉は呑み込んだ。他人からはもらえないが、恋人なら別だ。

「ありがとう。すごく嬉しい。大切にするね」

エルファは素直に喜びを表現した。すると彼の顔がへにゃりと緩む。その表情が、ナジカらしくて愛おしい。

恋人の喜ぶ顔見たさに、何かを買ったり作ったりするのはとても楽しい。それは知っていたが、同じことを相手もしてくれるのがこんなにも嬉しいものだとは、彼と付き合うまで知らなかった。いや、知っていたが、初めて実感できたのだ。

「ナジカさんと付き合ってから、私、嬉しいことばかり、よ」

「ほ、本当？　俺もだよ。最近はすごく楽しくて、嬉しいことばかりだな」

「それに、恋人に大切にされるのって、こんなにも嬉しいのね」

大切にされていると実感できて、とても嬉しい。

「あの、あのさ……その……」

ナジカは何か言いたげに口を開いたが、すぐに口ごもる。彼は女性をあしらうのは上手くても、肝心な時に煮え切らない部分がある。こういう変なところは、親友のゼノンとそっくりだ。

彼がなかなか言おうとしないので、代わりにエルファが話し始めた。

「実は、この前、父から手紙が来たの。ナジカさんのことで」

「え、お、お父さんからっ!?　な、なんて？」

別れろとでも言われたと思ったのか、彼は不安そうにする。

「ナジカさんは、挨拶《あいさつ》に来る気があるのかって」

それを聞いてナジカの顔が凍り付いたように固まり、しばらくすると一瞬で溶けて茹《ゆ》でた海老《えび》のように真っ赤になった。

「い、行ってもいいの!?」

「もちろん。来てくれたなら、皆歓迎すると思、うわ。ナジカさんがこの国を案内してくれたように、私もナジカさんに村を案内しようと思うの。似ているみたいで、ずいぶんと違うのよ。景色とか、森の緑の濃さとか、木々の種類とか」

彼にも知ってほしい。大好きな自分の故郷を、よく知ってほしい。彼も、こんな思いでエルファに都の案内をしてくれたのかもしれない。

「や、休みなら、事前に言えばいつでも取らせるってベナンドさんに言われているから、いつでも大丈夫！　紹介状みたいなのも書いてくれるって！」

彼はエルファの両肩に手を置いた。見上げると、彼の額には汗が浮かんでいた。期待に胸が膨らむ。幸せな胸のときめきだ。

「ふふ。今からじゃあ、枯草熱《こそうねつ》の季節真っただ中よ。うちの村の周りでは麦が育てられているから、大変なことになるんでは？」

「そ、そっか。でも気にしないよ。大丈夫。頑張るよ」

頑張り屋の彼は、有言実行するだろう。

「いえ、春は私もすることがたくさんあるし、行くなら冬が近づいてからにしましょう。そして雪が降る前に帰ってくる。どう？」

「それはいいね。待ち遠しいや。その時はリズリーも一緒に、地下経由で行かない？　あっちの方が道も整備されて、遠回りする必要がないから早いらしいよ。リズリーもその道を通ってきたぐらいだし、安全なんだって」

彼は一日でも早く挨拶《あいさつ》に行きたいようだ。そして単純に二人きりではなくて、リズリーのことも嫌がらずに考えてくれる。エルファも同じ気持ちだ。こういう部分が噛み合うのは大切なことだ。

「エルファ」

「はい」

「今日は、いい式だったよな」

「はい。もう一度同じ手間暇かけてでも手がけたいと思える、素晴らしい式だったわ」

「エルファの国の結婚式は、花嫁さんが色々作らなきゃいけないんだっけ？」

「ええ。私のは、それができない人に売ってしまったけど。あの時、未練を残さず売って本当によかったと思うの。そう思える日がこんなに早く来るなんて。本当にナジカさんには感謝しているわ」

だから好かれているという自信をもっと持ってほしい。

エルファの言葉を聞いてナジカは細く息を吐き、微笑んだ。

「エルファ、俺のためにもう一度、そういうの作ってくれないか？」

エルファは小さく頷き、ナジカの胸に飛び込んだ。

「ええ、喜んで」

ナジカの腕がエルファの背中に回され、苦しいほど強く抱きしめられる。

その時だ。

「おめでとう！」

窓から身体を乗り出したイリアーセが手を叩いた。

「えっ⁉」

放っといてくれるのではなかったのか。

愕然《がくぜん》としながら、二人で彼女を見上げた。その前に、リゼも窓から顔を出す。

「ナジカだけずるい！　わたしも、おねえさまのおうちにいきたい！　リズリーちゃんのおうちにもいきたい！」

「あー、リズリーのお家には私も行きたいわ」

建物の中から、ルゼの声も聞こえた。

「あんたらな、少しは遠慮というものをな」

今度はタロテスの声が聞こえた。

「ナジカさんが遠慮しすぎて言えないでいるのかと思って、ああやって背中を押してさし上げただけじゃない」

シェリアの声。

「ああ、羨《うらや》ましい。カルパ、私が大人になってからでいいから結婚して」

「せめて大人になってから言え」

「大人になるまで待ってくれるのね!?　嬉しい！」

静かなのは窓が閉じているからだと思っていたが、どうやら皆が息を潜《ひそ》めて聞き耳を立てていただけらしい。エルファとナジカは肩を落とした。

「エルファ、もし大所帯になったら……ごめん」

「ふふ。構わないわ。その場合はリズリーにお相手をお願いしましょう。彼女のお家も私の村とそう離れていないはずだし」

「無理、無理無理無理無理っ！」

窓から顔を出したリズリーが仰天《ぎょうてん》して首を振る。

「冗談よ。テルゼ様がどうにかしてくださるんじゃないかしら。王族なんだし」

「そっか」

リズリーはほっとして胸を撫《な》で下ろした。

「私の家族も賑《にぎ》やかなのは好きだし、大所帯になっても大丈夫よ」

「そ、そう？」

「ルゼ様や殿下とか、王族の方々が来たら、どうしていいのか分からなくなって混乱するだろうけど」

「だよねー」

落ち込むナジカも可愛らしい。彼の色んな顔が好きだから、自分の家族にもこんな彼を知ってほしい。

「来るにしてもせめてお忍びにして、遠くから俺らを見守ってもらおうか」

「それがいいと思うわ」

想像するだけで、賑やかで、楽しい日になりそうで、幸せだ。

書き下ろし番外編

贈り物

趣味は料理。だが、料理以外にも趣味はある。料理の次に好きなのは、裁縫だ。徐々にできあがっていくのが楽しい。

この国で好まれるのは芸術的な絵柄の刺繍《ししゅう》が入った物で、大作ともなるとどれだけ時間をかけたのかと触れるのも怖くなるような物がある。エルファも習っているが、まだまだ未熟だ。

それに比べると、エルファの故郷の刺繍は簡単で、普段使いの物として気軽に楽しめる。

ゼノンとアルザの挙式からしばらくたったある日。エルファはいつものように、友人達と集まっておしゃべりしながら刺繍をしていた。仲間内の家を順番に回っているのだが、エルファの家はないので、店が休みの時に店を使わせてもらうという形だ。

最初は来客があるのに誰も接客していないのが落ち着かなかったらしいが、今は慣れてくれたらしくて、参加者の女性だけがここにいる。

「エルファさんのテーブルクロス、なんだか温かみがあっていいね」

友人ネヴィルの祖母であるリアナと一緒に集まりに参加したシエラが、エルファの手元を覗き込んだ。彼女とは占い師の一件以来の付き合いだ。

「普段使い用ですから。シエラさんの手袋の刺繍も、とっても素敵ですよ」

「えへへ。エルファさんの教え方が上手だから」

エルファが彼女に頼まれて教えたのは簡単な鳥の刺繍だ。この国の刺繍だと難しいから、何かいい方法はないかと聞かれ、今回の集まりに誘ったのだ。

何でもネヴィルに誕生日に何が欲しいか聞いたら、手袋に鳥の刺繍を頼まれたらしい。どうして鳥がよいのかは、シエラにも分からないそうだ。だが、手間はかかるけどお金はかからないから安く済みそうでよかったと言いながらも、ちゃんと作ってあげるのだからいじらしい。

ナジカだったら間違いなく食べ物になるだろう。だから誕生日には普段は作らないような手の込んだ菓子をと今から考えている。目を輝かせる彼の姿を思い浮かべるだけで、やる気が出る。

エルファは口元に笑みを浮かべて、自分の刺繍を進めた。

「ねぇ、エルファのそれって、花嫁道具でしょ？　確か、刺繍《ししゅう》した日用品を揃えるんだったわよね」

手元を覗き込みながら、エノーラがからかうように言った。

「え、そうなの？　ナジカさんとそういう話が出てるの⁉　ナジカさんがちっとも浮かれた様子を見せないから気付かなかった！」

シエラは町中でよくナジカと会い、話をするから特に驚いているのだろう。

「あ、いえ、こういうのは揃えるのに時間がかかるから、相手がいなくても作るものなんです。作ってほしいとは言われてますが、具体的にそういう話があるわけじゃ」

エルファは慌てて否定した。いつかとは思っていても、今ではない。

「シエラさん、ナジカさんには言わないでね？　リズリーも」

「ナジカに内緒にするの？　どうして？」

ハンカチに可愛い花の刺繍をしていたリズリーは、首を傾《かし》げてエルファを見上げた。

「言ったら最後……な気がするの。ナジカさんって嬉しいことがあると露骨に態度に出るでしょ？　こんなの作っているなんて知られたら……」

「自分でふれまわらなくても、周りが察するぐらい浮かれそう！」

ナジカの友人でもある彼女はすんなり理解してくれた。

「なるほど。でも、嫁入りにそういうの作る習慣って、なんかいいよねぇ。自分で婚礼衣装を作る人もいるけど、そこまで行くとあたしには無理だし」

シエラは手を止め、少し憧れるように言った。

この国の花嫁衣装を見たことがあるが、作れと言われたらエルファも気後《きおく》れする出来映えだった。あれを見て、自分で作りたいと思える人は限りなく職人に近い腕の持ち主だけだ。

「あら、何を言ってるの。この辺りでも、手作りの物を未来の旦那様に贈る習慣があるわよ」

「ばあちゃん、マジで!?　知らないんだけど!?　どんなの!?」

シエラは一緒に来たリアナに食いつくように問い返す。

「手袋に刺繍をするのよ。今、あなたがやっているみたいに、鳥を」

「えっ!?」

シエラは動揺して、刺繍途中の手袋を見た。

「で、でもこれは、ネヴィルに手袋が寂しいから、何か飾り付けてって言われただけで」

一緒に刺繍していた皆は、驚いた顔をした。そして揃ってにんまりと笑う。

「あらやだ。あの子ったら、遠回しなことをするのねぇ」

孫の遠回しな告白をころころと笑う。シエラは真っ赤になっていて、微笑ましい。

「ナジカくんぐらい素直だといいんだけど。お菓子だって、食べてもらいがいがあるわ」

確かにナジカは素直だ。相手のためを思って隠しごとをすることはあるが、褒める時は照れて誤魔化したりはしない。それに食べさせがいもある。

ただ、それよりも聞き捨てならないことを聞いた。

「え、ナジカさん……まさかちょくちょくお菓子をたかりにお邪魔していたり？」

エルファは恐る恐る尋ねた。リアナの菓子はとても美味《おい》しいので、可能性は十分にある。彼のことは、美味しい物のことではあまり信用していない。

「それこそまさか。よく助けてもらうのよ。彼はお年寄りには特に優しいものねぇ。最近だと、財布をすられそうになったところを助けてもらって、その時に上着が汚れてしまったから、ぜひにと寄ってもらったの」

聞いていなかった。だが彼が自分の善行をわざわざ話さないのをよく知っている。だから誤解される時もあるが、彼は人がいいので、その誤解も長くは続かない。

「ナジカさんらしいですね」

「そうねぇ。ひけらかさない、とってもいい子」

どこに行っても友人を作る人懐《ひとなつ》っこさは、うらやましいほどだ。

エルファは思わず笑い、どこかでまた小さな事件に首を突っ込んでいそうな恋人の姿を想像する。もしくは美味しそうな物を見付けて、買い食いしているか。

その時だ。

「エルファ、美味しそうなお菓子を買ってきたよ」

と、制服姿のナジカが店に入ってきた。

満面の笑みを浮かべる彼を見て、女性達の間に沈黙が落ち、しばらく後にひそひそと囁《ささや》き合う。

「どうしたの？　内緒話でもしていたの？」

ナジカは袋を少しでも自分から離すように近くのテーブルに置いて、首を傾《かし》げた。この集まりがあるのを知っているから、たくさん買ってきたようだ。

「いいえ。リアナさんから、ナジカさんに助けてもらったって話を聞いていたところだったの」

「え!?　その……」

彼は声を上げると、気まずそうに目をそらした。

「ナジカって、本当に噂《うわさ》をすると現れるねぇ。ん、いい匂い」

リズリーがナジカの袋を抱えながら言うと、彼は目を泳がせる。

「う、噂《うわさ》してたから来たわけじゃ……」

噂をするとやってくると思われているのは理解しているようだ。

「大丈夫。ナジカさんのことだから、お腹が空《す》いたってやってくることは予想していたわよ。でもお土産《みやげ》を持ってきてくれるなんて、嬉しいわ」

だいたい、何か作ってくれと言うか、外食に誘われる。皆の分まで買ってくるなど、よほど気に入ったのか、何か用事があるのだろう。

「お、美味《おい》しそうだったんだ。ここらでは珍しい木の実を使ったクッキーだって。出稼ぎの女性が小遣い稼ぎに作ったら売れたから、本格的に商売を始めたらしいよ」

リズリーが袋から包みを取り出した。それだけで強烈な甘い香りが広がった。包みをとくと、ナッツなどのたくさん入ったクッキーが出てきた。

「あら、美味しそう。さすがナジカの美味しそうな物に対する嗅覚《きゅうかく》は鋭いわね」

エノーラに褒められ、ナジカはエルファを見た。

エルファは作品を見られる前に、何を作っているのか見えないように畳んで、クッキーに手を伸ばす。香りほど強烈な甘さはなく、香ばしいナッツと、それとは違う南国の風味がする。

「あら、美味しい。優しい甘さね」

エノーラの感想にエルファは頷いた。

「ナジカさん、今度どこで売っているか教えてね」

「ああ。もちろん」

ナジカは嬉しげに頷き、髪に指を絡めながらちらちらとエルファが隠したテーブルクロスを見た。

「今日は刺繍《ししゅう》？　あ、そういえば、前に誕生日プレゼントは何がいいかって聞かれたけど、手袋がいいなぁ。格好いい鳥の刺繍が入ったやつ」

エルファは思わずシエラを見た。つられたナジカもシエラの手の中にある手袋と、リアナの姿を見て、顔を引きつらせた。

「あの、その、今、流行《はや》ってて」

「へぇ、知らなかった。どこで流行ってるの？」

シエラが問うと、ナジカは目をそらした。

「な、仲間内で……」

そして恥ずかしげに顔を手で覆《おお》った。

「うわぁ、ナジカさん照れてる。可っ愛い～」

いひひ、とシエラが笑う。

赤面するナジカは確かに可愛い。意味を知られず、もらってただ自己満足したかったのだろう。エルファが用意している花嫁道具と同じだ。

エルファは立ち上がってナジカの手を取った。けっして綺麗とは言えない、少し荒れた手と、自分の手と合わせてみた。一回り大きい手は、父の手と同じぐらいの大きさだった。

「格好いいのができるかはわからないけど……頑張ってみるわ」

エルファが快諾《かいだく》すると、ナジカは照れくさそうに頬《ほお》を掻いた。

「あ、ありがとう。嬉しい。エルファが作ってくれるなら、可愛いのでもぜんぜん構わないから！」

女の子が身につけるようなのでも喜びそうな気がして、エルファはくすりと笑った。

「あ、でも、今作っているので忙しければ、本当に簡単なのでいいから」

「これは私物だから後回しでいいの」

「何を作ってるの？」

「自分の部屋に使おうと思っているの。小物は増えたけど、それ以外は味気ないから」

ナジカも一緒に使ってくれるといいなとは思っているが、それはまだ内緒だ。

「できあがったら見せてね」

「もちろん、いつか見せるわね」

ナジカが、どうして皆がくすくす笑っているか理解する日が来るといいなと思いながら、彼のはめる手袋はどんな刺繍《ししゅう》にするか考えはじめた。

シリーズ累計
35万部
突破!!
RC
Regina
COMICS
詐騎士
1～3
SAGISHI
大好評
発売中!!
原作 かいとーこ
漫画 麻 菜摘
アルファポリスWebサイトにて
好評連載中!
新感覚ファンタジー
待望のコミカライズ!!
ある王国の新人騎士の中に、一人風変わりな少年がいた。傀儡術《かいらいじゅつ》という特殊な魔術で自らの身体を操り、女の子と間違えられがちな友人を常にフォローしている。しかし実は、その少年こそが女の子だった！　性別も、年齢も、身分も、余命すらも詐称。飄々《ひょうひょう》と空を飛び、仲間たちを振り回す——。そんな詐《さ》騎士《ぎし》ルゼの偽りだらけの騎士生活！
すべて詐称!?
その騎士、実は女の子!!
魔術を武器に大暴れ!
魔物を蹴散らせ!
B6判 / 各定価:本体680円+税
アルファポリス 漫画
検索